싯다르타

싯다르타 하근찬 전집 18

초판 1쇄 발행 2026년 4월 18일

지은이 하근찬
펴낸이 강수걸
편집 오해은 강나래 이선화 이소영 박재화 이채연
디자인 권문경 조은비
펴낸곳 산지니
등록 2005년 2월 7일 제333-3370000251002005000001호
주소 부산시 해운대구 수영강변대로 140 BCC 626호
전화 051-504-7070 | 팩스 051-507-7543
홈페이지 www.sanzinibook.com
전자우편 sanzini@sanzinibook.com
블로그 http://sanzinibook.tistory.com

ISBN 979-11-6861-615-8 04810
ISBN 978-89-6545-749-7 (세트)

* 책값은 뒤표지에 있습니다.
* 잘못 만들어진 책은 구입처에서 교환해드립니다.
* 본 전집은 백신애기념사업회가 영천시의 지원을 받아 제작되었습니다.

하근찬 전집 18

싯다르타

산지니

발간사

밑바닥을 향한 진실한 시선

세상은 속도에 차이는 있겠지만 늘 변해왔다. 그 변화에 사람들은 순응하기도 하고 저항하기도 하면서 발걸음을 맞춰왔다. 좋은 작가에게 우리가 거는 기대가 있다면, '새로운 눈'으로 세상의 변화를 보여주는 것이다. 작가가 보여주는 세계는 새로운 세상의 창조와 같다. 작가가 개성적으로 바라보는 창조적 관점은 세계에 새로운 옷을 입히는 것과 같기 때문이다.

하근찬은 한국전쟁 이후의 상처를 민중의 관점에서 어루만지면서 '치유의 서사'를 펼쳐 보인 좋은 작가다. 그는 전쟁 이후의 혼란한 세계 속에서 '새로운 눈'으로 창조적 소설 작품을 써낸 존재다. 진실을 향한 집념을 가진 작가는 좋은 작품들을 남긴다. 하근찬은 '새로운 눈'과 '진실을 향한 집념'으로 사실의 기록자에 머물지 않고 진정한 창작자가 되었다.

작가는 맑고 정상적인 눈을 가져야 한다. 건강한 눈으로 항상 세상을 골고루 넓게, 그리고 똑바로 바라보아야 한다. 똑바로 바라본다는 것은 바꾸어 말하면 어떤 현상의 밑바닥에 흐르는 진실을 꿰뚫어 보아야 한다는 뜻이다.

세상을 골고루 넓게 바라보는 것도 중요하지만, 똑바로 바라보는, 즉 꿰뚫어 보는 안광이 작가에게는 더욱 중요하다. 그렇지 않고서는 세상이 빚어내는 갖가지 일들의 의미를 파악할 수가 없는 것이다.(하근찬, 「진실을 꿰뚫어야 하는 안광(眼光)」, 『내 안에 내가 있다』, 엔터, 1997, 274쪽.)

하근찬은 세상을 바라보는 '눈'에는 두 가지가 있다고 보았다. 하나는 '세상을 골고루 넓게' 바라보는 눈이고, 또 하나는 '세상을 똑바로' 바라보는 눈이다. 그렇다면 작가가 강조하는 '똑바로 바라보는 눈'이란 무엇일까? 그것은 나타나는 현상에만 머물지 않고, 그 현상의 밑바닥에 있는 원인을 꿰뚫는 혜안을 말한다. '사건이 있었네!'에서, '왜 이 사건이 일어났을까?'라고 질문하는 탐구정신이기도 하다. 하근찬은 '바로 본다는 것'은 보이는 것에만 시선을 두지 않고, "밑바닥에 흐르는 진실"을 밝히는 것이라고 했다. 진실을 위해서는 깊이, 그리고 많이 생각해야 하고, 현상 이면에 담긴 원리와 작용하는 힘을 밝혀내는 노력을 해야 한다.

하근찬은 밑바닥에 흐르는 진실을 탐구한 작가였다. 웅숭깊은 그의 이 시선과 거룩한 문학적 성취는 한국문단에서 보기 드문 문학적 자산이다. 그럼에도 그의 문학세계를 전체적으로 살필 수 있는 전집이 없었으며, 참고할 만한 좋은 선집도 간행되지 못했다는 것은 참으로 안타까운 일이었다.

하근찬 탄생 90주년을 맞아 구성된 '하근찬 문학전집' 간행위원회는 다음과 같은 목표를 설정하였다.

첫째, 하근찬 작품 세계 전체를 충실히 복원하고자 했다. 그간 하근찬의 소설세계는 단편적으로만 알려져 있었다. 하근찬의 등단작 「수난이대」는 일제강점기와 한국전쟁으로 이어져온 민중의 상처를 상징적으로 치유한 수작이다. 그러나 그의 문학세계는 「수난이대」로만 수렴되는 경향이 있었다. 하근찬은 「수난이대」 이후에도 2002년까지 집필 활동을 하면서, 단편집 6권과 장편소설 12편을 창작했고 미완의 장편소설 3편을 남겼다. 문업(文業)만으로도 45년을 이어온 큰 작가였다. '하근찬 문학전집' 간행위원회는 하근찬의 작품 세계를 '중단편 전집' 8권과 '장편 전집' 13권으로 나눠 총 21권을 간행함으로써, 초기의 하근찬 문학에 국한되지 않는 전체적 복원을 기획했다.

둘째, 하근찬 문학세계의 체계적 정리, 원본에 충실한 편집, 발굴 작품 수록을 통해 자료적 가치를 확보하려고 노력했다. 하근찬 문학전집은 '중단편 전집'과 '장편 전집'으로 구분하여 간행했다. 먼저 '중단편 전집'은 단행본 발표 순서인 『수난이대』, 『흰 종이수염』, 『일본도』, 『서울 개구리』, 『화가 남궁 씨의 수염』을 저본으로 삼았다. 이때 각 작품집에 중복 수록된 작품은 제외하여 편집하였다. 또한 단행본에 수록되지 않은 알려지지 않은 하근찬의 작품들도 발굴하여 별도로 엮어냈다. 이를 통해 전집의 자료적 가치를 높였다. 다음으로, 장편의 경우 하근찬 작가의 대표작인 『야호』, 『달섬 이야기』, 『월례소전』, 『산에 들에』뿐만 아니라, 미완으로 남아

있는 『직녀기』, 『산중 눈보라』, 『은장도 이야기』까지 간행하여 전체
문학세계를 조망할 수 있도록 했다.

셋째, 젊은 세대들의 감각과 해석을 반영하여 그의 문학에 새로
운 생명력을 불어넣고자 했다. 하근찬의 작품세계가 펼쳐 보이고
있는 한국현대사의 진실한 풍경들도 젊은 세대들에 의해 읽히지
않으면 의미가 반감될 수밖에 없다. 하근찬 문학의 새로운 해석의
발판을 마련하기 위해, 젊은 연구자들의 충실하고 의미 있는 해설
을 덧붙였다. 또한, 개작, 제목 바뀜, 재수록 등을 작품 연보에서 제
시하여 실증적 가치를 높이기 위해서도 노력했다.

한 작가의 문학적 평가는 전집이 간행되었을 때 비로소 그 발판
이 마련된다고 한다. 1957년에 등단, 집필기간만도 45년의 문업을
이루어온 장인적 작가에 대한 본격적 연구의 발판이 60여 년이 지
난 이제야 비로소 마련되었다는 것은 안타까운 일이다. 하근찬의
문학세계에 대한 새로운 조명이 2021년 문학전집 간행과 함께 활
기를 띨 수 있기를 기대한다.

2021.10.
『하근찬 문학전집』 간행위원회
송주현 · 오창은 · 이정숙 · 이중기 · 장수희

일러두기

1) 『하근찬 중단편전집』과 『하근찬 장편전집』은 하근찬의 소설세계를 일반 독자들에게
   널리 소개하고, 그 문학적 의미가 현대적으로 재해석되도록 하는 데 목적이 있다.

2) 이 책의 작품 수록 순서는 단행본으로 발표된 순서에 따랐으며, 출전을 작품의
   끝부분에 밝혀두었다.

3) 작가가 지문에서 사용한 방언과 비표준어는 작품을 훼손하지 않는 범위 내에서
   현대어로 바꾸었으며, 작가가 의도적으로 구분해서 사용한 '목덜미'와 '목줄기'는
   그대로 살렸다.

4) 작가 고유의 표현은 그대로 살렸다.
   예 : 오리막(오르막), 고깃전(어물전), 변솟간(변소), 동넷방(동네 방), 생각키는/
      생각히는(생각나는) 등.

5) 한 작품에서 같은 뜻의 단어를 표준어와 비표준어 또는 방언을 혼용해서 사용한 경우
   하나로 통일했다.
   예 : 뒤안/뒤란 → 뒤안, 복받치는/북받치는 → 복받치는, 무신/무슨 → 무슨,
      잘몬/잘못 → 잘못, 부스스/부스스 → 부스스, 돋우다/돋구다 → 돋우다 등.

6) 다음과 같은 표현은 어법에 맞게 수정했다.
   예 : 소중스리 → 소중하게, 뭐라고든지 → 뭐라든지, 칭칭하게 감은 → 칭칭 감은,
      그리고 나서 → 그러고 나서

7) 영어 표현의 경우 현행 '외래어표기법'에 따르는 것을 원칙으로 했다.

차례

제1장 신기한 태몽

창문으로 흘러드는 아침 햇살이 여느 날보다 한결 신선하고 눈부셨다.

마야부인(석가의 어머니)은 잠이 깨었으나, 자리에서 일어나고 싶지가 않았다. 언제까지나 그대로 누워서 황홀한 기분에 싸여 있고 싶었다. 간밤에 꾼 꿈이 너무나도 황홀하고 이상하기 때문이었다.

'참 이상한 꿈이다. 그 흰 코끼리는 도대체 무엇일까?'

마야부인은 잠시 후, 곁에 누워 아직도 깊은 잠에 떨어져 있는 정반왕(석가의 아버지)을 깨웠다.

크게 기지개를 켜며 눈을 뜬 정반왕은,

"웬일로 이렇게 일찍 잠이 깨었지?"

하고 약간 의아스러운 듯한 표정을 지었다.

그러자 마야부인은 정반왕의 널따란 가슴 위에 희고 부드러운 손을 갖다 얹으며,

"간밤에 참 이상한 꿈을 꾸었어요. 어찌나 황홀하고 신비한 꿈인지……."

그 꿈의 장면이 눈앞에 선하게 떠오르기라도 하는 듯 멀뚱히 천장을 바라보았다.

"무슨 꿈인데, 어디 어서 말해보구려."

정반왕도 호기심이 이는 듯 마야부인 쪽으로 몸을 돌렸다.

창문으로 쏟아져 들어오는 눈부신 햇살을 바라보며 마야부인은 혼자 넋두리를 하듯 간밤의 황홀한 꿈 이야기를 하기 시작했다.

밤이 이슥했는데도 정반왕은 아직 침실로 돌아오지 않았다. 창가에 서서 밝은 달을 내다보고 있던 마야부인은 먼저 잠자리에 들어가야겠다고 생각하며 옷을 벗기 시작했다.

그때, 문 쪽에서 인기척이 났다.

마야부인은 정반왕인가 하고, 무심히 돌아보았다. 그러나 거기서 있는 사람은 정반왕이 아니라, 그림에서만 본 일이 있는 사대천왕 바로 그분이 아닌가.

사대천왕의 둘레에는 은은한 금빛이 감돌고 있었다. 그리고, 사대천왕은 얼굴에 부드러운 웃음을 띠고 있었다.

마야부인은 왈칵 부끄러운 생각이 들어 벗던 옷을 도로 여미며 얼른 돌아섰다.

그러나 다음 순간,

"아!"

마야부인은 약간 놀라지 않을 수 없었다. 사대천왕이 어느새 자기 곁으로 다가와서 자기를 가볍게 살짝 안고 창밖으로 나가는 것이 아닌가.

가만히 정신을 차리고 보니 사대천왕과 자기가 구름을 타고 어디론지 둥둥 허공을 날고 있는 것이었다. 그러나 어찌 된 일인지 마야부인은 조금도 겁이 나질 않고, 오히려 기분이 좋기만 했다.

잠시 후, 마야부인과 사대천왕은 눈에 뒤덮인 어느 높은 산봉우리 위에 있는 화려한 궁전에 가 닿았다. 하늘에는 언제 돋아 올랐는지 커다란 해가 빛나고 있었다. 우뚝우뚝 솟구친 사방의 산봉우리에는 흰 눈이 덮여 있었으나, 궁전의 뜰에는 가지가지 꽃이 만발하여 바람에 하늘거리고 있었다.

마야부인은 그 아름다운 꽃밭 쪽으로 걸음을 옮겨갔다.

지금까지 구름을 타고 함께 왔던 사대천왕은 어느 결에 어디로 사라졌는지 모습이 보이지 않았다.

꽃밭 가까이로 간 마야부인은 그 꽃들이 어찌나 아름답고 향기로운지 그만 넋을 잃은 사람처럼 꽃밭으로 저벅저벅 걸어 들어갔다. 그런데 참 이상하게도 마야부인이 들어서자 꽃들이 양쪽으로 가지런히 길을 비키는 것이 아닌가.

마야부인은 잠시 꽃 속의 길을 걸어가다가 어찌나 황홀하고 기분이 좋은지 그 자리에 가만히 드러눕고 말았다. 꽃 속에 드러누워 황홀한 기분에 취해 있던 마야부인은 또 한 번 놀라지 않을 수 없었다.

꽃 덤불 속에서 이번에는 흰 코끼리가 한 마리 나타나는 것이었다. 여섯 개의 이빨을 가진, 백설처럼 흰 코끼리였다. 두 눈이 까만 보석처럼 반짝반짝 빛나는, 참으로 순하고 귀엽게 생긴 코끼리였다.

마야부인은 자리에서 일어날 생각도 하지 않고, 그 코끼리의 거동을 가만히 바라보고 있었다. 너무 귀엽게 생겨서 그런지 조금도 싫지 않았다.

흰 코끼리는 마야부인이 누워 있는 둘레를 오른쪽으로 천천히 세 바퀴 돌았다. 그리고 마야부인에게로 다가오더니 마야부인의 오른쪽 옆구리 속으로 연기처럼 사라져 들어가 버리는 것이 아닌가.

마야부인은,

"아—."

하고 소리를 질렀다.

그러나 그 소리는 기분이 나쁘다거나 고통을 느낄 때에 지르는 소리가 아니라, 그와 반대로 매우 기분이 좋고 황홀할 때에 지르는 그런 소리였다.

마야부인의 꿈 이야기를 듣고 난 정반왕은,

"그거 참 보통 꿈이 아닌데. 흰 코끼리라, 흰 코끼리……."

하고 눈을 껌벅거리더니, 자리를 차고 벌떡 일어났다.

"해몽을 해봐야지 반드시 길몽일 거야."

즐거운 얼굴로 큰소리를 질렀다.

마야부인도 온 얼굴에 웃음을 담뿍 담으며, 정반왕을 따라 자리에서 일어났다.

창문으로 아침 햇살은 여전히 눈부시게 쏟아져 들어오고 있었다.

그날 오후, 가비라성에서는 큰 모임이 벌어졌다. 점을 잘 치기로 이름이 난 바라문의 도사들이 정반왕의 부름을 받아 모여든 것이었다.

모여든 도사는 모두 육십사 명이나 되었다. 늙어서 걸음을 잘 걷지 못하는 사람도 있었고, 어딘지 모르게 얼굴에 귀기가 서리는 새파란 젊은이도 있었다.

그 육십사 명의 도사들에게 정반왕은 값진 선물을 골고루 나누어준 다음,

"오늘 이렇게 여러분들을 한자리에 모이게 한 것은 다름이 아니라, 간밤에 왕후께서 이상한 꿈을 꾸었는데, 그게 도대체 무엇을 의미하는 꿈인지 해몽을 듣고자 해서요. 여러분께서는 조금도 주저하거나 감추는 일이 없이 바른 대로 꿈을 풀이해주기 바라오."

하고, 좌중을 둘러보며 말했다.

값진 보옥을 선물로 받은 도사들은 모두 얼굴에 희색을 띠고, 도대체 어떤 꿈이기에 이렇게 큰 모임을 벌인 것일까 하고 서로 수군거리며 꿈 이야기를 기다렸다.

정반왕의 곁에 자리잡고 앉은 마야부인이 간밤에 꾼 그 이상한 꿈 이야기를 직접 이야기하기 시작했다.

마야부인이 꿈 이야기를 시작하자, 장내는 물을 끼얹은 듯 조용해졌다. 어떤 도사는 지그시 두 눈을 감고 엄숙한 표정을 짓기도 했고, 어떤 도사는 팔짱을 끼고 고개를 갸웃이 옆으로 기울이기도 했다. 눈을 크게 뜨고 높다란 천장을 멀뚱히 쳐다보고 있는 도사도 있었다. 육십사 명의 도사가 모두 제 나름대로 심각해져서 마야부인의 꿈 이야기에 귀를 기울였다.

　마야부인의 이야기가 끝나자, 장내는 별안간 수군수군 수런거리기 시작했다. 잠시 후 장내가 다시 조용해지자, 백발이 성성하고 수염이 한 자가량이나 너울거리는 도사가 자리에서 일어서더니 공손히 허리를 굽히고서,

　"그것은 태몽이옵니다. 왕후마마께서 태기가 계실 것이 분명합니다. 그리고 그것은 반드시 옥동자를 보실 꿈이옵니다."
하고 아뢰었다.

　옥동자를 볼 태몽이라는 말에 정반왕은 온 얼굴에 기쁜 빛을 활짝 띠었다. 마야부인도 기쁨을 감추지 못해 두 눈에 반짝 웃음을 담았다.

　그러자 이번에는 눈썹이 먹으로 그린 듯 시꺼멓고, 턱이 뾰족한 젊은 도사 한 사람이 일어서더니 합장을 하고,

　"저 역시 그렇게 해몽합니다. 그리고, 태어날 왕자님은 그 어느 누구와도 비할 수 없는 뛰어난 인물이 될 것이옵니다. 집에 그대로 머물러 계시오면 온누리를 통치하실 전륜왕(轉輪王)이 되실 것이며, 집을 나서서 수도생활을 하시면 정각(正覺)의 부처님이 되실 귀하신 몸이옵니다."
하고 깊이 머리를 숙였다. 그러자 다른 도사들도 모두 입을 모아,

　"소신들도 그렇게 생각하옵니다."
하면서 머리를 조아렸다.

　정반왕과 마야부인은 기뻐서 어쩔 줄을 몰랐다. 그래서 다시 크게 잔치를 베풀어 도사들에게 후한 대접을 했다.

　도사들이 모두 돌아가고 난 다음, 정반왕은 마야부인과 함께 성의 망루에 올랐다. 망루에 오르면 온 장안이 한눈에 내려다보

였다.

해가 서천으로 기울어지고, 온 장안에는 저녁연기가 자욱하게 피어오르고 있었다.

정반왕은 이 태평스러운 광경을 내려다보며,

"아— 기분이 좋구나. 오늘처럼 유쾌한 날은 처음이로군."

가슴을 쫙 펴며 크게 숨을 들이쉬었다. 그러고는 마야부인을 돌아보며,

"당신 기분은 어떻소?"

하고 물었다.

"저 역시 오늘처럼 기쁘고 행복한 날은 처음이에요."

마야부인은 하얀 앞니를 가지런히 드러내 보이며 부드럽게 웃었다.

정반왕과 마야부인이 이처럼 즐거워하는 것도 무리가 아니었다. 그들은 한 나라의 왕과 왕후로서 모든 영화와 권세를 누렸다. 하나부터 열까지 안 되는 일이 없었다. 하고 싶은 일은 어떠한 일이라도 다 할 수가 있었고, 갖고 싶은 것은 어떠한 것이라도 다 가질 수가 있었다. 그러나 단 한 가지 그들 마음대로 안 되는 일이 있었다. 그것은 자식을 갖는 일이었다.

정반왕과 마야부인은 다시없이 금슬이 좋았다. 그런데도 어찌 된 영문인지 지금까지 자식을 갖질 못했다.

오직 한 가지 그들의 근심이었던 자식 문제가 오래지 않아 해결되게 되었으니, 기쁘지 않을 수가 없었다. 더구나 딸이 아니라 아들이며, 나중에 온누리를 통치할 훌륭한 인물이라니 말이다.

정반왕은 은은한 웃음을 띤 마야부인을 커다란 가슴으로 부드

럽게 안으며,

"오, 샤캬! 샤캬!"

하고 감격스러운 소리를 질렀다.

저녁놀은 곱게 서쪽 하늘을 물들이고 있었다.

이 '샤캬'라는 말은 '능(能)하다' 또는 '훌륭하다'라는 뜻이다. 그리고 이 말이 곧 석가(釋迦)라고 번역되는 말이다.

이 말의 유래는 다음과 같다.

아득한 옛날, 인더스 강의 하류에 부다라가라는 나라를 세우고, 백성들을 잘 다스린 감자왕이라는 어진 임금이 있었다.

임금에게는 두 사람의 왕비가 있었는데, 첫째 왕비는 네 명의 왕자와 다섯 명의 공주를 낳고 세상을 떠났다. 그러자 둘째 왕비의 몸에서 왕자가 태어났다. 달덩이처럼 잘생긴 아기였다.

어느 날, 둘째 왕비는 아기를 아름다운 옷으로 치장하여 감자왕 앞으로 데리고 갔다. 그랬더니 왕은,

"아— 그 놈 참 잘생겼구나. 과연 내 아들이로다."

하고 크게 기뻐했다.

그리고 왕비에게 무슨 소원이든지 한 가지를 꼭 들어주기로 약속을 했다. 왕비는 기뻐서 어쩔 줄을 몰랐다. 그래서 자기의 친척들과 상의를 한 다음,

"이 아이에게 왕위를 물려주시옵소서."

하고 청원을 했다.

한 가지 소원은 무엇이든지 들어주기로 약속을 한 왕도 이 청원에는 벌컥 화를 냈다.

"닥쳐라! 그게 무슨 소린가! 그대는 이 아이 위로 왕자들이 네 명이나 있다는 사실을 모르는가?"

그러나 왕비는 갖은 교태를 부리며

"대왕마마께서 그렇게 약속을 어기시면 어찌합니까? 미천한 일개 아녀자도 약속은 어기지 않는 법인데……. 제 소원이란 단 한 가지 그것뿐이옵니다. 대왕마마……."

하며 왕을 붙들고 늘어졌다.

'일개 미천한 아녀자도 약속은 어기지 않는 법인데…….'라는 말에 왕은 매우 괴로운 듯, 미간에 여덟팔자를 그리며,

"음—."

하고 무거운 신음소리를 토했다.

며칠 동안 괴로워한 끝에 마침내 왕은 네 명의 왕자를 불러 앉혀놓고 힘없이 말했다.

"내가 너희들에게 큰 죄를 지었다. 다름이 아니라, 이번에 새로 태어난 너희들의 막냇동생을 보고 어찌나 기쁜지 그만 그 어미에게 무엇이든지 소원을 한 가지 들어주겠다고 말했다. 그랬더니, 그 어미가 자기가 낳은 아이에게 왕위를 물려줄 것을 간청하는구나. 그게 무슨 소리냐고 크게 노했으나, 일개 미천한 아녀자도 약속은 어기지 않는 법인데, 하물며 대왕마마께서…… 하고 나를 괴롭히는구나. 이 일을 어찌하면 좋겠느냐?"

네 왕자들은 모두 놀란 표정을 지으며 고개를 숙였다. 어떤 왕자는 두 눈에 눈물이 고이기도 했다. 잠시 침묵이 흐른 뒤, 맨 위의 왕자가 입을 열었다.

"대왕마마, 그러시다면 할 수 없는 일이지요. 만백성을 다스리는

일국의 대왕께서 거짓말을 하셔서 후세에 오점을 남길 수는 없는 일입니다. 그러니 새로 태어난 막냇동생에게 장차 왕위를 물려주도록 하소서.”

“아…… 참으로 훌륭한 내 아들이로구나. 그 넓고 어진 마음, 내가 길이 잊지 않으리라. 그런 넓고 어진 마음이면 어디에 가든지 많은 백성이 우러러 받들 것이다. 그러면 섭섭한 일이나 훗날의 평화를 위해서 너희 네 형제는 딴 곳으로 가서 새로운 나라를 세워 주기 바란다.”

딴 곳으로 가서 새로운 나라를 세우라는 말에 네 왕자는 별안간 슬픈 생각이 가슴을 메워 눈물을 주루룩 흘렸다.

“슬픈 마음은 너희들보다 내가 더하리라. 눈물을 거두도록 해라. 그리고 내가 타는 코끼리와 수레 이외의 것이면 무엇이든지 너희들 마음대로 가지고 가도록 해라. 코끼리, 말, 수레 그리고 병사들도 얼마든지 데리고 가도 무방하니라.”

“대왕마마, 그러면 대왕마마의 심중을 헤아려, 저희들 네 형제는 이 나라에서 떠나기로 하겠습니다.”

네 왕자는 할 수 없이 대왕의 명에 따르기로 했다.

네 왕자가 나라를 떠난다는 말을 듣자, 다섯 공주들도 눈물을 흘리며,

“그럼, 우리도 함께 가야지.”

하고 나섰다. 공주뿐 아니라 그 소문을 전해들은 많은 백성들도,

“그런 법이 어디 있어. 둘째 왕비의 몸에서 난 막내왕자가 왕위를 물려받고, 첫째 왕비에게서 난 네 왕자는 나라를 떠나야 한다니…… 아― 그런 원통한 일이 세상에 어디 있느냐 말이야. 그럼,

우리도 따라가자."

하고 뒤를 따르게 되었다.

'왕자님들은 대왕께서 승하하시면 도로 돌아와서 왕위를 빼앗고야 말 것이다.'

백성들은 이렇게 생각하며 네 왕자의 뒤를 따라 새로운 천지를 향해 나아갔다.

첫날은 뒤따르는 행렬이 삼십오 리나 되었고, 다음 날은 칠십 리, 삼일 만에는 일백 리가 넘게 뻗었다.

네 왕자는 뒤따르는 많은 백성들을 돌아보며,

"이만한 군세란 좀처럼 얻기 힘든 일이다. 만일 우리가 이웃나라를 쳐서 그 땅을 빼앗기로 들면 아무리 강한 나라라 할지라도 우리에게 굴복하고 말 것이다. 그러나 죄 없는 백성을 죽이고, 남의 땅을 빼앗는다는 것은 옳지 않은 일이다. 천지는 넓고 또 넓으니, 우리는 산속을 찾아가 새로운 왕국을 세우기로 하자."

이렇게 말하고는 새로운 왕성을 세울 땅을 찾아 설산(雪山)을 향해 행진을 계속했다.

어느 숲속에 이르자, 여러 가지 잡초와 나무들이 모두 한 방향을 향해 비스듬히 기울어져서 성장해 있었다. 그리고 사자나 범 같은 무서운 짐승들이 노루나 토끼 같은 약한 짐승을 여기까지 쫓아와서는 그만 더 쫓아가지를 못하는 것이었다. 더 앞으로 쫓아갈 수가 없는 모양이었다. 참 이상한 땅이었다.

왕자들은 모두 이상한 일이라고 생각하며 그 근처를 살펴보았다. 그랬더니 거기에 조그마한 초막이 하나 있었다.

사람의 기척이 나자, 초막에서 한 노인이 나타났다. 백발이 성성하고 수염이 기다랗게 자란 노인이었다. 아마 수도를 하는 선인인 모양이었다.

"당신네는 어디서 온 사람들이오?"

노인이 먼저 물어왔다.

맨 위의 왕자가 앞으로 다가가 노인에게 공손히 절을 하고, 자기네가 여기까지 온 까닭을 자세히 이야기했다. 그랬더니 노인은,

"이 초막이 있는 곳에 도읍을 세우면 이 세상에서 가장 훌륭한 나라가 될 것이오. 여기에서 난 사람은 능히 한 사람이 백 사람, 천 사람을 당해 낼 것이니 부디 여기에다 왕성을 짓도록 하구려."

하고 권했다.

"그렇지만 여기는 선인 어른의 거처가 아니십니까?"

"내 거처라고 생각할 필요는 없소. 그렇다면 나를 위해서는 한쪽 구석에다가 조그만 집을 하나 지어주면 그만이오. 아무쪼록 이곳에 도읍을 세워 가비라성이라고 이름을 짓도록 하구려. 그러면 만대에 길이 빛나는 훌륭한 왕국이 될 것이니……."

노인의 진심에서 우러나오는 말에 왕자들은 크게 감동하여 노인이 시키는 대로 그곳에 왕성을 쌓고, 도읍을 정했다.

그리고 그 선인을 모시고 백성들을 어질게 다스린 결과, 나라는 하루하루 부흥해서 오래지 않아 대왕국이 되었다.

감자왕은 이 소식을 듣고 기뻐한 나머지 무릎을 치며,

"오— 샤캬! 샤캬! 과연 내 아들들이로다!"

하고 크게 칭찬을 했다.

그것이 연유가 되어 가비라성의 네 왕자들은 자기네 성을 '샤캬' 즉, 석가라고 부르게 된 것이다.

이 석가족에서 대대로 내려와 나중에 정반왕이 나왔고, 정반왕의 아들로 석가모니가 태어난 것이다.

제2장 심중에 서리는 그늘

흰 코끼리가 옆구리로 들어오는 태몽을 꾼 뒤로 마야부인은 웬일인지 늘 즐겁고, 몸이 편하고, 그리고 남성에 대한 욕정을 조금도 느끼지 않게 되었다.

또 이상한 것은 나라 안에 여느 때에는 볼 수 없는 일이 곧잘 일어났다. 때 아닌 연꽃이 온 연못에 피어나기도 하고, 말라비틀어진 고목나무에 새싹이 돋아나기도 하고, 어디선지 이름 모를 아름다운 새의 무리가 날아와 성 위의 하늘을 날며 고운 목소리로 우짖기도 했다.

어떤 곳에서는 벙어리가 말을 하기 시작했다는 소문이 돌기도 했고, 봉사가 눈을 떠서 광명을 보게 되었다는 얘기가 사람들을 놀라게도 했다.

그런 가운데 마야부인의 배는 하루하루 불러갔다.

열 달이 다 된 어느 날, 부인은 정반왕에게,

"대왕마마, 이제 해산할 날이 가까워 온 것 같습니다. 아무래도 친정에 가서 해산을 하는 게 마음이 놓일 것 같은데……."

하고 말했다.

"좋은 일이오. 아무쪼록 그렇게 하도록 하오. 그래야 나도 안심이 될 것이니…… 돌아올 때는 부디 옥동자를 안고 돌아오도록……."

정반왕은 환하게 웃으며 부인의 어깨를 부드럽게 쓰다듬었다.

이튿날, 마야부인은 꽃수레에 몸을 싣고 가비라성을 떠나 친정인 천비성을 향했다. 정반왕을 비롯해서 고관대작들이 모두 성 밖까지 나와 마야부인을 배웅했다.

'돌아올 때는 틀림없이 옥동자를 안고 돌아올 거야.'

정반왕은 멀어져가는 부인의 꽃수레를 바라보며, 언제까지나 그 자리에 못 박혀 서 있었다.

'혹시 딸을 낳을지도 몰라. 그러나 꿈으로 보아 틀림없는 아들일 거야. 아들.'

하늘은 끝없이 맑고, 해는 중천에서 눈부시게 빛나고 있었다.

가비라성을 떠나 꽃수레에 몸을 싣고 친정을 향해 가는 마야부인은 해산이 가까운 부인답지 않게 화색이 좋고 기운이 넘쳤으며, 또 뭐라 말할 수 없이 즐겁기만 했다. 뒤따르는 사람들도 유쾌하게 서로 얘기를 주고받으며 걸었다.

그러나 일행이 천비성에 다다르기도 전에 부인은 별안간 산기를 느껴 안색이 달라졌다. 시종하는 사람들은 모두 당황하지 않을 수 없었다. 어쩌면 좋을지 몰라 갈팡질팡하는데, 마야부인은 침착한 어조로 말했다.

"저 룸비니 화원으로 수레를 몰도록 해요."

곧 수레는 가까운 곳에 있는 룸비니 화원으로 들어갔다. 화원에는 가지각색의 꽃이 만발하여, 나비가 날고 벌들이 붕붕거리고 있었다. 그리고 나뭇가지에서는 새들이 즐겁게 지저귀고 있었다.

화원 한가운데에 커다란 나무가 한 그루 서 있었다. 무우수(無憂樹)라는 나무였다. 이 나무에도 꽃이 만개하여 은은한 향기를 내뿜고 있었다.

시종하는 사람들은 이 무우수 아래에 장막을 쳐서 임시로 산실을 만드느라고 바빴다. 마야부인은 수레에 앉아 여러 사람들이 분주히 일하는 모습을 침착하게 가만히 지켜보고 있었다.

산실이 완성되자, 부인은 수레에서 나와 조용한 걸음걸이로 무우수 아래에 마련된 임시 산실로 들어갔다.

마야부인이 산실로 들어가자, 시종하는 사람들은 모두 산실 둘레에 꿇어앉아 고개를 숙이고 공손히 합장을 했다. 그리고 저마다 속으로 마야부인의 순산을 비는 것이었다.

지저귀던 새들도 일제히 주둥이를 다물었고, 꽃에서 꽃으로 날아다니던 나비와 벌들도 제자리에 가만히 앉아 움직이지를 않았다. 꽃향기만이 은은하게 풍기고 있었다.

잠시 후, 산실에서 아기의 울음소리가 힘차게 터져 나왔다.

그러자 합장을 하고 있던 모든 사람들은 얼굴을 들고 서로 바라보며 얘기를 나눴다.

"아들이지?"

"틀림없군."

"저 힘찬 울음소릴 좀 들어봐."

"아이고, 왕자님이 태어나셨네."

“정말 그렇군.”

좋아서 벙글벙글 어쩔 줄을 몰랐다.

산실에서 아기의 울음소리가 들려오자, 나뭇가지에서는 새들이 다시 일제히 소리 높이 지저귀기 시작했고, 나비와 벌들도 한꺼번에 정신없이 나부껴 오르기 시작했다. 그뿐 아니라 꽃들도 왕자의 탄생을 축하하는 듯, 한들한들 바람에 나풀거렸다.

그러고 있는데 아기의 울음이 뚝 그치더니, 얼마 후 산실에서 이상한 소리가 들렸다.

“무슨 소리지?”

“글쎄.”

“분명히 무슨 소리가 났는데…….”

“그래, 분명히 아기의 목소리였어.”

그러자 맨 앞 산길 가까이에 앉아 있던 사람이 벌떡 자리에 일어나더니, 눈을 휘둥그레져 가지고 여러 사람을 둘러보며,

“방금 태어난 아기가 말이지 말을 했단 말이야, 말을…….”
하고 혀를 내둘렀다.

“뭐, 말을?”

“그래.”

“뭐라고?”

“뭐라고 말했는가 하면, 글쎄 천상천하 유아독존(天上天下 唯我獨尊)이라고 하잖아.”

“뭐? 천상천하 유아독존이라고? 정말이야?”

“정말이지.”

“햐—.”

입이 딱 벌어지고 말았다. 모든 사람들이 그 말을 듣고 놀라움과 기쁨을 감추지 못해 웅성거렸다.

정반왕에게는 곧 사신이 달려갔고, 뒤이어 꽃수레에 마야부인과 아기를 싣고 일행은 조심스럽게 가비라성으로 돌아갔다.

왕자가 태어났다는 소식을 들은 정반왕은 기쁨을 이기지 못해 몸소 성 밖까지 나와 일행을 맞이했다.

“오— 샤캬! 샤캬!”

왕은 손수 꽃수레의 문을 열며, 온 얼굴에 활짝 웃음을 띠었다. 왕의 얼굴에 이렇게 환한 웃음이 떠오르기는 아마 처음일는지도 몰랐다.

왕자가 태어나자, 가비라성은 온통 기쁨으로 들떴다. 정반왕과 마야부인은 말할 것도 없고, 고관대작을 비롯해서 밑으로는 일개 성문지기에 이르기까지 모두 진심으로 왕자의 탄생을 기뻐했다. 성안 사람들뿐 아니라 성 밖 사람들, 그리고 온 나라의 백성들도 이 소식을 듣자, 자기의 일처럼 좋아들 했다.

그렇게 온통 기쁨의 소용돌이 속에 싸여 있는 어느 날, 한 늙은이가 어린아이를 하나 데리고 가비라성을 찾아왔다. 늙은이의 흰 수염은 가슴을 내리덮었고 두 눈자위는 움푹 꺼졌으나, 그 안에 담겨 있는 두 눈은 맑고 그윽하게 빛났다. 그리고 기다란 지팡이를 짚은 노인은 어딘지 모르게 높은 기품이 온몸에서 풍겨나기도 했다.

어린아이는 얼굴이 반듯하고 혈색이 좋을 뿐 아니라, 두 눈동자가 총명하게 빛나고 있었다.

노인은 덕망이 높고, 도를 통한 이름 있는 아사다 선인이었다. 그리고 어린아이는 나라동자였다.

가비라성을 찾아온 아사다 선인은 새로 탄생한 왕자를 한 번 보았으면 좋겠다는 것이었다.

도를 통했을 뿐 아니라 관상가로도 이름이 난 아사다 선인이 찾아왔다는 말을 듣자, 정반왕은 매우 기쁘게 생각했다. 그리고 곧 선인을 모시도록 했다.

백 살도 훨씬 넘어 보이는 아사다 선인은 정반왕에게 공손히 머리를 숙인 다음, 태자의 탄생을 진심으로 기뻐한다는 인사를 올렸다.

그러자 정반왕은 태자를 데리고 오게 해서, 아사다 선인에게 어린애의 상을 보아달라고 부탁했다.

아사다 선인은 황송해서 곧장 머리를 조아리고 나서, 공손히 태자를 받아 안았다. 그리고 태자의 얼굴을 가만히 들여다보는 것이었다. 곁에 있는 사람들은 모두 숨을 죽이고 아사다 선인의 표정을 살폈다. 정반왕도 이따금 두 눈만 끔벅거릴 뿐 숨을 크게 쉬지 못했고, 마야부인 역시 긴장된 얼굴로 아사다 선인과 아기의 얼굴을 번갈아 바라보곤 했다.

잠시 후 모든 사람은 의아한 표정들을 지었고, 마야부인은 깜짝 놀라기까지 했다. 섬뜩한 것이 가슴속을 지나갔다.

'어찌된 영문일까?'

태자를 가만히 들여다보고 있던 아사다 선인의 두 눈에 차츰 물기가 고여 오르더니, 마침내 주루룩 눈물을 흘리며 울기 시작하는 것이 아닌가.

"어찌 된 일이오? 아사다 선인!"

정반왕이 새파랗게 굳어 이렇게 묻자, 선인은 공손하게 태자를 마야부인에게 돌려주고 나더니 천천히 입을 열었다.

"염려하실 것은 조금도 없사옵니다. 아득한 옛날부터 전해 오는 글에 의하면 태자님 같은 이런 훌륭한 상을 가진 사람은 전륜왕이 되시진 않습니다. 제아무리 전륜성왕이라도 이와 같이 서른두 가지의 위인상과 여든 가지의 호상(好相)을 골고루 갖추고 있진 않습니다. 태자님의 상은 불타(佛陀)만이 지니고 있는 상이옵니다. 태자님은 장차 출가하셔서 반드시 불도를 성취하시어 불타가 되실 것이옵니다. 그런데 저는 이미 늙을 대로 늙어서 태자님이 불타가 되어서 설법을 하실 때까지 살아 있지 못할 것을 생각하니 절로 눈물이 복받쳐 그만 울음을 터뜨리고 만 것입니다."

아사다 선인의 말에 모든 사람들은 안도의 숨을 내쉬었다. 정반왕은 태자가 전륜성왕이 되질 않고, 불타가 된다는 말에 약간 불안스러운 생각이 들기도 했으나, 전륜성왕보다는 훨씬 뛰어난 상을 지니고 있다는 것은 기쁜 일이 아닐 수 없었다.

정반왕은 아사다 선인과 나라동자에게 갖가지 진귀한 음식과 궁중비주(宮中秘酒)를 대접한 다음, 좋은 옷가지와 보석을 선물로 주었다.

성에서 물러나오면서 아사다 선인은 나라동자를 내려다보며,

"너는 아직 어리니까 태자님이 성도하셔서 설법을 하시게 되거든 그 제자가 되도록 하라."

하고 일렀다.

나라동자는 좋아서 고개를 끄덕거리며,

"태자님이 몇 살 되면 불타가 되시나요?"

하고 제법 어른스럽게 물었다.

“서른다섯에 성도하실 것이다.”

“그럼 그때, 저는 벌써 마흔하나겠군요.”

“그런가? 응 그렇군…….”

그러고는 아사다 선인은 웬일인지 가볍게 한숨을 지었다.

나라동자는 아사다 선인의 생질이었다.

태자가 탄생해서 닷새째 되는 날, 당시의 인도 풍습에 따라 명명식이 거행되었다.

여러 가지 값진 향료가 온 궁중에 뿌려졌고, 성안은 온통 꽃으로 장식되었으며, 도를 터득한 바라문 백팔 사람이 정반왕의 부름을 받아 궁중으로 모여들었다.

큰 잔치를 베푼 다음, 정반왕은 모여 앉아 바라문들에게 태자의 이름을 지어줄 것을 당부했다.

바라문들은 더없이 좋은 이름을 짓고자 서로 머리를 맞대고 상의했다. 그래서 마침내 싯다르타[悉達陀]라는 이름으로 결정을 지었다.

바라문의 대표 한 사람이 정반왕 앞으로 나가,

“태자님이 태어나실 때 모든 서상(瑞相)이 구비되어 있었고, 또 모든 것이 성취될 수 있다는 뜻에서 ‘싯다르타’라고 명명하시는 것이 좋을까 합니다.”

하고 아뢰었다.

정반왕은 그 이름을 매우 만족하게 생각하여 온 얼굴에 환한 웃음을 띠며,

“좋소, 좋아—.”

하고는 잔을 높이 들어 벌컥벌컥 술을 단숨에 들이켜 버렸다.

모든 바라문들도 좋아서 히히닥거리며 잔들을 비웠다.

이처럼 즐거운 분위기 속에서 잔치는 진행되고 있었으나, 마야부인의 방에는 우울하고 무거운 공기가 감돌고 있었다. 태자를 낳은 며칠 뒤부터 몸져눕기 시작한 마야부인은 오늘도 자리에서 일어나기는커녕, 오히려 병세가 더욱 악화되어 가는 듯했다.

잔치가 끝나고 마야부인의 방으로 찾아온 정반왕은, 조금 전의 유쾌하던 기분이 일시에 싹 가시고 이마에 절로 주름살이 접혔다.

"부인, 좀 어떻소?"

그러나 마야부인은 아무런 대꾸를 하지 않았다. 하지 않은 것이 아니라 못하는 것이었다. 겨우 눈을 뜨고 정반왕의 얼굴을 멀뚱히 바라보기만 했다. 그 눈은 이미 초점을 잃고 있었다.

'그러나 설마 죽지야 않겠지. 설마, 설마……'

정반왕은 갑자기 불안해지는 것을 어쩌지 못했다.

설마와는 달리, 마야부인은 그로부터 이틀 뒤, 그러니까 태자를 낳은 지 이레 만에 마침내 저승으로 떠나는 몸이 되고 말았다.

정반왕의 슬픔은 이만저만이 아니었다. 태자를 낳아 앞으로 더욱 행복에 넘치는 생활을 마음껏 누릴 수 있는 몸이 되었는데도 불구하고, 그 기쁨을 불과 며칠 맛보지도 못하고 이승을 떠난 마야부인을 생각할 때, 왕의 가슴은 찢어지는 듯했다.

그러나 인생이란 무상한 것. 세월과 함께 차츰 마야부인의 일도 머리에서 희미해져가고, 싯다르타가 한 해 한 해 성숙해 가는 것을 보는 재미로 정반왕은 낙을 삼게 되었다.

마야부인이 죽은 뒤로 싯다르타는 이모인 마하바쟈바디의 손에서 자라났다. 불행 중 다행한 일이었다.

마하바쟈바디는 그 뒤, 왕자와 공주를 낳았다. 왕자는 난다라고 이름 지었다. 그러니까 싯다르타와는 이복형제였다.

아들이 태어난 뒤에도 싯다르타에 대한 마하바쟈바디의 사랑만은 조금도 변하지 않았다.

마하바쟈바디에게뿐 아니라 아무에게나 싯다르타는 귀염과 존경을 받는 몸이 되었다. 그만큼 싯다르타는 건강하고 총명하고 어진 아이였다.

총명하고 어질 뿐 아니라, 무슨 일이든지 한 번 시작하기만 하면 끝장을 내지 않고는 그만두지 않을 만큼 열심이기도 했다. 하나를 들으면 열을 깨치는 비상한 머리, 그리고 비상한 힘…… 그 비상한 재주를 연마하는 데도 비상하게 열을 올리곤 하였다. 누가 보아도 유망한 아이였다. 오히려 지나치게 유망해서 슬그머니 걱정이 될 정도였다.

정반왕은 이 점을 내심 은근히 염려하고 있었다. 염려를 하는 반면 자랑스럽게 여기기도 했다. 그래서 될 수 있는 대로 유명한 스승을 모셔다가 교육을 시켰다. 그리고 학문보다도 무술을 더 열심히 몸에 익히도록 하였다. 훌륭한 왕이 되기 위해서는 학문도 중요하지만 그에 못지않게, 오히려 그보다 더 훌륭한 무술을 몸에 지니지 않으면 안 되는 것이다. 그러니까 정반왕은 싯다르타가 커서 위대한 전륜성왕이 되기만을 간절히 소원하고 있었다.

아버지의 소원대로 싯다르타는 학문에도 열심이었고, 무술 연마에도 이만저만 열을 올리는 것이 아니었다. 그러나 싯다르타는 이따금 묘하게 쓸쓸한 표정을 짓곤 하는 것이었다.

싯다르타가 그런 표정으로 침울해지는 것을 본 정반왕은 측은한 생각이 들어 가슴이 아팠다.

'역시 자기를 낳은 친어머니가 그리운 게로구나. 아—.'

코끝이 찡해지기도 하였다.

싯다르타는 어느새 자기의 친어머니는 자기를 낳은 지 이레 만에 이 세상을 떠났다는 것을 알고 있었다. 조그마한 가슴에 슬픔의 그늘이 서리기 시작한 것이었다.

싯다르타가 열두 살이 되었을 때의 일이었다.

어느 날, 정반왕은 여러 명의 왕자들을 모조리 거느리고 농사 시찰을 나갔다.

초여름, 하늘은 맑고 바람은 꼭 알맞게 불어오고 있었다. 싯다르타는 상쾌한 기분으로 아버지의 뒤를 따랐으나, 논밭에 이르러서는 상쾌한 기분은 어디론지 사라지고, 그만 우울한 표정이 되고 말았다.

논밭에서 마소처럼 일하는 농부들의 모습을 볼 때, 도저히 마음이 편할 수가 없었던 것이었다. 이렇게 알맞게 바람이 불고 좋은 날씨인데도, 농부들의 흙투성이가 된 온몸에서는 기름땀이 척척 흐르고 있었고, 어떤 이는 앙상하게 뼈만 남은 몸에 힘줄이 시퍼렇게 돋아나 보이기도 했으며, 헉헉 곧장 가쁜 숨을 내쉬면서도 일손을 놓지 않는 사람도 있었다.

딴 왕자들은 모두 재미있는 무슨 구경거리라도 되는 것처럼 바라보고 있었으나, 싯다르타의 감수성이 예민한 마음은 사람들의 육체의 고통이나 마음의 불평을 직감적으로 느끼지 않을 수가 없었다. 백성들은 자기네들처럼 안락한 생활을 하고 있지 않다는 것을 그는 처음으로 알았던 것이다.

그리고 싯다르타는 또 한 가지 광경을 보고 가볍게 소름이 돋는 것을 느꼈다. 파헤쳐진 검붉은 흙 속에서 벌레들이 우글우글 쏟아져 나왔다. 쏟아져 나온 벌레들은 햇볕을 받자 그만 두려워져서 앞을 다투어 다시 흙 속으로 파고 들어가려고 우글우글 덩어리져서 몸부림이었다. 이 벌레들을 어디서 보았는지, 난데없이 새들이 날아와서 마구 쪼아 먹기 시작하는 것이 아닌가. 처참한 광경이었다.

그러나 다른 왕자들은 모두 그 광경을 재미있는 구경거리로 생각하고, 빙그레 웃으면서 바라보고들 있었다.

싯다르타는 전율을 느끼며 그만 눈을 감고 돌아서 버리고 말았다. 눈앞에서 벌어지고 있는 처참한 광경도 광경이지만, 그것을 보고 재미있는 듯이 빙그레 웃고 있는 여러 왕자들, 그러니까 동생들의 마음이 더 어이없고 무섭게까지 느껴졌던 것이다.

그는 슬금슬금 일행들로부터 떨어져, 혼자 염부수(閻浮樹) 그늘을 찾아가서 눈을 감고 팔짱을 끼고 앉아서 목숨 있는 것의 고통과 죽음에 대해서 생각해보았다. 그의 감은 눈에는 흙투성이 땀투성이가 되어 일하는 농부들의 피로한 모습과 채찍에 맞아가면서 침을 흘리며 쟁기를 끌고 있는 소의 모습, 그리고 모여드는 새들에게 잡아먹히지 않으려고 우글거리는 벌레들의 처참한 모습이 차례차례 선명하게 지나갔다. 그는 그 목숨 있는 것들의 괴로운 자태가 가련히 여겨져 견딜 수가 없었다.

'어떻게 하면 그들을 그 괴로움으로부터 벗어나게 할 수 있을까?

어떻게 하면…….'

아무리 생각해도 좋은 도리가 머리에 떠오르지 않아, 그는 마침내 두 눈에 어리는 뜨거운 눈물을 참을 수가 없었다. 하염없이 흐르는 눈물을 닦을 생각도 하지 않고 그는 그대로 앉아서 언제까지나 시간이 가는 줄도 모르고 가련한 목숨들을 동정하고 괴로워했다.

정반왕과 왕자들은 싯다르타의 모습이 보이지 않는 것을 알자, 당황하여 사방을 찾아보았다. 한참을 두루 찾은 끝에 겨우 발견했을 때도 싯다르타는 여전히 염부수 아래에 앉아서 묵상에 잠겨 있었다.

그 모습을 보자, 정반왕은 얼굴에 어두운 그늘을 만들었다.

'혹시 아사다 선인의 예언과 같이 저 놈이 전륜성왕이 될 생각은 하지 않고, 출가해 버리는 것이나 아닐지?'

불안한 마음 그지없었다. 어느덧 서쪽 하늘에 붉은 저녁놀이 물들고 있었다.

제3장 우울한 궁전

싯다르타는 자랄수록 점점 깊은 생각에 잠기는 때가 많게 되었다. 출가를 하고 싶은 것 같은 표정이 얼굴에 떠오를 때도 있었다.

그렇다고 언제나 그렇게 우울한 표정만을 짓고 있는 것은 결코 아니었다. 열심히 책을 읽기도 했고, 동생들과 재미있게 노는 때도 많았다.

그런 쾌활한 싯다르타의 모습을 볼 때면 정반왕은 적이 마음이 놓였다.

나이가 들수록 싯다르타의 성질은 더욱 어질어지는 것 같았고, 감수성도 더 예민해지는 듯했다. 그래서 태자와 접하는 사람은 누구나 그를 경애하여 마지않았다. 태자 역시 만나는 사람들을 누구나 사랑하고, 그 괴로움 같은 것을 알면 동정하여 힘자라는 데까지 도와주곤 했다.

이렇게 어질고 착한 분을 처음 보았다고, 사람들은 곧잘 싯다르타의 인품을 떠받들었다.

"그분이 왕이 되면 참으로 자비심 많은 정치를 할 거야."

"백성들의 생활이 아주 달라지고 말걸."

"정말, 어서 빨리 싯다르타 태자님이 왕이 되었으면 좋겠네."

"정말이야."

그러나 싯다르타의 심중은 아무도 헤아릴 수가 없었다. 맑고 깨끗하기는 했으나 그것은 너무나도 깊은 심연이었던 것이다. 그 심연에는 무엇이 담겨 있는지 아무도 알 수가 없었다.

쾌활하게 놀 때도 태자에게 어딘지 모르게 쓸쓸한 구석이 있어 보이는 것은 아마 그 깊은 심연 속에 담겨 있는 것 때문이 아닌가 생각되었다.

싯다르타가 열아홉 살이 되던 해, 정반왕은 그에게 결혼할 것을 권했다. 결혼을 해서 아들딸을 낳고, 따뜻한 가정을 이루어 행복하게 사는 것이 인생의 가장 큰 보람이라고 간곡히 말했다.

싯다르타는 처음에는 아직 장가를 들 생각이 없다고 마다했으나, 아버지의 진심이 그러하다면 굳이 거절할 것도 아니라고 생각하여 마침내 승낙을 했다.

사랑스러운 여인과 결혼을 해서 아버지의 마음을 기쁘게 해드릴 수 있다면 아들 된 도리도 되는 것이니 괜찮은 일이라고 생각했던 것이다. 그리고 열아홉, 한창 젊은 나이인지라 어여쁜 여인에 대한 달콤한 연정도 없지 않았던 것이다.

싯다르타가 결혼을 하겠다고 승낙을 하자, 정반왕은 좋아서 어쩔 줄을 몰랐다.

'이제 내가 마음을 놓을 수가 있게 되었구나.'

왕의 기뻐하는 모습은 옆에서 보기에 눈물겨울 정도였다.

그날로 정반왕은 온 나라 안에 명을 내려 아름답고 마음 착한 규수를 물색하도록 했다. 그리고 새로이 아름답고 웅대한 궁전을 짓도록 일렀다.

자기의 새 가정을 위해 지어지는 웅장한 궁전의 건축 공사를 볼 때마다 싯다르타의 가슴에서는 새로운 괴로움이 솟아오르는 것이었다. 많은 백성들이 동원되어 밤낮을 가리지 않고 돌을 나르고 흙을 나르고 목재를 운반하는 모습은, 논밭에서 일하는 농부들의 모습보다 훨씬 비참해 보였다.

'나 한 사람의 행복을 위해서 저토록 많은 사람들이 고통을 겪어야만 하는 것인가?'

생각할수록 죄스럽고 마음이 아파 견딜 수가 없었다.

그러나 정반왕은 기쁜 마음을 감추지 못하여 늘 얼굴에 밝은 웃음을 띠고 곧잘 공사 현장에 나타나, 아들의 새로운 행복을 위하여 조금이라도 더 좋은 궁전이 되도록 감독을 하고 독려를 아끼지 않았다.

규수를 고르는 일도 진척이 잘되어, 마침내 이상적인 상대를 간택하기에 이르렀다. 집장대신(執杖大臣)의 딸 야수다라가 바로 그녀였다. 야수다라는 얼굴도 아름답거니와 그에 못지않게 마음씨도 고왔다. 고운 마음씨가 그대로 눈에 비쳐지는 듯, 두 눈은 영롱한 구슬처럼 맑고 그윽하고 총명하게 반짝거렸다. 싯다르타의 배우자로서 꼭 알맞은, 참으로 아리따운 아가씨였다.

싯다르타와 야수다라가 결혼을 하는 날, 가비라성은 온통 축복의 소용돌이 속에 떠나갈 듯했다. 낮에는 가지가지 장식물과 생화가 성을 뒤덮었고, 밤에는 오색이 영롱한 등불들이 지상의 성좌처럼 성을 수놓았다. 술과 노래와 춤, 그리고 밤이 깊어가는 줄도 모르고 울려 퍼지는 북소리, 나팔소리…… 참으로 굉장한 축전이었다.

야수다라는 그날따라 한결 더 우아하고 어여뻐 보였고, 싯다르타 역시 아침부터 저녁까지 환하고 즐거운 표정이었다. 두 사람이 나란히 섰을 때, 그리고 나란히 앉았을 때의 모습은 누가 보아도 하늘이 맞추어준 연분이라고 아니할 수 없었다.

결혼은 싯다르타에게 있어서도 결코 불행한 것이 아니었다. 오히려 그 반대였다.

태자는 처음으로 젊음의 기쁨을 맛보았다. 자기를 진정으로 사랑해주고, 또 의지해 오는 아리따운 여인의 마음 앞에 그는 모든 우울한 생각이 스르르 녹아 사라지는 것 같았다.

두 신혼부부가 나란히 뜰을 거니는 모습은 아름다운 한 폭의 그림이었으며, 또 어쩌면 행복이라는 것의 상징 같기도 했다. 싯다르타의 얼굴에는 노상 미소가 어려 있었다.

그들 두 내외를 위해 새로 지은 궁전은 언제나 따뜻한 봄날 같은 공기에 싸여 있었다.

누구보다도 기뻐한 것은 정반왕이었다. 그러나 한 해 두 해…… 해가 감에 따라 태자에게는 이따금 무엇인가 깊은 생각에 잠기는 버릇이 다시 생기게 되었다.

태자가 우울한 표정으로 생각에 잠길 때면 야수다라는 여느 때보다 월등히 부드럽게, 그리고 따뜻하게 다가가서 태자의 마음에

서리는 그늘을 없애기에 무척 신경을 썼다. 그러면 태자도 야수다라의 마음을 짐작하는지,

"아무 일도 아니야, 괜찮아."

하면서 얼굴에 웃음을 띠고 사랑스러운 아내를 품 안으로 지그시 끌어당기는 것이었다.

태자가 이따금 다시 우울한 생각에 잠기게 되었다는 이야기를 듣고, 정반왕은 걱정이 되어 야수다라에게 여러 가지로 잘 보살피도록 이르곤 했다.

그러나 달이 가고 해가 갈수록 태자의 우울증은 도를 더해 갈 따름이었다. 그래서 태자네 궁전에는 여러 가지 화려한 설비가 더해졌다. 그리고 전국에서 뽑힌 아름다운 여인들이 궁녀로 들어와 꽃 피는 봄이면 꽃 잔치를 베풀고, 달이 밝은 밤이면 달 잔치를 베풀어서 술과 노래와 춤으로써 태자를 즐겁게 해주려고 무진 애를 썼다. 특히 장마철에는 태자의 심중이 더 우울해질까 해서 아침부터 저녁까지 어여쁜 궁녀들이 태자를 둘러싸고 가지가지 놀이를 하면서 날을 보냈다.

그렇게 미녀들에게 둘러싸여 있을 때는 별로 우울한 생각이 들지 않았으나, 호젓한 곳에 혼자 있게 될 때, 혹은 모든 사람이 잠들고 난 깊은 밤중에 잠을 이루지 못하고 혼자 멀뚱멀뚱 뜬눈으로 누워 있을 때는 견딜 수 없는 외로움과 허무감이 온 가슴을 뒤덮고 마는 것이었다.

'모든 인간이 언제까지나 살 수 있다…… 모든 사람이 똑같이 즐겁게 살 수 있다면, 그리고 온갖 생물들이 모두 평화스럽게 살아갈 수 있다면 얼마나 좋을까?'

이런 생각이 거듭될수록 태자는 인생의 무상이 뼈저리게 느껴지곤 하였다.

태자의 이 번민은 아무도 위로할 수가 없는 성질의 것이었다. 때로는 야수다라가 그 무릎에 엎드려 흐느껴 울기도 했으나, 그 효과는 잠시뿐, 다시 우울증에 잠겨버리고 말았다.

태자 자신도 이런 생각이 괴로워서 어떻게 해서든지 그런 생각을 떨쳐버리려고 무척 애를 썼다. 그러나 허사였다. 아무리 생각하지 않으려고 해도 난데없이,

'살아 있다는 것은 무의미한 일이다.'

라는 생각이 머리를 뒤덮어올라치면 태자는 우울해서 견딜 수가 없었다.

'출가를 하는 수밖에 없겠다.'

주위의 모든 사람들이 가장 두려워하는 이 생각을 태자는 눈앞에 다가온 현실로서 마음먹게 되었다.

'출가를 해서 이 괴로움을 해결하지 않으면, 아마 나는 이대로 미쳐버릴지도 모른다.'

이런 지경에 이르게 되자, 정반왕은 쾌락을 가지고서는 도저히 싯다르타의 마음을 붙잡아맬 수가 없다고 생각하고, 이름 있는 학자와 바라문을 시켜 태자의 마음을 돌이키려 했다. 그러나 누구나 태자에게 갔다 와서는

"태자마마만은 우리 힘으로는 어떻게 할 수가 없습니다. 우리가 하는 말을 이미 태자마마께서는 다 알고 계시고, 그뿐 아니라 우리보다 더 깊고 높은 데까지 생각하고 계시니, 어떻게도 할 도리가 없습니다. 좀 멍청하게 태어나셨더라면 좋았을 건데……."

하는 묘한 소리를 하였다.

　정반왕은 그 말을 듣고 쓸쓸하게 웃으면서,

　"정말 그런가 보다. 나도 여러 가지를 물어보았지만 그 정도는 다 알고 있을 뿐 아니라, 그보다 훨씬 위에서 생각하고 있으니……현명한 자식을 낳았기 때문에 괴로움을 겪는 사람은 아마 이 세상에서 나 하나뿐일 거야."

하고 나지막하게 한숨을 쉬었다.

　어느덧 결혼을 한 지도 십 년이 되었다. 싯다르타는 결혼을 했기 때문에 십 년이나 출가가 늦어졌다고 이제 와서는 결혼한 것을 내심으로 후회하기에 이르렀다.

　'이런 상태로 나가다가는 출가가 또 몇 해나 더 늦어질지 모르겠다. 그동안에 덧없이 죽어버릴지도 모를 일이야.'

　싯다르타는 이제 이 이상 더 참고 견딜 수가 없다고 생각했다.

　'그러면 언제 출가를 할까?'

　이렇게 출가할 시기에 대해서 마음속으로 생각하고 있는 어느 날, 야수다라가 곁으로 다가와서 나긋한 웃음을 얼굴에 띠우며,

　"여보."

하고 은근한 목소리로 말을 걸었다.

　창가에 서서 허공을 날고 있는 한 마리 새를 바라보며 끝없는 외로움과 허무감에 젖어 있던 싯다르타는 아내를 돌아보지도 않고 그저,

　"응."

하고 대구만 했다.

그러나 야수다라는 조금도 싫은 기색 없이 더욱 나긋나긋하게 말했다.

"저 말이죠, 저…… 혹시 임신이 아닌가 모르겠어요."

"뭐?"

그제야 싯다르타는 번쩍 제정신이 든 듯, 야수다라 쪽으로 돌아섰다. 야수다라는 수줍은 처녀처럼 얼굴을 붉히며,

"아무래도 임신인 것 같아요."

하고 까만 보석처럼 빛나는 눈으로 남편을 바라보았다.

"그래?"

싯다르타는 알았다는 듯이 한마디 대꾸를 하고는 묵묵히 생각에 잠겼다.

"기쁘지 않으세요? 머지않아 우리의 자식이 태어나는데……."

"이 세상에 태어난다는 것이 기쁜 일이라면 기쁘겠지만……."

"그럼 태어나는 것이 기쁘지 않단 말씀이에요? 우리가 잘 키워주면 되는 거 아니에요."

"아무리 잘 키워서 호강을 시켜줘도, 결국 사람이란 죽고 마는 법이야. 살아 있는 동안이란 극히 짧은 거야."

"그런 불길한 말씀은 하지 마세요. 태아에게 해로워요."

야수다라는 원망스러운 듯, 살짝 그러나 곱게 눈을 흘겼다. 그러자 싯다르타는 다시 돌아서서 창밖 멀리 허공으로 시선을 던지면서 말했다.

"불길한 얘길는지는 모르지만 그게 참말인 걸 어떻게 하나."

"그럼 사람으로 태어난다는 것은 누구나 불행한 일이란 말씀이에요?"

“그렇지.”

“그러나 저는 결코 불행하지 않은데요.”

“그런 어리석은 소리는 입 밖에 내지 않는 것이 좋아. 이 세상에 행복한 사람이란 아무도 없어. 누구나 나이를 먹어야 하고, 병들어야 하고, 그리고 결국은 죽어야 하는 거야.”

“그렇지만 실지로는 모두 행복한 듯이 그날그날을 살고 있지 않아요?”

“당신은 낡은 우물 속에 빠진 나그네가 한 가닥 넝쿨을 붙잡고 늘어져 있는 이야기를 듣지도 못했소?”

“그런 얘긴 금시초문이에요.”

“그럼 내가 얘길 해주리라.”

싯다르타는 조용히 다음과 같은 이야기를 야수다라에게 들려주었다.

옛날에 어떤 나그네가 길을 가다가 목이 말라서 우물을 찾았다. 길에서 멀지 않은 곳에 오래된 낡은 우물이 하나 있었다. 나그네는 그 우물 가까이로 가서 안에 물이 있는가 들여다보려 했다. 그 순간 우물가의 흙이 와르르 허물어져서, 나그네는 그만 우물 속으로 떨어지고 말았다.

그러나 용케도 우물에 드리워진 넝쿨을 붙잡을 수가 있었다. 넝쿨을 붙잡고 대롱대롱 매달린 나그네는 바짝 정신을 차리고 밑을 내려다보았다. 그 순간 그는 그만,

“으악!”

하고 소리를 지르고 말았다.

우물 밑에 커다란 구렁이가 한 마리 칭칭 똬리를 틀고 앉아서 위를 쳐다보며, 새빨간 혓바닥을 날름거리고 있었던 것이다. 떨어지기만 하면 그 구렁이의 밥이 되고 마는 것은 뻔한 일이었다. 그래서 이번에는 위를 쳐다보았다. 위를 쳐다본 나그네는 또 한 번 놀라지 않을 수 없었다.

위에서는 언제 나타났는지 흰 쥐 한 마리와 검은 쥐 한 마리가 번갈아가면서 넝쿨을 쪼고 있는 것이 아닌가.

나그네는 그만 새파랗게 질려버리고 말았다. 이제 넝쿨이 끊어져서 밑으로 뚝 떨어져 구렁이의 밥이 되는 도리밖에 없는 것이다. 넝쿨이 끊어져서 밑으로 떨어지는 그 순간까지라도 살아보려고 나그네는 끝내 그 넝쿨을 붙잡고 바동바동 땀을 흘리고 있는 것이었다.

"그런 게 우리의 인생이란 말이야."

싯다르타가 말하자, 야수다라는 두 손으로 얼굴을 가리며,

"아이 무서워!"

하고 바르르 떨었다. 그리고 잠시 후 물었다.

"그럼 어떻게 하면 좋아요? 살아 있다는 것이 무서워졌어요."

"그러나, 불타의 길에 들어서면 구원을 받을 수가 있는 거야."

"그러려면 출가를 하는 길밖에 없으시나요?"

"그렇지. 출가를 해야지."

"그럼 저도, 그리고 태어날 우리의 아기도 구원을 받을 수가 있나요?"

"내가 참 깨달음을 얻게 되면 너희들도 구원을 받게 되고말고……."

"저도 요즘 차츰 당신의 마음을 이해하게 되는 것 같아요. 그러나 부디 우리의 아기가 태어날 때까지는 집에 계셔주세요, 네? 저의 마지막 소원이에요."

"그렇다면 그러기로 하지."

싯다르타는 쓸쓸한 표정을 짓고 있는 아내를 따뜻한 시선으로 바라보며 대답을 했다.

그리하여 싯다르타의 출가는 또 일 년이 늦어지게 되었다.

어느 화창한 봄날이었다.

싯다르타는 기분을 좀 새롭게 하기 위해서 꽃이 만발했을 화원을 찾아 하루를 보내기로 마음먹었다. 정반왕에게 그 이야기를 했더니, 왕은 매우 기뻐했다.

"종종 그렇게 바람을 쐬러 나가도록 해라. 그러면 몸과 마음이 한결 상쾌해질 것이다."

그리고 신하들에게 태자가 가는 길에 아무런 사고가 없도록 하라고 단단히 일렀다.

태자는 사랑하는 백마 간타가가 끄는 수레에 몸을 싣고, 많은 신하들의 호위를 받으며 성의 동쪽 문으로 나갔다.

그러나 얼마 가지 않아서 태자는 마부 찬다카에게 수레를 멈추도록 일렀다. 일행은 모두 의아한 표정으로 수레 위에 앉은 태자를 바라보았다.

태자는 길거리를 지나가고 있는 한 노인을 가만히 바라보고 있는 것이었다. 허리가 활처럼 굽었고, 여윌 대로 여윈 노인이 지팡이에 몸을 의지하며 비실비실 걸어가고 있었던 것이다.

그 노인의 모습을 한참 동안 바라보고 있던 태자는,

“돌아가자!”

하고 우울하기 짝이 없는 표정을 지었다. 일행은 잠시 멍하니 서 있기만 했다.

“어서 수레를 돌리도록 해!”

태자의 언성이 높아지자, 챤다카는 할 수 없이 말고삐를 돌렸다.

화원으로 놀러가는 것을 그만두고, 성으로 돌아가면서 태자는 가라앉은 목소리로 말을 끌고 있는 챤다카에게 물었다.

“아까 그 노인을 보고 너는 어떻게 생각하느냐?”

챤다카는 뭐라고 대답해야 좋을지 몰라, 한 손으로 뒤통수를 긁기만 했다.

“머지않아 너도 나도 다 저렇게 되고 만다.”

그리고 태자는 굳게 입을 다물어버리고 말았다.

화원을 찾아 나섰던 태자가 이내 돌아오자, 궁중 사람들은 모두 어찌된 영문인가 하고 눈들이 휘둥그레졌다.

신하들에게 그 사실을 보고받은 정반왕은 미간에 여덟팔자를 그리며 크게 한숨을 쉬었다.

그 후, 태자는 두 번 더 화원을 찾아 나섰다. 그러나 두 번 다 첫번째와 마찬가지로 화원까지 가보지도 못하고 되돌아오고 말았다.

한 번은 중도에서 병자를 만났던 것이다. 어디가 아픈지 얼굴이 온통 까맣게 탄 사람이 길가에 누워서 끙끙 앓고 있었다. 그 신음하는 소리를 듣고 태자는 또 마음이 우울해져서 수레를 돌리지 않을 수 없었다.

또 한 번은 도중에 상여를 만났던 것이다. 상여를 메고 가는 상두꾼들의 처량하고 구슬픈 노랫소리는 싯다르타의 폐부를 찌르는 듯했다.

'죽음이란 저렇게도 애처롭고 허망한 것이로구나.'

눈앞에서 죽음을 보니 더욱 그런 생각이 절실해지는 것이었다.

그리고 그 순간, 싯다르타의 가슴속 깊은 곳에 반드시 출가를 하고야 말겠다는 굳은 결심이 맺히고 말았다.

'집을 나가면 우선 어디로 가야 할까? 그리고 누구를 스승으로 모시는 것이 좋을까?'

이런 생각에 잠겨 있던 어느 날, 해산하러 친정에 간 야수다라로부터 순산을 했다는 기별이 왔다. 그리고 아들이라는 것이었다.

그러나 싯다르타는 어쩐지 가슴만 두근거릴 뿐, 기쁘다는 생각이 우러나질 않았다. 출가를 하는 데 오히려 장애가 된다는 생각이 들기도 했다.

그래서 야수다라가 옥동자를 안고 돌아오자 싯다르타는,

"라훌라!"

하고 탄식을 했다.

'라훌라'라는 말은 장애(障礙)라는 뜻이었다.

그리고 아이의 이름까지 라훌라라고 지어버렸다.

이 이름을 듣자 정반왕은 얼굴을 찡그리며 노여워했고, 야수다라는 너무나도 슬프고 원망스러워서 엎드려 엉엉 울었다.

태자도 심중은 매우 괴로운 모양이었다.

처음으로 태어난 아들이 귀여워서 안고 어르다가도 별안간 침울한 표정이 되어, 아이를 내려놓고는 창가로 가서 먼 하늘을 바라보곤 했다.

그리고 며칠 뒤, 마침내 싯다르타는 부왕에게 자기의 결심을 명백히 이야기하고 허락을 해줄 것을 간청했다.

'드디어 때가 오고야 말았구나.'

정반왕은 가슴이 덜컥 내려앉는 듯했다. 왕은 뭐라고 이야기를 하려다가 말고 아들의 얼굴을 가만히 바라보고 있더니, 그만 눈물을 줄줄 흘려버리고 말았다. 그것을 보자, 태자의 눈에서도 눈물이 쏟아져 내렸다.

두 사람은 잠시 그렇게 소리 없이 울었다. 그러고 나서 왕이 입을 열었다.

"너의 마음을 내가 짐작하지 못하는 바는 아니다. 그러나 야수다라와 라훌라의 일도 좀 생각해봐야 되지 않겠느냐? 나도 이제 많이 늙었다. 이젠 왕위도 너에게 물려주고 조용히 여생을 보내고 싶구나. 아무쪼록 다시 한 번 잘 생각해서 마음을 돌이키도록 해다오. 딴 일이면 무슨 일이든지 네 소원대로 해주마."

"부왕마마, 그러시다면 저의 소원 세 가지를 풀어주십시오."

"오냐, 풀어주고말고, 세 가지가 아니라 삼십 가지 아니 삼백 가지라도 풀어주마."

"그러시다면 거침없이 말씀드리겠습니다. 저의 세 가지 소원이란 다름이 아니라, 첫째 늙지 않을 것, 둘째 병들지 않을 것, 그리고 셋째는 죽지 않을 것, 이 세 가지입니다. 이 세 가지 소원만 이루어주신다면 저는 출가를 하지 않겠습니다."

그 말을 듣고 왕은 얼굴이 붉으락푸르락했다. 그러나 싯다르타의 표정이 너무나도 진지했기 때문에 노할 수가 없었다.

"그런 무리한 소원이 어디 있느냐. 나를 이 이상 더 괴롭히지 말아다오."

정반왕은 이렇게 말하고 자리에서 일어나 밖으로 나가버렸다.

밖으로 나가는 부왕의 뒷모습을 바라보는 태자의 가슴은 찢어지는 듯 아팠다.

'저렇게 어질고 애정이 두터운 아버지를 저버리고 출가를 해야 하다니…… 아, 이 일을 어쩌면 좋을까?'

싯다르타는 그만 그 자리에 엎드려서 몸부림을 치며 울었다. 어떻게 하면 좋을지 참으로 괴로운 일이었다.

제4장 심야의 출가(出家)

'어떻게 하면 좋을까?'

번뇌에 사로잡힌 나머지, 한때 태자는 출가를 그만둘까도 생각했다.

'내가 출가를 한다는 것은 결코 아들 된 도리가 아니다. 남편 된 도리에도 어긋난다. 뿐만 아니라 떳떳한 아버지라고 할 수도 없는 것이다.'

이런 생각들이 자꾸 태자의 마음을 가로막고, 약한 쪽으로만 이끌었다. 괴로운 일이 아닐 수 없었다.

그러나 싯다르타는 무의미하고 괴로운 나날을 이 이상 더 견디고 있을 수가 없었다. 세상의 모든 사람들이 고통과 싸우다가 마침내 허무하게 죽어가는 이 마당에 혼자서만 안락하고 사치스러운 생활을 하며, 허송세월을 할 수는 도저히 없는 일이었다. 그것은 자기 자신을 기만하는 짓일 뿐 아니라, 나아가서는 모든 사람들에게 죄를 범하는 일이라는 것을 생각할 때, 그는 한시도 더 견딜 수가 없었다.

'작은 것을 버리고, 큰 것을 살리자. 그렇다! 큰 것을 살려야 한다. 그것이 진리의 길이다.'

어느 날 저녁, 태자는 뜬눈으로 밤을 새우다가 마침내 주먹을 불끈 쥐고 어금니를 꽉 물었다. 이마에는 땀이 영롱한 구슬처럼 맺혀 올랐다. 마침내 출가를 결심하고야 만 것이었다.

며칠 동안, 태자는 출가 준비를 했다. 무엇보다도 큰 준비는 마음의 준비였다. 지금까지의 번민이 그대로 마음의 준비긴 했으나, 막상 아버지와 처자를 버리고 집을 떠날 일을 생각하니 그냥 쉽게 담담해지질 않았다. 그러나 태자는 조용히, 그리고 모질게 그 일을 해냈다. 치근치근 엉겨 붙는 속세의 정을 냉정하게 도려내 버리고 말았다.

마침내 출가를 하기로 마음먹은 그 밤이 다가왔다.

마지막 밤— 생각하면 태자의 가슴은 찢어지는 것 같았다. 그러나 태자는 억지로 즐거운 표정을 지어 그 밤을 보냈다.

여느 때보다 월등하게 밝고 기분 좋아 보이는 태자의 얼굴을 보고 사람들은 몹시 기뻐하였다.

야수다라와 시종들을 거느리고 앉아, 궁녀들의 흥겨운 노래를 듣고 있는 태자의 모습은 행복하게까지 보였다. 궁녀들의 노래가 끝나면 누구보다도 크게 박수를 쳤고, 또 궁녀들이 춤을 추면 태자도 따라서 웃으며 어깨를 들썩거리곤 했다.

그러한 태자의 거동을 누구보다도 기뻐한 것은 말할 것도 없이 야수다라였다.

“태자마마, 한없이 기쁩니다.”

“울고 있구려.”

“예. 하도 기뻐서 눈물이 다 쏟아지는군요.”

눈물이 어린 두 눈으로 남편을 쳐다보는 야수다라의 얼굴은 가슴이 서늘해지도록 아름다웠다. 그러나 태자는 마음의 동요를 꾹 눌러 참고,

“나도 참 즐겁소.”

라고 말하고는 미소를 띠며 아내의 어깨를 부드럽게 어루만졌다.

가무가 끝난 뒤, 야수다라는 참으로 오랜만에 남편의 따뜻한 품에서 깊고 아늑한 잠을 잘 수 있었다. 그러나 그렇게 아득하고 따뜻한 잠도 이 밤이 마지막일 줄이야…….

모든 사람들이 깊이 잠든 한밤중, 태자는 조용히 자리에서 일어났다. 자리에서 일어난 태자는 살며시 아내와 어린 아들의 이부자리를 바로잡아주었다.

그리고 잠시 아내와 아들의 얼굴을 가만히 바라보았다. 남편이 집을 나가는 줄도 모르고 깊이 잠든 아내, 아버지가 출가하는 것을 알 까닭이 없는 아들, 그들의 잠든 얼굴을 볼 때, 태자는 가슴에서 불현듯 죄스러운 생각이 머리를 쳐들었다.

‘이 죄 없는 것들을 두고…….’

지금까지의 결심이 와르르 무너질 것 같았다.

‘그러나 작은 것을 버리고 큰 것을 얻어야 한다. 큰 것을!’

태자는 마침내 방문을 열었다. 방문을 여는 손이 가늘게 떨렸다.

밖은 궁녀들의 거처였다. 얼마 전까지 요염한 자태로 노래를 부르고, 춤을 추던 궁녀들이 모두 다 쓰러져 자고 있었다.

태자는 잠든 궁녀들이 깨지 않도록 조심스럽게 발걸음을 옮겼다. 그때 뿌드득! 소리가 났다.

깜짝 놀란 태자는 소리 난 쪽으로 고개를 돌렸다. 그 소리는 어떤 궁녀가 이를 가는 소리였다. 깊이 잠든 그 여인은 연거푸 이를 갈아댔다. 깨어 있을 때와는 달리 이맛살을 잔뜩 찌푸리고 이를 갈아대는 그 얼굴은 흉측스럽기 짝이 없었다.

태자는 쓰러져 자는 궁녀들을 한 사람씩 유심히 훑어보았다. 이불을 꼭 껴안고 풍만한 육체를 뒤틀며 자고 있는 여인이 있는가 하면, 입을 딱 벌리고 침을 질질 흘리며 자는 여인도 있고, 방바닥에 볼을 대고 코를 드르렁드르렁 고는 여인도 눈에 띄었다. 어떤 여인은 탐스러운 유방과 허연 허벅지를 아무렇게나 드러내놓고 있기도 했다.

태자는 차마 못 볼 것을 본 사람처럼 이맛살을 찌푸렸다. 인간의 모습치고는 너무나도 그 광경이 비천했던 것이다. 태자는 불쾌하고 우울했으나, 한편 가엾은 생각과 함께 동정하는 마음이 우러나기도 했다.

쩝쩝 입맛을 다시며, 태자는 가만가만 걸음을 옮겼다.

잠시 후, 태자는 아무도 모르게 무사히 뜰로 내려설 수가 있었다.

달이 몹시 밝았다. 뜰에는 환한 달빛이 깔려, 나무와 화초들이 수묵(水墨)으로 그린 그림처럼 선명하게, 그리고 고요하게 놓여 있었다. 모든 목숨 있는 것들이 깊이 잠든 적막의 세계— 낮과는 전혀 다른 세계가 신비롭게 펼쳐져 있었다.

태자는 가만히 그러나 크게 안도의 숨을 내쉬었다.

'찬다카를 깨워야지.'

태자는 사뿐사뿐 달빛을 밟으며 마부의 집이 있는 쪽으로 걸음을 옮겼다.

"챤다카야! 챤다카야!"

마부의 집 앞에 이른 싯다르타는 똑똑똑…… 가만히 문을 두들겼다. 그러나 아무런 대꾸가 없었다.

"챤다카야! 나다, 나. 싯다르타, 어서 문을 열어라!"

그제야 안에서 인기척이 나며, 문이 열렸다.

눈을 비비며 나타난 챤다카에게 태자는,

"얼른 간타가를 끌고 오도록 해라."

하고 일렀다.

챤다카는 어찌 된 영문인가 하고 태자의 얼굴을 멀뚱히 바라볼 뿐이었다.

"어서! 어서 가서 끌고 오라니까."

"이 깊은 밤중에 어딜 가시려고 그러십니까?"

"저 달을 보아라."

태자는 달을 바라보며 말했다. 챤다카도 태자를 따라 중천에 뜬 달을 쳐다보았다.

"몹시 밝지?"

"예."

"이렇게 좋은 밤을 그냥 잠을 자며 보낼 수가 없구나."

"……."

"우리 성 밖으로 바람을 좀 쐬러 나가자꾸나."

"하지만……."

"잠이 와서 싫단 말이냐?"

"아니옵니다. 지금 밖에 나가시면 몸에 해롭습니다. 내일 날이 밝은 다음에 나가심이 좋을 줄로 압니다."

"가기 싫거든 그만둬라. 내가 가서 말을 끌고 오겠다."

"아니옵니다. 정 그러시다면……."

챤다카는 마지못해 마구간으로 뛰어갔다. 그러나 몇 걸음 뛰어가다간 멈추어 서서 뒤를 돌아보며 근심스러운 목소리로 조심스럽게 물었다.

"태자마마, 이 밤으로 영영 출가하시려는 것이나……."

챤다카는 미처 말끝을 맺지도 못하고 목이 메었다.

"쓸데없는 소릴…… 빨리 간타가나 몰고 오도록 해."

"……."

"어서…… 조용히 끌고 와야 한다."

"예."

어쩔 수가 없었다. 가장 존경하는 주인의 말을 챤다카는 차마 거역할 수가 없는 것이었다.

싯다르타는 끌고 온 간타가에 조용히 올라탄 다음, 챤다카를 내려다보며 입을 열었다.

"챤다카야! 이별이란 괴로운 거다. 그러나 그것은 인간의 숙명인데 어찌하랴. 누구나 나서 만나면 반드시 언젠가는 이별을 해야 한다. 싫건 좋건 인간은 숙명 앞에 맞설 순 없는 것이다."

챤다카는 고개를 떨어뜨리고 가만히 듣고 있었다.

"그러나 출가는 생각했던 것보다 퍽 힘이 들고 어려운 것임을 난 오늘에야 비로소 깨달았다. 챤다카야! 나의 오랜 소망을 성취시켜

다오.”

챤다카의 두 눈에는 어느덧 눈물이 어려 있었다.

“챤다카, 나의 출가는 내가 태어난 그 순간부터 이미 정해진 운명이다. 이 결정적인 운명을 피할 도리는 없느니라.”

간타가는 어느새 한 걸음 한 걸음 성문을 향해 걷고 있었고, 간타가의 고삐를 잡은 챤다카도 한 걸음 한 걸음 무거운 걸음을 떼놓고 있었다.

마침내 성문 앞에 이르렀다. 그러나 챤다카는 성문을 열 생각을 잊고, 말고삐를 잡은 채 목석처럼 굳어 있기만 했다. 간타가도 그 자리에 멈추어 서서 공중에 걸려 있는 달을 바라볼 뿐, 더 움직이려 하지 않았다.

“챤다카야! 뭣을 주저하고 있느냐? 어서 문을 열어라.”

“……”

“어서 열어다오.”

챤다카는 크게 한숨을 쉬고는, 무거운 걸음으로 성문을 향해 다가갔다.

육중한 성문이 고요히 열리기 시작하자, 간타가는 힝힝! 하고 코를 한 번 불었다. 성문을 여는 챤다카의 얼굴에는 어느덧 눈물이 주루룩 흘러내리고 있었다.

아무도 이 광경을 보는 사람은 없었다. 다만 하늘에서 무심한 달이 내려다보고 있을 따름이었다.

“고맙다.”

그러나 챤다카는 아무런 대답이 없었다. 말은 곧장 코를 불며 뒷발로 땅을 찼다.

이윽고, 태자는 간타가를 몰았다. 그 뒤를 챤다카는 눈물을 흘리며 따랐다.

"챤다카, 이제 그만 돌아가도록 해라."

"……."

"어서……."

그러나 챤다카는 아무 말 없이 태자의 뒤를 따르기만 했다.

고요한 밤이었다. 이따금 멀리서 밤새 우는 소리가 적막을 깰 뿐, 말굽 소리는 점점 멀어져 갔다.

동녘 하늘이 불그레 물들기 시작할 무렵, 그들은 아노비야라는 고을을 흐르는 아노마 강변에 이르렀다.

시원한 새벽의 강바람이 상쾌하기 그지없었다. 거울처럼 맑은 물을 보자, 태자는 말에서 내려 세수를 했다. 세수를 하고 나니 밤새 달려온 피로가 순식간에 사라지는 것 같았다.

그는 가벼운 걸음으로 가까이에 있는 커다란 바위 위로 올라갔다.

챤다카도 강물에 얼굴을 씻고 나서, 바위 위로 올라가는 태자의 거동을 가만히 바라보았다.

바위 위에 올라가 정좌를 하고, 태자는 칼을 뽑았다.

'아니, 저 칼로 뭘 어쩌자는 걸까?'

챤다카는 바짝 긴장이 되어 두 눈을 깜박거렸다. 칼을 뽑아 든 태자는 그것으로 자기의 긴 머리를 잘라 버리는 것이었다. 그러고는 중얼거렸다.

"이젠 됐다. 오늘부터 나는 싯다르타가 아니다."

챤다카는 또 별안간 슬픈 생각이 가슴을 메웠다.

이번에는 입고 있던 옷을 훌훌 벗더니,

"챤다카야, 이 옷을 갖다가 가난한 사문(沙門)에게 주고, 대신 사문의 옷을 한 벌 얻어다 다오."

하고 말했다.

가슴에 복받치는 것이 있었으나, 챤다카는 아무 말도 못 하고, 태자의 옷을 받아들었다.

강가에 사는 가난한 어느 사문을 찾아가 챤다카는 태자의 옷을 주고, 그 대신 낡은 사문의 옷을 한 벌 얻어가지고 왔다.

"수고했다."

태자는 허름한 사문의 옷을 받아들며 기쁜 표정을 지었다.

그러나 챤다카는 조금도 마음이 편하지가 않았다. 가슴에 맺힌 말을 꼭 한마디하고 싶었으나, 태자의 심중을 헤아리는 터라 차마 말을 입 밖에 낼 수가 없었다.

그러한 챤다카의 마음을 태자도 모르진 않았다. 다만 모르는 체하고 있을 따름이었다.

태자는 마침내 담담한 목소리로 말했다.

"챤다카야, 그럼 여기서 헤어지기로 하자."

그러자 챤다카는 그 자리에 엎드려 흐느끼며,

"태자마마, 저도 마마를 따라 같이 가겠습니다."

하고 애원을 했다.

"안 된다. 그럴 수는 없다. 여기서 돌아가도록 해라."

"결코 혼자서 왕궁으로 돌아가진 않겠습니다."

"혼자서 돌아가는 것이 아니다. 저 간타가와 함께 돌아가는 것이다.”

“마마, 부디 저를 함께 데려가주십시오. 마마…….”

챤다카는 그만 울음을 터뜨리고 말았다.

“챤다카야, 이 마지막 자리에서 나를 더 이상 괴롭히지 말아다오. 너에게 마지막으로 당부하고 싶은 것은 이 칼과 머리카락을 가지고 돌아가서 부왕마마께 전해 달라는 것이다. 그리고 싯다르타는 이미 죽어서 없어진 것으로 생각하시라고 말씀을 올리도록 해라. 내 뜻이 이루어지면 혹시 돌아갈 날이 있을는지 모르나, 아마 그것은 어려운 일일 것이다. 아무튼 싯다르타는 잊어주시기 바란다고 전해라.”

챤다카는 손등으로 눈물을 닦으며,

“태자마마, 마마의 앞에 가로놓인 길은 태산보다도 더 험하옵니다. 그런데 어찌 혼자서 그 길을…….”

하고 태자의 얼굴을 서럽고 안타까운 시선으로 바라보았다.

“그건 나도 안다. 그러나 그 험한 길을 넘고 넘어서 모든 괴로움을 이겨나갈 생각이다. 조금도 걱정할 건 없다. 사람은 어차피 혼자 태어나서 홀로 죽어가기 마련이다. 그것이 사람의 운명인 것이다. 너는 어서 돌아가도록 해라.”

챤다카는 절망에 찬 시선으로 말없이 태자의 모습을 우러러보기만 했다.

“헤어진다는 것은 확실히 괴로운 일이다. 그러나 어차피 너와 나와는 헤어져야 할 운명이다. 어서 돌아서도록 하라니까.”

챤다카의 두 눈에서는 눈물이 주루룩 흘러내렸다. 그리고 그는 힘없이 돌아섰다.

강가에서 물을 마시고 있던 간타가도 코를 하늘로 쳐들고 히히 힝! 울었다.

싯다르타는 이제 완전히 사문의 모습으로 변하여 구도의 첫걸음을 내딛었다.

그는 아노마 강에서 가장 가까운 숲속으로 들어가 적당한 나무 밑에 자리를 잡고 앉아 좌선을 시작했다.

'어떠한 일이 있더라도 결코 물러서지 않으리라.'

마음에 굳게 다짐하면서 최초의 고행에 들어간 것이다.

대낮이 되자, 싯다르타는 몹시 시장기를 느꼈다. 목도 자꾸만 말라왔다. 그러나 그는 움직이지 않았다.

새들이 지저귀는 소리, 나뭇잎을 스치는 바람소리, 그리고 이따금 들려오는 짐승들의 울음소리에 귀를 기울이며 모든 고통을 참아나갔다.

날이 저물고, 어두운 밤이 숲속으로 깔려 들어왔다. 그러나 그의 얼굴빛은 조금도 변함이 없었다. 그곳을 떠날 생각 같은 것은 아예 하지도 않았다. 삼매(三昧)의 경지로 들어간 싯다르타는 자기를 잊고 그렇게 앉아 있었다.

그러나 밤이 이슥해져서 짐승들이 으르렁거리는 소리가 가까운 곳에서 곧장 들려오기 시작하자, 그의 온몸에는 오스스 소름이 돋았다. 무서운 생각이 들며 마음이 흔들리기 시작하자, 지난날의 아름다운 추억들이 떠올라 머리를 어지럽혔다. 한 번 머리가 어지러워지자, 좀처럼 가라앉질 않았다.

그런 상태 속에서 고행은 계속되었다. 이따금 가까이서 샘솟는

물을 마실 뿐, 아무것도 먹지 않았다.

비가 뿌리는 날도 있었다. 그럴 땐 온몸이 으스스 떨리며 한기가 들기도 했다. 열이 올라 곧 쓰러질 것 같은 고통도 겪었다.

'이만한 일로 져서는 안 된다.'

태자의 뜻은 좀처럼 꺾이질 않았다. 그는 기어이 대오(大悟)하고야 말리라고 굳게 마음을 다짐하곤 했다.

이러한 고행이 꼬박 칠 일간 계속되었다. 그러나 어찌된 셈인지 눈곱만치도 깨달음을 얻지는 못했다.

이렇게 혼자서 참선하여 진리를 깨달으려 하느니보다, 차라리 여러 사람의 가르침을 받는 것이 빠른 길이 아닐까 하는 생각이 들었다. 초조하게 서두르지 않고, 유유자적해야 하며, 생사를 초월하여 안심을 얻어야겠다는 생각이 든 것이다. 언제까지나 이대로 앉아 있는 것은 무익한 일인 것만 같았다.

그렇게 생각한 싯다르타는 팔 일째 되는 날 아침, 숲을 나와 거리로 나섰다. 이제 그는 한 사람의 수행납자(修行納者)가 된 것이다.

남루한 옷을 걸치고 힘없는 걸음걸이로 이 마을에서 저 마을로 이름 있는 스승을 찾아 떠돌았다. 만약 뜻이 약한 사람이었다면 벌써 쓰러지고 말았을 것이다.

비록 얼굴은 야위고 몸은 수척해졌으나, 깊고 맑은 의지의 빛은 두 눈에서 아름답게 빛났다. 그리고 온몸에서 높은 위엄이 풍겼다. 육체는 괴로움을 겪으나, 무한한 마음의 긍지를 느끼고 있었다.

'이제부터다. 정말 고통은 이제부터 시작되는 것이다.'

그는 늘 이렇게 마음을 다지곤 했다.

마을 사람들의 이야기를 듣고 싯다르타는 바르가바 선인이 고
행을 하고 있는 아누야 숲을 찾아가기로 했다.

제5장 선인(仙人)들을 찾아서

바르가바 선인의 제자들은 남이 감히 흉내 낼 수 없는 지독한 고행을 하고 있었다.

어떤 사람은 가시 위에 누워 있었다. 온몸이 가시에 찔려 선혈이 흐르는데도 꼼짝하지 않고 견디고 있었다. 자꾸만 가시가 살 속으로 파고들어도 이따금 짐승 같은 신음소리를 낼 뿐 견뎌내는 것이었다.

또 어떤 사람들은 퀴퀴한 냄새가 코를 찌르는 쓰레기 더미 위에 누워 있기도 했다. 더욱 놀라운 것은 이글이글 타오르는 불가에 바싹 다가앉아서 몸을 벌겋게 달구고 있는 고행자들의 모습이었다. 눈알이 시뻘겋게 상기된 얼굴들은 벌써 이승 사람들의 표정 같지가 않았다.

그들은 거의가 풀잎으로 옷을 지어 입었거나, 나무껍질로 간신히 몸을 가리고 있을 뿐이었다. 그리고 굶기를 밥 먹듯 하고 있었다. 이틀에 한 끼니 사흘에 한 끼니…… 그래도 예사로 견뎌낸다는 것이다.

모진 고행을 하는 사람일수록 존경을 받는다고 했다.

싯다르타는 이 광경을 보고 실망에 가까운 생각이 들었다. 도무지 납득이 가지 않았다.

그들의 얼굴은 밝지를 못하고, 어두운 그늘에 덮여 볼수록 처참하게만 느껴졌다. 그러나 그 인내력만은 높이 사주고 싶었다.

"굳이 이렇게 고행을 해야 하는 까닭을 가르쳐주십시오."

싯다르타는 바르가바 선인에게 묻지 않을 수 없었다. 그러자 선인은 코언저리에 약간 웃음을 띠면서,

"극락세계에 태어나기 위해서지."

그것도 모르느냐는 듯이 대꾸를 했다.

이 말을 들은 싯다르타는 더욱 실망을 하지 않을 수 없었다.

'즐거움을 얻기 위해서 억지로 고통을 만들어 괴로워하고 있단 말이지. 극락에서 너무 편하면 다시 인계(人界)에 와서 고통을 겪지 않으면 안 될 게 아닌가. 그리고 도대체 어떻게 극락세계에 태어날 수가 있단 말인가? 만약 태어난다면 어떻게 되는 것일까?'

싯다르타가 말없이 생각에 깊이 잠겨 있는 것을 본 바르가바 선인은 다시 입을 열었다.

"고행의 시초엔 정말 괴롭고 어려운 일이 많지. 그러나 수양을 쌓게 되면 옆에서 보기보다는 쉽게 견뎌낼 수가 있는 법이야."

고행하는 것을 보고 싯다르타의 의기가 꺾인 것으로 잘못 생각한 선인은 타이르듯이 말했다. 잠자코 듣고만 있던 싯다르타가 조용히 입을 열었다.

“괴로움을 참고 고행하는 것은 아주 훌륭한 일입니다. 그러나 어떤 보상을 바라고 고행을 하는 것 같은 인상을 받았습니다. 보상을 염두에 두고 고행을 한다면 괴로움은 영원히 우리 곁을 떠나지 않을 것입니다.”

선인은 눈을 지그시 감은 채 듣고만 있었다.

“그리고 괴로움과 즐거움은 영원히 되풀이될 것입니다.”

선인은 끝내 대답을 못 했다. 할 말이 없었던 것이다.

스승이라고 생각하며 찾아온 싯다르타는 하룻밤을 그곳에서 머무르고, 다음 날 길을 떠났다.

그러나 한 가지 얻은 것이 있었다. 인간이 견뎌낼 수 있는 고행의 한계를 어느 정도 직접 목격한 점이었다.

싯다르타는 결심을 새로이 하고, 남쪽에 있다는 아라라가라마 선인을 찾아가기로 했다.

아라라가라마 선인의 소문은 전부터 듣고 있었으나, 그곳은 몹시 먼 곳이었다. 그러나 바르가바 선인에게서 받은 실망이 너무 컸기 때문에 싯다르타는 어떠한 고난을 겪더라도 아라라가라마 선인이 있는 곳까지 찾아가야겠다고 마음을 굳게 다졌다.

싯다르타는 항하를 건너자 중도에 왕사성에 들렀다.

당시 왕사성은 마가르타국의 서울이었으며, 빔비사라 왕이 나라를 다스리고 있었다.

왕사성에 들른 싯다르타는 이 집 저 집 돌아다니며 문전걸식을 했다.

성안 사람들은 싯다르타의 모습과 얼굴을 보고 이내 정체를 알아챘다. 소문은 꼬리를 물고 퍼져나갔다. 그의 모습이 나타나기만 하면 많은 사람들이 모여서 귓속말로 소곤거렸다.

"저기 오는 저 수도승이 바로 싯다르타 왕자님이래."

"정말이야?"

"그렇다니까. 저 봐, 저 얼굴…… 여위긴 했어도 아주 귀골이잖아."

그러나 싯다르타는 자기에 관한 소문이 떠돌고 있는 줄을 몰랐다.

며칠 후, 그는 반타바 산의 동쪽에 수도승들이 모이는 곳이 있다는 말을 듣고는 그곳을 찾아갔다. 그는 그곳에 당도하여 적당한 자리를 찾아서 정좌를 했다. 그리고 명상에 잠겼다.

빔비사라 왕은 그 소문을 듣고 싯다르타를 찾아 나섰다. 왕은 이미 싯다르타가 출가한 것을 알고 있었다. 그리고 싯다르타를 꼭 한번 만나보려고 마음먹고 있었던 참이었다.

명상에 잠겨 있던 싯다르타는 누가 앞에 와서 서는 인기척에 눈을 떴다. 앞에 서 있는 사람이 빔비사라 왕임을 알아본 싯다르타는 자리에서 일어나 왕을 정중히 맞이했다. 왕도 공손하게 입을 열었다.

"태자, 그대가 출가했다는 소식을 듣고 나는 놀라움을 금치 못했소. 부왕께서 몹시 걱정을 하고 계시리라 믿는데, 어찌하여 출가를 하였나요?"

태자는 아무 말도 하지 않았다.

"혹시 마음에 들지 않는 무슨 일이라도 있었나요?"

"예. 그렇습니다."

"태자, 그렇다면 우리나라에 있어주구려. 마음에 드는 땅을 드리고, 편안하게 살 수 있도록 해드리겠소. 태자께서 원하신다면……."

"감사하옵니다. 그러나……."

"우리나라도 마음에 들지 않으신단 말이오?"

"마가르타국이 마음에 안 드는 것이 아니옵니다."

"그러시면……?"

"저는 이승에 희망을 붙일 곳이 없어 출가를 한 것입니다. 그러므로 다시는 속세에 돌아갈 생각이 없사옵니다. 제 뜻을 헤아려주십시오."

"그렇다면 출가를 하신 목적은?"

"생로병사의 네 가지 괴로움을 끊기 위해서입니다."

"그걸 어떻게 끊는단 말이오?"

"되고 안 되곤 나중에 가봐야 알 수가 있습니다. 그걸 끊을 수 있을 때까지는 죽음도 사양치 않을 생각입니다."

왕은 태자의 굳은 결심을 알고 더 이상 권하지 않았다.

"태자의 굳은 결심은 기어코 이루어지리라 믿습니다. 만약 생로병사를 끊고 도를 얻으면 그 비법을 나에게도 가르쳐 주시구려."

왕은 매우 기분이 좋았다. 싯다르타가 전륜왕이 될까 싶어 내심 두려워하고 있었던 것이다. 그런데 싯다르타가 속세로 돌아갈 생각이 없다는 것을 알고, 적이 안심을 한 것이다. 그리고 태자를 존경하기도 했다. 신뢰할 수 있는 인간임을 안 때문이었다. 왕은 즐겁게 왕성으로 돌아갔다.

싯다르타는 아라라가라마 선인을 찾아가기 위해 왕사성을 뒤로했다. 그리고 먼 길을 떠나 갖은 고생 끝에 마침내 그는 아라라가라마 선인이 있는 곳에 당도했다.

눈처럼 흰 백발에 역시 구름처럼 흰 수염을 가슴까지 드리운 아라라가라마 선인은 무척 나이가 많았으나, 아직도 정정해 보였다.

싯다르타가 찾아갔을 때 선인은 젊은 승려와 이야기를 주고받고 있었다. 젊은 승려는 선인의 이야기를 한마디 한마디 새겨듣고 있었다.

싯다르타는 이 백발의 선인에게서도 뭐라고 형용할 수 없는 막연한 아쉬움 같은 것을 느끼긴 했으나, 아무튼 훌륭한 스승을 만났구나 하는 생각이 들었다. 얼마 동안 이곳에 머무르기로 작정하고 스승의 가르침에 따라 수행으로 들어갔다. 수행은 좌선하여 무념무상(無念無想)의 도를 닦는 일이었다. 그리고 스승의 설도를 듣는 일이었다.

"생명은 본시 그 형태를 알 수 없는 혼돈이었다. 나라는 존재는 바로 그 혼돈에서 생기고, 나로부터 어리석음이 일어 이것이 바로 애착이 된 것이다."

싯다르타는 스승의 말에 조용히 귀를 기울였다.

"그리하여 그 애착에서 육체가 생겨 탐욕, 시기 그리고 온갖 번뇌가 일어나고, 그것이 마침내 유전하여 생로병사의 슬픔과 괴로움이 되는 것이다."

태자는 가만히 듣다가,

"잘 알겠습니다. 그러하오나, 그 생로병사의 뿌리는 어떻게 해야 끊을 수가 있습니까? 그 점을 가르쳐주십시오."

지금까지 궁금하게 여겨오던 점을 물어보았다.

"좋은 질문이다. 그것은 출가하여 계율을 지키면서 수양하되, 겸손하고 인욕하며, 조용한 곳에서 선(禪)을 닦고, 욕망과 악을 멀리 하는 데서 비로소 이루어진다."

싯다르타는 알듯 하면서도 이해하기에 힘이 들었다. 스승은 다시 말을 이었다.

"욕망과 악으로부터 떨어져 있되, 착하지 않은 법을 좇지 말고, 정(定)에 들어 즐거운 마음을 얻어야 한다. 즐거운 마음을 얻게 되면 다시 그 즐거운 마음을 버리고 정념(正念)에 들어가 즐거움을 받아들일 바탕을 마련해야 한다. 그리하여 괴로움과 즐거움을 뿌리치고 밖으로부터 받는 모든 것을 버릴 수 있는 무상(無想)의 경지에 이르러야 하는 것이다."

"……."

"그러나 나 개인의 생각을 덧붙이면…… 선정(禪定)에서 깨어난 다음엔 무량(無量)의 상(想)을 버려야 하는 것이다. 다시 말하면 온갖 생각을 뿌리치고 비상(非想)의 경지에 이르러야 하는 것이다. 이를 이름 지어 나는 해탈(解脫)이라고 말하고 있다. 참으로 네가 생로병사의 근본을 끊고자 원한다면 그와 같이 해야 한다."

싯다르타는 비로소 참된 가르침을 듣는 것 같아 즐거웠다. 그리고 스승의 가르침을 따라 생로병사의 괴로움을 끊으려 무진 애를 썼다.

참으로 피나는 수행이었다.

그렇게 수행에 열중하고 있던 어느 날, 싯다르타를 찾아온 사람이 있었다. 정반왕이 보낸 사신이었다. 사신은 태자 앞에 꿇어앉아 깊이 머리를 숙여 인사를 드린 다음,

"태자마마, 마마께서 출가하신 뒤, 가비라성은 온통 슬픔에 젖어 있사옵니다."

하고 아뢰었다.

"짐작은 하고 있다."

싯다르타는 무겁게 입을 열어 한마디 대꾸를 했다.

"부왕께오서는 실의와 비탄의 나날을 보내고 계십니다."

싯다르타는 괴로운 듯 시선을 돌린 채 말이 없었다.

"태자마마, 다시금 전처럼 우리 가비라성에 웃음을 가져다주시옵소서."

사신은 목멘 소리로 애원을 했다. 그러나 싯다르타는 의연한 태도로 말했다.

"나는 이제 태자가 아니다. 옛날의 싯다르타가 아니다. 무슨 일이 있어도 돌아가지 않겠다. 내 소원이 이루어지는 그날까지는……."

"이렇게 모진 고행을 하지 않으셔도 도를 닦는 길은 달리 있는 줄로 아옵니다."

사신은 마침내 어깨를 들먹거리며 눈물로써 거듭 애원을 했다.

"사람은 누구나 이별과 죽음을 피할 수는 없다. 생과 사를 두려워하는 마음이 없어지지 않는 한 사람은 불행에서 헤어날 수가 없는 것이다. 내가 이렇듯 고행을 하는 것은 어디까지나 부왕과 어머니와 아내의 생명을 구하기 위함이다. 지금과 같은 상태에서는 인간을 죽음으로부터 구해낼 수가 없느니라. 알겠느냐?"

"예, 그러하오나……."

"알았거든 나의 수행을 방해하지 말고 어서 돌아가도록 해라."

그러나 사신은 좀체 돌아갈 생각을 하지 않았다.

"물론 사람은 죽음을 피할 순 없습니다. 하지만 다른 사람들은 즐겁게 살아가고 있지 않습니까. 선인들의 말도 사람에 따라 모두 다르옵니다. 인간이 어떻게 생사의 근본을 끊을 수가 있겠습니까. 태자마마, 부디 마음을 돌리셔서 저와 함께 돌아가 주십시오."

"누가 무어라 해도 내 마음은 흔들리지 않을 것이다. 사람이 죽지 않는다는 것을 증명하는 그날까지는 결코 돌아가지 않겠다. 어서 너나 돌아가거라. 어서—."

사신의 얼굴을 바라보며 싯다르타는 타이르듯 조용히 말을 맺었다. 사신은 힘없이 그 자리를 일어서는 수밖에 도리가 없었다.

싯다르타는 한동안 아라라가라마 선인 밑에서 수행을 계속했다. 그러나 아라라가라마 선인의 가르침만으로는 부족하다는 것을 느끼게 되었다.

하루는 의문되는 점을 스승에게 물어보았다.

"상을 갖지 말라, 무상 그것마저도 생각해서는 안 된다고 하셨습니다. 하지만 그것을 닦는 것은 나가 아닙니까. 번뇌의 큰 뿌리는 뿌리칠 수가 있다고 하지만 수없이 많은 작은 뿌리는 오히려 무성하게 자라서 드디어는 새로운 번뇌를 가져올 것입니다. 더 깊은 밑바닥까지 파고들지 않으면 완전히 번뇌를 씻을 수가 없을 것인데, 어떻게 하면 더 깊은 밑까지 파고들 수가 있습니까?"

스승의 대답은 시원치가 못했다. 자신이 없는 빛이 얼굴에까지 나타나 보였다.

싯다르타는 모처럼 안정되어 가는 생활을 버리고 그곳을 떠나지 않으면 안 되겠다고 생각했다. 보다 높은 스승, 보다 깊은 진리를 찾아나서야 될 단계에 이른 것이다.

싯다르타가 세 번째로 찾아간 선인은 우두라카 라마푸트라였다. 그러나 그 선인 역시 아라라가라마의 경우와 비슷했다. 만족을 얻지 못한 싯다르타는 그곳에도 머무르지 않았다. 이제는 전인도 안에 자기를 가르칠 만한 스승이 없다고 느꼈다. 그러므로 스스로의 힘으로 깨달음을 얻는 길밖에는 없게 되었다.

'우선 내가 머물러 정진할 곳을 찾자.'

그리하여 마가르타국의 가야라고 하는 지방에서 그다지 멀지 않는 우루빌바 촌의 숲을 찾아가 그곳을 그의 도장으로 정했다.

숲 기슭엔 맑은 니련선하가 흐르고 있었다. 그리고 강가의 백사장이 매우 마음에 들었다.

'수행하기에 꼭 알맞은 곳이로구나. 나의 대원(大願)이 이루어질 때까지 이곳을 떠나지 말자.'

이때부터는 옛날의 시종이었던 교진여(橋陣如)의 일행 다섯 사람이 함께 고행을 하게 되었다. 그리고 그들은 싯다르타의 건강을 염려하여 이모저모로 머리를 써 시중을 들었다. 그러나 말할 수 없는 고행이었으므로 싯다르타는 날로 수척해 갔다. 두 눈은 움푹 꺼져 들어가고, 광대뼈는 형편없이 불거져 올라왔으며, 코도 뼈만 남아 뾰족하게 솟구쳐서 볼품이 아니었다. 뼈다귀에 가죽을 씌워놓은 것 같은 몰골이었다.

그럴 수밖에 없는 것이, 몇 톨의 낱알과 몇 모금의 물로써 하루해를 넘기고 있는 터였다. 죽지 않고 살아 있는 것이 신기할 지경이었다. 그러나 온갖 고통을 참아가며 싯다르타는 참다운 깨달음을 얻고자 정진에 정진을 거듭했다.

해탈의 경지란 그렇게도 요원하고 어려운 것인지, 그런 모진 수행을 거듭해도 좀처럼 이루어지지가 않았다. 이루어질 듯 이루어질 듯하다가도 다시 마음속에 세속적인 생각이 떠오르곤 하였다.

곁에서 태자의 시중을 들며 함께 고행을 하는 다섯 사람은 싯다르타의 도를 구하려는 그 열의와 노력에 감복하여 혀를 내둘렀다.

정반왕은 그 후로도 태자의 걱정을 떨쳐버리질 못하고, 이따금 사람을 보내어 살펴보고 오도록 했다. 그럴 때마다 뼈와 가죽만 남은 태자의 모습을 전해 듣고 혼자 눈물을 흘리며 한숨을 쉬었다.

하루는 챤다카에게 많은 식량과 좋은 음식을 태자한테 갖다 주도록 일렀다. 그러자 야수다라와 마하바쟈바디도 그들의 정성어린 선물을 챤다카에게 보냈다.

야수다라는 라훌라에게 사랑을 쏟으며 쓸쓸한 그날그날을 보내고 있었다. 이제 싯다르타가 돌아오리라는 기대는 조금도 가지고 있지 않았다. 생각하면 자기의 운명이 너무나도 슬퍼서 때로는 남몰래 흐느끼기도 했다.

그러나 남 보기에는 조용하고 담담한 생활을 하고 있었다. 남편이 모진 고행 끝에 뼈와 가죽만 남아 있다는 소식을 들을 때면 밤잠을 이루지 못하고 괴로워했다. 자기만 이렇게 편안하고 안락한 생활을 하고 있는 것이 죄스러워서 견딜 수가 없었던 것이다.

챤다카가 싯다르타를 만나러 떠날 때, 야수다라는 자기도 따라 나서고 싶은 생각에 가슴이 메었다. 그러나 그럴 수는 없는 몸이었다. 그날 종일, 야수다라는 창변에 서서 먼 허공을 바라보며 눈물을 흘렸다.

챤다카는 많은 식량과 좋은 음식을 말에 싣고 휘파람을 불며 가벼운 걸음으로 태자가 있는 곳을 찾아갔다. 오래간만에 태자마마를 만날 생각을 하니 어린애처럼 즐겁기만 한 것이었다.

그러나 막상 태자의 모습을 대하자, 챤다카는 그만 입이 딱 벌어지고 말았다. 그 옛날의 태자와는 너무나도 달라진 모습에 질려버리고 말았던 것이다.

챤다카는 정신없이 태자 앞으로 가 넙죽이 엎드리며,

"태자마마, 참 오래간만입니다."

하고 목멘 소리로 말했다.

"오냐, 참 오래간만이구나. 그런데 별안간 웬일이냐?"

"대왕마마의 분부로 식량을 가지고 왔습니다."

"식량을 가지고 오다니…… 그럼 나의 수행을 방해하자는 셈인가?"

"방해를 하다니 그게 무슨 말씀이십니까."

"안 된다. 식량 같은 것을 누가 가져오라더냐. 어서 가지고 돌아가도록 해라."

"그런 말씀 하시지 마시고…… 일부러 가지고 온 것이니까…… 대왕마마의 심중도 조금은 헤아려주셔야 되지 않겠습니까."

"안다. 그 마음은 고마우나 받을 수는 없다. 식량이 곁에 많이 쌓인다는 것은 그만큼 내 깨달음이 늦어진다는 뜻이 된다. 나를 위하는 마음이 있거든 어서 가지고 돌아가도록 해라."

챤다카는 더 할 말이 없었다. '나를 위하는 마음이 있거든……' 이 말에는 더 뭐라고 대꾸를 할 수가 없었다.

챤다카는 아무 말 없이 엎드린 채 움직일 줄을 몰랐다.

"어서 일어나거라."

"……."

"그렇게 네가 내 앞에 엎드려 있으면 그만큼 내 깨달음의 시간이 늦어진다."

이 말에 챤다카는 더 엎드려 있을 수도 없어서 힘없이 일어났다. 그리고 가지고 온 식량을 그대로 도로 말에 싣고 타박타박 무거운 걸음을 옮기는 수밖에 없었다. 말도 올 때와는 달리 걸음이 휘청거렸다.

그러한 피나는 수행이 오 년 동안이나 계속되었다.

오 년의 수행이 있은 뒤부터는 싯다르타는 차츰 세상이 밝게 느껴지며, 여러 가지가 어쩐지 분명하게 머리에 들어오기 시작하는 것 같았다. 해탈의 시기가 차츰 다가오고 있는 것이었다.

'육체를 괴롭히는 것은 오히려 육체에 집착하는 결과가 된다. 중요한 것은 육체를 괴롭히는 일이 아니라, 육체를 잊어버리는 일이다. 육체를 잊어버리고 마음을 청정하게 하는 일이다. 마음이 절로 맑아져야 한다. 그리고 모든 오염과 무명(無明)에서 완전히 벗어나야 한다.'

이런 깨달음이 머리에 떠오르자, 그 옛날 왕성에 있을 무렵 이따금 조용히 사색에 잠기던 일이 회상되었다. 그리고 때의 자기의 마음이 지금보다 한결 더 맑았었다는 것을 알 수가 있었다. 고행을 하고 있는 지금이 그때보다 훨씬 더 번뇌와 집착에 사로잡혀 있다는 것을 깨달았다. 수행 방법에 치중했기 때문에 점점 형식적이 되어 고통을 이기는 일에만 전념했을 뿐, 마음을 맑게 하는 데는 힘을 기울이지 않았다는 점을 깨달았던 것이다.

고행과 단식이 결국 그의 목적을 이루는 데 오히려 방해가 되었다는 사실을 안 것이다. 그러나,

'이런 생각이 무슨 유혹 때문에 일어나는 것이나 아닐까?'

하는 불안한 생각이 들기도 했다.

'고행이 두렵기 때문에 안락을 얻고자 해서 이런 생각을 하는 것이나 아닌지?'

냉철하게 자기를 반성해 보았으나, 그런 불순한 점은 조금도 없었다.

그래서 마침내 어느 날 아침, 싯다르타는 굳게 결심을 하고 좌선하던 자리에서 일어나 강으로 내려갔다.

강물에 몸을 깨끗이 씻고 옷을 갈아입은 다음, 풀밭에서 우유를 짜고 있는 계집애에게 가서 우유 한 잔을 얻어 마셨다. 목구멍을 적시고 넘어가는 달콤한 그 맛, 뭐라고 형언할 수 없는 상쾌함이 온몸에 짜릿하게 배는 것 같았다. 참으로 새로운 생명을 얻은 것 같았다.

이 광경을 보고 함께 수행을 하던 교진여 등 다섯 사람은 깜짝 놀라고 말았다.

"드디어 끝장이 났군."

"완전히 타락했네그려."

"신분이 신분이라 하는 수 없지."

"내 이럴 줄 알았다니까."

"아…… 참 허망한 일이로다!"

이런 소리를 뇌까리다가, 싯다르타가 얼굴에 웃음을 띠며 힘 있는 걸음걸이로 다가오자, 무슨 더러운 물건이라도 가까이 오는 듯

다섯 사람은 일제히 돌아서서 달아나 버리는 것이었다.

　그들이 달아나는 뒷모습을 바라보며 싯다르타는 부드러운 웃음과 함께 측은한 생각이 드는 듯,

　"가련한 것들, 쯧쯧쯧……."

하고 혀를 찼다.

　그날따라 아침 해는 한결 아름답게 떠올랐고, 햇빛은 여느 때보다 월등히 눈부셨다.

제6장 해탈(解脫)의 피안(彼岸)

싯다르타는 달아난 다섯 시종들의 일 같은 것은 안중에도 없었다. 그는 혼자서 숲속으로 걸어 들어갔다. 그러고는 보리수[菩提樹] 그늘에 조용히 정좌했다. 하늘은 더없이 맑고, 시원한 산들바람이 숲을 스치고 지나갔다.

싯다르타는 난생처음인 것 같은 환희를 느꼈다. 눈에 비치는 모든 것이 아름답고 청아해 보이기만 했다.

'정각(正覺)을 얻지 않고서는 이 자리에서 일어서지 않으리라.'

그는 마음속에 굳게 다짐했다. 두려움도 없었다. 없는 것이 아니라 아예 두려움이란 것은 생각해보지도 않았다. 그의 눈에는 차츰 모든 사물의 바른 모습이 보이기 시작했다. 생각하는 것, 느끼는 것이 거짓 없이 바른 것으로 그의 눈에 비치고, 가슴에 느껴지는 것이었다.

생사의 참모습도 불이(不二)의 것으로서 뚜렷하게 머릿속에 다가

왔다. 구애되는 것이라곤 티끌만큼도 없었다. 목숨도, 몸도, 우주와 동화해서 우주로 확대되어 나가는 것 같았다.

이제는 지금까지의 번뇌가 이상하게까지 느껴졌다. 그리고 그 번뇌의 원인이 뚜렷한 모습으로 눈앞에 나타났다. 뿐만 아니라, 인간이 지니는 모든 번뇌의 참모습이 눈앞에 전개되었다.

싯다르타의 마음은 환희에 가득 찼다. 그러나 그는 신중했다.

'과연 내가 지금 느끼고 있는 이 환희가 참된 환희인가? 내가 느끼고 있는 것에 티끌만 한 잘못도 없는가?'

잘못은 없었다. 드디어 그는 얻고자 하는 것을 얻었던 것이다.

그는 때의 흐름도 잊었다. 그가 앉아 있는 장소도 잊었고, 아니 모든 것을 잊었다. 그는 드디어 정각을 했던 것이다. 해탈을 얻었던 것이다. 속세의 미계(迷界)를 드디어 벗어났던 것이다.

육도윤회(六道輪廻)를 벗어나서, 목숨을 지닌 채 생신(生身)으로 열반에 든 것이었다.

싯다르타는 비로소 자기가 불타가 되었다는 것을 알았다. 그는 이전에도 일시적으로 불타가 되었다고 생각한 적이 한두 번이 아니었다. 그러나 그때는 으레 흥분이 사라지고 피곤해질 때면, 다시 종전의 모습으로 되돌아가서 번뇌가 머리를 쳐들곤 했었다.

'이번에도 내 이 자각이 일시적인 흥분상태는 아닐까?'

그는 깊이 반성해 보았다. 그러나 이번만은 그러한 일시적인 흥분 상태와는 전혀 다른 것이었다.

그는 자리를 세 번 옮겼다. 한 자리에서 이레 동안씩 자신이 정말 불타가 되었는가를 시험했다. 스무하루가 지나서야 그는 비로소 자신이 불타가 되었다는 사실을 굳게 믿게 되었다.

심한 비바람과 굶주림, 그리고 망념(妄念)과 환영(幻影)이 그를 괴롭혔으나, 그것은 한낱 태양을 가리는 일시적인 구름과 같은 것에 불과했다. 이제 그런 것들은 그의 해탈을 범하기에는 너무나 무력했다.

죽음도 이젠 두려움이 아니었다. 생과 사의 경지는 이미 그에게 존재하지 않았다. 죽음은 하늘로 돌아가고 땅으로 돌아가는 과정에 불과하였다. 즉 열반이었다. 그는 이대로 죽는 것이 가장 좋은 길이라고 생각했다. 아무것도 앞을 가로막는 것이 없었다. 강물이 바다로 흐르는 것과 같은 목숨, 거기에는 희열이 있을 뿐이었다.

생에 대한 집착도 편애(偏愛)도 없었다. 돌아갈 곳으로 빨리 돌아가면 되는 것이었다.

어머니 마야부인도 그곳에 있는 것이다. 죽음을 두려워한다는 것이 한낱 부질없는 일임을 온몸과 마음으로 느낀 지금, 인생이라는 것이 한낱 환각(幻覺)에 지나지 않는다는 것을 안 이제는 죽음이란 아무것도 아니었다.

'이대로 죽는 것보다 더 편안한 일이 또 있을까?'

그러나 이때, 생사를 해탈한 그의 마음에 구름처럼 솟아오르는 것이 있었다. 그것은 억만중생(億萬衆生)의 번뇌였다. 돌아갈 곳으로 돌아가는 것을 잊고, 고민하고 괴로워하는 많은 사람들의 모습이었다. 그리고 그러한 중생에 대한 사랑의 마음이었다.

진리를 깨달은 자만이 알고 있는 사랑이었다. 그것은 집착이 없는 푸른 하늘과 같은 담담한 사랑이었다.

'그 많은 사람들을 그냥 두고, 나 혼자만이 편할 수는 없다. 그들까지도 해탈의 피안(彼岸)으로 건너가도록 해주어야 한다.'

이렇게 생각한 그는 자리에서 일어섰다.

싯다르타가 정각을 얻어 불타가 된 뒤, 처음 찾아간 곳은 교진여들이 있는 곳이었다. 중생들을 구제하기 위해서는 먼저 그들 다섯 사람에게 어떻게든지 설법을 해야 된다는 생각에서였다. 그는 그의 첫 설법의 대상으로 교진여들을 택한 것이다. 교진여들은 녹야원이라는 곳에 있었다.

불타는 도중에 충분한 식사를 했기 때문에 몸도 좋아졌고, 한결 유쾌했다.

녹야원에 있는 다섯 사람은 전과 다름없는 생활을 하고 있었다. 몰골도 이전과 똑같이 피골이 상접해 있었고, 정신생활에도 변한 것이 없었다. 오히려 변하지 않는다는 것을 그들은 자랑으로 여기고 있었다.

그들은 어쩌다가 싯다르타의 말이 나오기만 하면 서로 입을 모아 그의 타락을 경멸하고 욕했다.

어느 날, 그들은 한자리에 모여 좌선을 하고 있었다. 그중 한 사람이,

"저기 오는 사람이 싯다르타가 아닌가?"

하고 소리쳤다.

"글쎄, 그렇군."

"무엇하러 오는 것일까?"

"이제야 후회를 하고 다시 우릴 찾아오는 모양이지."

"혼자서는 외로우니까, 찾아오는 거겠지."

"먼저 인사하진 마세."

"그렇지, 타락한 자에게 머릴 숙일 필요는 없지."

불타는 태연히 이들 앞으로 다가왔다. 다섯 사람은 경계하면서 불타를 보았다. 그 순간 그들의 집착은 깨졌다.

후회하는 빛은커녕, 엄숙하고 원만하고 침착한 불타의 얼굴을 본 순간 그들은 벌떡 일어나서 절로 머리를 숙이지 않을 수 없었다.

그들 앞에 서서 불타는 조용히 말했다.

"그대들은 내가 와도 먼저 일어나서 맞이하지는 않겠다고 약속을 하고서도 왜 모두 인사를 했는가?"

다섯 사람은 깜짝 놀라면서 머리를 더욱 숙였다.

"태자마마, 피곤하시지 않으십니까?"

"태자마마라고 나를 부르지 말라. 나는 불타가 되어 일체 중생의 부모가 되었노라."

교진여는 눈이 휘둥그레져 물었다.

"마마는 언제 불타가 되셨습니까? 우리와 함께 갖은 고행을 다 하고서도 불타가 되지 못하셨는데, 고행을 하지 않고 어떻게 정각을 얻을 수가 있었습니까?"

이 말을 들은 불타는 조용히 타이르듯이 말했다.

"교진여야, 너의 좁은 마음으로 나의 정각을 시험하지 말라. 육체가 괴로우면 마음도 오히려 번뇌에 사로잡히는 법이다. 몸이 편해지면 정에 흐르기 쉽다. 고락이 모두 도를 성취시키는 길이 못 되는 것이다. 고락을 버리고 중도(中道)를 얻어서, 바르게 생각하고, 바르게 말하고, 바르게 일하고, 바르게 살고, 바르게 정진하고, 바르게 뜻하고, 그리고 바르게 안정해야 한다. 이것을 팔성도(八聖道)라 하느니라. 이 길을 잘 행하고, 수행하는 자는 마음의 평정을 얻고, 생로병사의 고뇌에서 떠날 수가 있는 것이다. 이 몸은 이미 중도를 행하고 정각을 얻었노라."

이 말을 들은 다섯 사람의 얼굴에는 차츰 외경(畏敬)의 표정이 어렸다.

불타는 말을 이었다.

"그대들도 잘 알다시피 사람이 사는 세상은 사고(四苦) 혹은 팔고(八苦)의 세계다. 생고(生苦)·노고(老苦)·병고(病苦)·사고(死苦)에 사랑하는 사람과 헤어져야 하는 괴로움, 증오하는 자와 함께 있어야 하는 괴로움, 바라는 바를 이루지 못하는 괴로움, 그리고 영화와 안락을 잃지 않으면 안 되는 괴로움이 곧 그것이다. 형체가 있는 것이나 없는 것이나 일체 중생에게는 모두 이와 같은 고뇌가 있는 법이다. 이 괴로움을 알아야 하느니라."

다섯 사람은 더욱 머리를 숙이면서 불타의 가르침에 귀를 기울였다. 불타는 말을 계속했다.

"이러한 괴로움의 근원은 모두가 나라는 것에서 비롯한다. 중생이 만일 아집(我)에 사로잡히면 이러한 괴로움을 당할 것이다. 탐욕과 꾸짖음과 어리석음의 삼독(三毒)도 모두 나를 근본으로 하느니라. 그리고 이 삼독이 여러 가지 괴로움의 원인이 되는 것이다. 살아 있는 것들에게는 이 삼독이 있어서 괴로움이 되풀이되는 것이니라. 만일 나에 사로잡히는 생각이나, 탐욕, 꾸짖음, 어리석음을 멸할 수가 있다면 가지가지 괴로움은 절로 없어지는 것이다. 이것을 멸(滅)이라 하느니라. 이 멸을 행하기 위해서는 팔성도를 닦아야 한다. 이것을 도라 한다. 이 도를 수행해야만 그대들은 온갖 번뇌를 잊을 수가 있느니라."

불타의 말은 전혀 새로운 것은 아니었다. 그러나 그들에게는 무엇인지 지금까지 들은 말과는 달리 들렸다. 그것은 불타가 그 일을 진실로 알고 느낀 그 권위에서 말했기 때문이다.

"너희들아, 잘 들으라. 괴로움을 먼저 알아야 하느니라. 집(集)을 단절하지 않으면 안 된다. 그리고 그것들을 멸할 수 있다는 것을 증명하지 않으면 안 된다. 그러기 위해서 도를 수행하는 것이니라. 이 몸은 이미 고를 알고, 집을 끊고, 멸을 증(證)하고, 도를 수(修)했기 때문에 무상도(無上道)를 얻었노라. 이 고집멸도를 네 가지의 성체(聖諦)라고 하느니라. 이 네 가지를 알지 못하고서는 결코 해탈할 수가 없다. 교진여야, 내 말을 알아들을 수 있겠느냐?"

"예."

교진여는 황송해서 머리를 조아리며 대답했다. 다른 네 사람도 진심으로 불타의 가르침에 감동했다.

그리하여 그들은 불타의 제자가 되었다. 불타의 첫 번째 제자들이었다.

불타는 자기 한 몸만이 아니라 자기가 터득한 진리가 자기 아닌 딴 사람의 생명에까지 빛을 줄 수 있었다는 사실에 무한한 즐거움을 느꼈다.

"그대들 비구(比丘)여, 색(色), 수(受), 상(想), 행(行), 식(識)의 다섯 가지는 상(常)의 것이냐, 아니면 무상(無常)한 것이냐? 괴롭다고 느끼느냐, 아니면 괴로움이 아니냐? 공(空)이냐, 아니냐?"

"세존이시어. 색수상행식은 항상 무상이오며, 고며 괴로운 것이고 공이로소이다."

다섯 제자의 대답이었다.

불타는 기뻤다.

"그대들은 해탈하여 여러 가지 괴로움의 근원이 되는 것을 끊을 수가 있을 것이다. 그러면 그때는 고통이 그대들을 괴롭히지 못할 것이다. 이 몸과 그대들 다섯은 이 세상에서 첫째의 복전(福田)이 되었다. 불(佛)과 승(僧)과 사체(四諦)의 법(法)이 갖추어졌도다. 이제 삼보(三寶)의 이름도 명실공히 갖추어졌구나."

"삼보란 무엇이옵니까?"

한 제자가 물었다.

"삼보란 여래(如來)를 불보(佛寶)로 하고, 사체(四諦)를 법보(法寶)로 하고, 그대들 다섯 아라한(阿羅漢)을 승보(僧寶)로 하는 것이다. 이 삼보가 서로 돕기 때문에 이 몸의 가르침은 천하에 퍼질 것이며, 사람들을 무상도(無上道)로 이끌고, 해탈을 얻게 할 수가 있을 것이니라."

다섯 사람은 다시 불타 앞에 머리를 조아렸다.

이 다섯 사람의 승려는 교진여 외에 마가나마, 바르파, 아슈바쟈드, 발다라 등이었다.

불타는 이 다섯 제자를 이끌고 바라가강 기슭으로 갔다. 그는 그곳이 마음에 들어 한동안 그곳에 머무르기로 했다.

어느 날 아침, 불타가 강가에서 세수를 하고 강변을 거닐고 있을 때였다. 어떤 젊은이 한 사람이 소리를 지르면서 이쪽으로 뛰어오고 있었다.

그는 미친 듯이,

"아 괴롭다! 아 괴롭다!"

하고 외치면서 뛰어오는 것이었다. 그 사나이는 불타가 서 있는 것을 보자 멈추어 서더니 불타의 얼굴을 가만히 바라보았다. 그 젊은이의 얼굴에 반가움과 두려움의 빛이 서렸다. 바로 이 사람이 소문에 들은 불타라고 직감적으로 알았던 것이다.

그는 불타 앞으로 가서 무릎을 꿇었다.

"살려주십쇼! 저는 괴롭습니다."

"젊은이여! 여기는 안온무사(安穩無事)한 곳이니 안심하여라."

그 젊은이는 바라나시에 사는 장자(長者) 구리가의 아들 야샤였다. 그의 집은 대단히 부유했고, 많은 노비를 부리고 있었다.

어느 날 밤, 그의 집에서는 온 친척들이 한자리에 모여 잔치를 벌였다. 많은 무희와 광대들도 잔치에 불려 와서 잔치는 밤이 이슥하도록 흥청거렸다. 새벽녘이 가까워서야 사람들은 잠자리에 들었다.

괴로운 꿈을 꾼 야샤는 잠에서 깨어나 변소를 찾아갔다. 그때 그는 못 볼 광경을 보고 말았다. 그와 은밀히 사랑을 나누고 있던 무희가 어떤 악사와 함께 남몰래 한참 뜨거운 포옹을 하고 있었던 것이다.

그것을 본 야샤는 미칠 지경으로 괴로워서 집을 뛰쳐나오고만 것이었다.

그러나 지금 불타와 만난 그는 마음이 차분히 가라앉는 것을 느꼈다. 그리고 집착이 어리석음을 알았다. 지금까지 알지 못했던 세계가 갑자기 열리는 것 같았고, 진정으로 몸과 마음이 해방되는 것 같았다.

불타는 이 젊은이에게 인생의 괴로움을 이야기하고, 그 괴로움에서 벗어나는 길을 가르쳤다. 야샤는 불타를 우러러보고 마음의 안정을 얻었다.

마음의 안정을 찾은 야샤를 본 불타는 조용히 일렀다.

"자, 이제 집으로 돌아가거라. 양친께서 걱정하실 테니. 집에 있더라도, 고운 옷과 좋은 음식을 먹고 있더라도 오욕(五欲)에서 벗어나기만 하면 출가한 거나 마찬가지니라. 아무리 집을 나와 수행을 한다 해도 오욕에 젖어 있으면 출가한 것이 못 된다. 중요한 것은 마음가짐이니라. 알았느냐? 그러면 이제 집으로 돌아가도록 해라."

이 말을 들은 야샤는 진심으로 불타의 제자가 되기를 간청했다. 불타는 잠시 서서 생각해보더니 야샤를 제자들이 있는 곳으로 데리고 갔다. 그곳에서 야샤는 보석으로 수놓은 옷을 벗고 누런 빛깔의 승복으로 갈아입었다.

그리하여 야샤는 불타의 여섯 번째 제자가 되었다.

야샤의 부친 구리가는 다음 날 아침에 야샤가 없어졌다는 것을 알았다. 온 집안이 발칵 뒤집혔다. 구리가 장자는 많은 사람들을 데리고 아들을 찾아 나섰다.

바라가강까지 찾아온 구리가 장자는 아들의 신발을 발견했다. 강 건너 쪽은 불타가 있는 곳이었다. 구리가 장자 일행은 강을 건넜다.

불타는 야샤에게 숨어 있으라고 일러두고, 구리가 장자를 맞았다.

장자는 불타에게 인사를 하고 공손히 물었다.

"사문이시어, 저의 자식을 못 보셨나이까?"

"여기에서 기다리시오. 곧 이리로 올 것입니다."

장자는 불타의 곁에 앉았다.

불타는 여러 가지 이야기를 했다. 보시(布施)나 지계(持戒)가 얼마나 중요한 일인가에 대해서도 말했다.

장자는 그 이야기를 듣고 감탄하는 빛이었다. 인생이 얼마나 허무한 것이며, 재물이란 얼마나 하찮은 것인가를 알게 되었다. 그제야 불타는 사문 차림을 한 야샤를 불러오게 했다.

죽었을까 하고 걱정했던 아들이 무사한 것을 보고 구리가 장자는 매우 기뻤다. 그리고 출가할 것을 허락했다.

다음 날 구리가 장자는 불타와 그의 제자를 자기 집에 초대했다.

그 자리에서 장자는 불타에 귀의했다. 장자는 최초의 우파사카(優婆塞)가 되었다. 우파사카란 출가를 하지 않고 속세에 있으면서 불타를 믿는 남자를 말한다. 또 야샤의 어머니도 남편과 함께 불타에 귀의했다. 즉 최초의 우파이(優婆夷)가 된 것이다. 우파이는 출가를 하지 않고 불타를 믿는 여자를 말하는 것이다.

불타가 뿌린 씨는 도처에서 열매를 거두게 되었다. 불타의 설교에 감화된 야샤의 친구들 오십 명이 출가한 것은 그로부터 얼마 후의 일이었다. 불타는 이들 제자에게 모든 것을 가르쳤다.

어느 날, 불타는 제자들을 한자리에 불러놓고 말했다.

“비구들이여! 그대들은 이미 정법(正法)을 듣고, 해탈을 얻었고, 여러 가지 괴로움에서 벗어날 수가 있었다. 그러나 많은 중생들은 아직 괴로움의 구덩이 속에서 허덕이고 있다. 그대들은 그러한 사람들을 구하지 않으면 안 된다. 그래서 지금부터 모두 헤어져 여러 나라를 돌아다니면서, 아직도 구하지 못한 사람들을 제도(濟度)하기로 한다. 나는 가야산으로 가서 사람들의 존경을 받고 있긴 하지만 옳은 깨달음을 얻지 못한 우루빌바카샤파를 구해야겠다.”

이리하여 불타의 모든 제자들은 뿔뿔이 헤어져 여러 나라를 돌아다니면서 불타의 가르침을 널리 펴기 시작했다.

오랜만에 혼자가 된 불타는 고행림(苦行林)으로 들어가서 나무 밑에 정좌를 했다. 그는 해탈하여 무심의 경지에 들어가 있었다.

이때, 한 여인이 큼직한 보따리를 들고 달려와서는 불타를 보지 못하고 불타 앞을 지나갔다. 잠시 후에 대여섯 사람의 남자들이 허겁지겁 달려왔다. 불타를 발견한 그들은,

"이곳으로 여자 하나가 도망하는 것을 못 보았소?"

하고 물었다.

"못 보았는데, 왜 찾고 있소?"

불타는 조용히 되물었다.

"우리들 서른 명이 이 숲속에 살고 있소. 그중 스물아홉 명은 아내가 있는데, 한 사람이 아내가 없습니다. 그래서 우리들이 동정하여 어제 한 여자를 데리고 왔는데, 그 여자는 보통 여자가 아니고, 형편없는 갈보였습니다. 부끄러운 이야깁니다만 그 한 여자에게 우리들 서른 명은 하룻밤 사이에 모조리 유혹을 당하고 말았습니다. 그리고 오늘 아침 눈을 뜨니 그 여자는 우리들의 물건 가운데서 값진 것만 골라서 모조리 가지고 도망쳐 버렸잖아요. 그래서 여기까지 찾아온 것입니다."

이 말을 들은 불타는 남자들의 얼굴을 둘러보며 말했다.

"그렇소? 그렇다면 그대들에게 묻겠는데, 자신들의 몸이 중요하오, 여자가 중요하오? 그리고 자기와 물건과 어느 쪽이 더 중요하오?"

예사로운 말이었으나, 불가사의한 권위를 가진 불타의 말은 그들의 가슴에 어떤 깊은 감동을 주었다.

"우리의 몸이 중요합니다."

그들 가운데서 우두머리가 대답했다.

"그렇다면 여자를 찾지 말고, 자신의 마음을 찾으시오."

"마음을 찾으려면 어떻게 하면 되는 겁니까?"

"내 말을 잘 들어보오."

불타는 인생의 괴로움에 대해서 말하고, 그것을 멸하는 길을 설법했다.

불타의 설법에 감동한 서른 명의 남자들은 마음을 새로이 하여 한 사람 빠짐없이 모두 불타의 제자가 되었다.

제7장 늘어 가는 제자

고행림을 나온 불타는 배화교(拜火敎)의 우루빌바카샤파를 찾아 길을 떠났다.

카샤파는 당시 가장 많은 사람들로부터 존경을 받는 몸이었다. 오백 명의 제자를 가졌고, 국왕이나 대신들로부터도 존경을 받고 있었다.

카샤파가 있는 니련선강에 도착한 것은 황혼이 붉게 서천을 물들이기 시작했을 무렵이었다.

카샤파는 불타를 보고 그 고상한 기풍에 놀라 정중히 영접했다. 불타도 정중히 인사를 하고 말했다.

"저는 바라나국에서 온 사람입니다. 마가르타국으로 가는 길입니다만…… 날이 저물어서 하룻밤 신세를 질까 하고 이렇게 찾아왔습니다."

"아, 그렇습니까? 잘 오셨습니다. 그러나 주무실 자리가 마땅치 않은데……."

"아무 곳이라도 상관없습니다."

"무서운 구렁이가 있는 곳밖에 없는데…… 어떻게 하나……."

"그곳이라도 무방하겠습니다."

"다른 곳은 제자들이 가득 찼고, 불에 공양드리는 도구를 넣어두
는 그곳밖에 자리가 없습니다."

"그러면 그 방을 빌려주십시오."

모두 깜짝 놀랐다. 괴상한 놈이라고 생각했다. 필경 그곳에 가보
고는 곧 도망쳐 나오리라고 생각했다.

그러나 불타는 그 방으로 들어갔다. 방 한가운데는 보기 드물게
큰 비단구렁이가 칭칭 똬리를 틀고 도사리고 있었다.

비단구렁이는 불타가 방에 들어오자, 대가리를 쳐들고 혀를 날
름거려 보였다. 그러나 그런 것을 두려워할 불타가 아니었다. 이미
생사를 해탈해 있는 불타는 그곳에서도 정좌를 하고 열반의 경지
에 들었다.

비단구렁이도 자기를 해칠 생각이 없는 인간을 먼저 해치려고 하
지 않았다. 때때로 방 안을 꿈틀꿈틀 기어 다니기는 했지만, 불타에
게 달려들려고 하지 않았다.

이튿날 아침, 불타는 아주 편안히 쉰 것처럼 화기에 찬 얼굴로
그 방에서 나왔다. 불타의 그 모습을 보고 놀라지 않는 사람이 없
었다.

"밤을 어떻게 지냈습니까?"

모두가 불타에게로 모여들었다.

"마음만 맑게 가지면 아무리 사나운 짐승도 해를 입히려고 하지

않는 법입니다."

불타는 웃으면서 담담한 목소리로 이렇게 말했다.

카샤파는 이 사나이가 보통 사람이 아니라는 것을 알았다. 혹시 자기를 정복하기 위해서 찾아온 사람이 아닐까, 하는 두려움까지 일었다. 아무리 많은 사람들의 존경을 한 몸에 지녔다 할지라도, 그는 아직 온갖 번뇌에 사로잡혀 있는 범인에 지나지 않았다. 그러니 카샤파의 마음이 어지러워지는 것도 무리가 아니었다.

불타는 카샤파에게 이곳에서 잠시 동안 수행을 할 수 있도록 해 달라고 청했다. 카샤파는 불타의 뜻을 기꺼이 받아들였다. 카샤파는 불타가 자기를 존경하기 때문에 그런 청을 하는 것으로 생각했던 것이다.

그날은 공교롭게도 그곳에 축제가 있는 날이었다. 방방곡곡에서 수많은 사람들이 니련선강 기슭으로 모여들었다. 카샤파의 마음은 착잡했다.

'만일 저 나그네가 나의 명성과 나의 지혜를 탐하고 나를 정복하기 위해서 이곳에 왔다면 나는 어찌해야 할까? 아니다. 설마 내 이기반이 한낱 그런 하찮은 나그네에 의해서 흔들릴 리가 있겠는가. 그러나 오늘만은 그 자가 여러 대중들 앞에 나타나지 않았으면 좋겠다.'

카샤파는 나그네의 정신력이 보통이 아님을 느꼈기 때문에 그에 대한 두려움이 가시질 않았다.

그러나 카샤파의 염려는 부질없는 것이었다. 그날은 온종일 아무도 불타의 모습을 본 사람이 없었다. 축제가 끝난 다음 날에야 불타는 카샤파 앞에 나타났다.

카샤파는 불타에게 물었다.

“어제는 어디서 어떻게 지내셨기에 통 뵐 수가 없었습니까?”

불타는 카샤파의 얼굴을 정시하면서 대답했다.

“당신은 어제 내가 나타나지 않기를 바라지 않았습니까?”

카샤파는 가슴이 뜨끔했으나,

“별말씀을 다 하십니다.”

하고 딱 시치미를 뗐다.

“당신은 아직 번뇌를 버리지 못했소그려. 당신 마음속에는 질투가 도사리고 있소. 당신은 내가 여러 사람들 앞에 나타나는 것을 두려워하고 있지 않았소. 그래서 나는 어제 하루 종일 피하고 있었소. 당신과 같은 훌륭한 사람의 마음속에도 아직 질투가 남아 있어서야 어떻게 여러 대중들을 구할 수가 있단 말이오. 불을 숭배하기 전에 마음속의 그 번뇌를 끊지 못하면 당신은 당신 자신도 구하지 못할 것이오.”

불타의 이 말에 카샤파는 무어라고 대꾸할 말이 없었다. 그는 자기 앞에 앉아 있는 불타가 태산과도 같이 크고 태양과도 같이 밝게만 보였다.

“당신의 말씀은 모두가 진실입니다. 나는 젊은 당신이 나보다 훌륭하다는 것을 알면서도 그것을 인정한다는 것이 괴로웠습니다. 결국 나는 진리에 충실치가 못했습니다. 나는 이제 더 이상 자신을 기만할 수가 없습니다. 제발 나를 당신의 제자로 삼아 나의 마지막 오점을 씻게 해주십시오.”

카샤파는 불타 앞에 무릎을 꿇고야 말았다.

“그러나 당신에게는 당신을 믿는 제자들이 많이 있으니 잘 생각하고, 제자들과도 상의하여 태도를 결정하는 것이 좋을 것이오.”

카샤파는 오백 명의 제자들을 한자리에 모아놓고 심각한 표정으로 입을 열었다.

“나는 오늘에야 비로소 눈이 뜨였다. 오늘 나는 처음으로 불타를 만난 것이다. 오늘부터 불타의 제자가 되어 내게 남은 마지막 번뇌에서 벗어나 열반에 들 수 있는 몸이 되려 한다. 불타의 말씀대로 나를 멸하지 않고서는 괴로움에서 벗어날 수가 없다는 것을 이제 나는 깨달은 것이다. 불을 숭배하더라도 마음에 티가 남아 있으면 허사라는 것을 알았다. 나의 이 생각이 옳다고 여기는 사람은 나와 함께 불타의 제자가 되어주기를 바란다.”

카샤파의 제자 가운데서는 이미 불타의 높은 정신력에 이끌린 사람이 많았다. 그런데 이제 그들이 숭배하는 스승까지 불타의 제자가 되겠노라고 하니, 누구 하나 싫다는 사람이 없었다.

카샤파도 기뻐했고, 불타도 또한 좋아했다.

그리하여 카샤파의 제자들은 불에 제사 지내는 연장을 죄다 니련선강에 집어던지고, 불타의 제자가 되었다. 강에 던져진 연장들은 물결에 떠내려가서 카샤파의 두 아우인 나디카샤파와 가야카샤파가 있는 강 하류에 닿았다.

그들도 또한 각기 이백오십 명가량의 제자들을 거느린 도사였다.

놀란 아우들은 곧 형이 있는 강 상류를 향해 올라갔다. 그러나 형과 형의 제자들은 물론 불에 제사를 올리던 웅장한 제단(祭壇)까지 어디로 사라졌는지 자취도 없었다.

‘무슨 일이 일어난 것일까? 혹시 산적의 무리들에게 몰살을 당하지나 않았는지?’

‘설마 산적인들 신성한 선인을 몰라볼 리야 있을라고.’

두 형제는 근처에 사는 사람들에게 그 까닭을 물어보았다. 그 까닭을 이야기 들은 두 형제는 안색이 확 변했다. 그리고 형과 형의 제자들이 있다는 곳을 찾아갔다. 그곳을 찾은 두 형제는 입이 딱 벌어지고 말았다.

존경하는 형을 비롯해서, 오백 명의 그 제자들이 모두 머리를 빡빡 깎고, 황색 승의를 입고 있는 것이 아닌가.

“형님 이게 웬일입니까?”

“잘 왔다. 그렇잖아도 너희들을 찾으려던 참이다.”

“형님이 이런 꼴이 되시다니. 천하의 존경을 한 몸에 받으시던 분이……”

그들은 놀라움과 서글픔에 말을 잇지 못했다.

“그렇다. 나도 이렇게 될 줄은 몰랐다. 너희들의 놀라움도 무리가 아니다. 그러나 너희들도 불타를 만나 뵙게 되면 알게 될 것이다. 나는 지금까지 나 자신은 정각을 얻었노라고 자부해 왔고, 또 남들도 그렇거니 하고 나를 따랐었다. 그러나 불타를 뵙고서는 내 생각이 허무맹랑한 것이었다는 것을 알았다. 오래 산 덕을 나는 느꼈다. 나는 이제야 겨우 생사를 해탈할 수가 있게 된 것이다.”

두 아우는 형을 따라서 불타를 만나러 갔다. 그들도 불타를 대하자 한눈에 불타의 마음의 깊이를 짐작할 수가 있었다.

그들도 불타의 설법을 듣고, 그 자리에서 개종을 했다.

이렇게 하여, 카샤파의 세 형제와 그 제자들 일천여 명이 불타를 스승으로 모시게 된 것이다. 불타는 불을 비유로 들어서 설법을 했다.

"여러 가지 망상이 부싯돌을 침으로써 어리석음의 연기가 되고, 탐욕과 노여움의 불길이 되는 것이다. 그 불은 점점 세어져서 드디어는 억만 중생을 생사의 괴로움이란 불구덩이 속으로 던져 넣어 버린다. 세인(世人)은 모두 이 삼독의 불꽃에 타고, 노병사의 괴로움 속에 윤회(輪廻)하는 것이니라. 비구들이여, 이 세 가지의 불이 성하는 근원은 모두가 나라는 것에 있다는 걸 알아야 한다. 세 가지의 불을 멸하려면 나의 근본을 끊지 않으면 안 된다. 이 나의 근원을 끊는다면 세 가지의 불은 스스로 꺼지고, 삼계(三界)를 윤회하는 일체의 괴로움은 절로 사라지고 말 것이다. 그대들은 지금까지 그러한 세 가지의 불에 시종을 했으나, 지금은 그것을 버렸다. 밖의 미신을 버렸으나 삼독의 불은 아직 그대들의 마음속에서 타고 있다. 그것을 멸하는 것이 가장 큰 일이다. 그것을 멸하지 못한다면 그대들은 영원히 자신의 번뇌에서 벗어나지 못할 것이니라."

일천여 명의 제자들은 땅에 엎드려 불타의 설법을 들으면서 자신들의 마음속에서 타고 있는 삼독의 불을 하루 속히 멸하지 않으면 안 되겠다고 다짐하는 것이었다.

햇빛은 그들 일천여 명의 머리 위로 눈부시게 쏟아져 내렸다.

불타는 니련선강을 떠나 가야 산정으로 올라가서 잠시 그곳에 머물렀다. 불타의 평판은 카샤파 형제들이 제자가 되자, 더욱 높아졌다. 그 평판은 마가르타국의 빔비사라왕의 귀에까지 들어갔다.

왕은 육, 칠 년 전, 불타가 아직 싯다르타 태자로서 출가한 지 얼마 안 되었을 때 한 번 만난 적이 있으며, 그때 그는 태자에게 불타가 되거든 자기에게로 와 달라는 말을 한 적이 있었다. 빔비사라왕은 자기의 예언이 들어맞은 것을 기뻐하고, 사자를 가야 산정으로 보내 불타를 자기의 왕궁으로 초청했다.

빔비사라왕의 초청을 불타는 쾌히 승낙하고, 제자들과 함께 산을 내려갔다.

빔비사라왕은 대신들과 많은 바라문들을 대동하고 불타가 와서 머무르고 있는 왕사성 근처의 숲까지 마중을 나갔다.

왕의 극진한 영접을 받고 불타는 기쁜 얼굴로 말했다.

"대왕이시어, 백성을 다스리느라고 얼마나 수고가 많으시오?"

"세존이시어, 덕택으로 평온무사하옵니다."

왕은 불타의 옆 자리에 앉아 있는 카샤파를 보고도,

"우루빌바카샤파, 오랜만에 뵙게 되는데, 변함없이 건강하셔서서 반갑습니다. 들으니, 세존의 제자가 되셨다지요?"

하고 물었다.

카샤파는 겸손하게 대답했다.

"그렇습니다. 세존은 본인의 스승일 뿐만이 아니라, 실로 온천하의 스승이옵니다. 저 같은 사람은 도저히 따를 수 없는 스승입니다. 저는 이 나이까지 죽지 않고 살아서 세존을 뵙고, 제자의 한 사람이 된 것을 무상의 기쁨으로 생각하고 있습니다."

"카샤파여, 당신이 출가하게 된 데 대해서 좀더 자세히 듣고 싶소."

"자세히 이야기하지요. 불을 숭배한다는 것은 천인 속에 탄생하는 공덕은 있습니다만 오욕(五欲)의 낙을 얻기 위해서, 다시 생사의 괴로움에 빠질 염려가 있는 것입니다. 불을 숭배하는 것은 장래의 생을 바라기 때문입니다만, 생이 있는 한 또 반드시 죽음이 있는 것입니다. 그러나 불타의 가르침에는 생에서 떠나고, 노고와 병고

와 죽음의 괴로움에서 떠나 열반에 들 수 있고, 진정한 해탈의 경지에 이를 수가 있습니다. 이러한 불타의 가르침에 접하기 전에는 불을 숭배하는 것이 최상의 길이라고 생각했습니다만, 불타의 설법을 듣고 난 다음은 그것은 괴로움의 씨만 더 심는 짓이라는 것을 깨달았습니다. 그래서 저와 저의 제자들은 불을 버리고, 진정한 마음의 안정을 얻기 위해 출가하여 불타의 제자가 된 것입니다."

카샤파의 설명을 듣고 난 왕은 이번에는 불타에게 말했다.

"세존이시어, 우리들 어리석은 무리들도 알아들을 수 있도록 좀 설교해 주시면 영광이겠습니다."

불타는 왕과 그의 신하들을 향해서 조용히 설법을 하기 시작했다.

"우리의 육체는 의식이라는 것이 있기 때문에 비로소 그 존재가 뚜렷한 것입니다. 의식이 없으면 목석과 같아서 번민도 없습니다. 인간은 그 의식을 가지고 있기 때문에 또 여러 가지 상념(想念)이나 욕망이 생기게 되는 법입니다. 그래서 우리들의 육신이나 마음이 정착하지 못하는 것입니다. 대왕이시어, 우리들의 이 몸이 무상한 것이라는 것은 아시겠지요? 이 몸이 무상하고, 안정된 것이 아니고, 모두 공이라는 것을 알게 된다면 자기라든가, 자기의 것이라든가 하는 집착에서 떠날 수가 있는 것입니다. 원래 나라는 것은 공허한 것, 무상한 것, 없는 거와 같은 것이라는 것을 깨닫게 되면 괴로움이 생기지가 않는 법입니다. 이 진체(眞諦)를 진정으로 터득한 자를 해방되었다고 합니다. 그리고 그렇지 못한 자를 묶여 있는 자라고 합니다. 만물은 실(實)이 없는 것입니다. 무상한 것, 공허한 것, 있는 것 같으면서도 없는 것이지요. 무상함을 앎으로써 비로소 집착에서 벗어날 수가 있는 것입니다. 이것을 모르면 내가 있고, 내 것이 있다는 집착이 생기고, 생사가 있게 되는 법입니다. 이러한 잘 못된 생각을 버리는 것을 해탈이라고 합니다.”

‘나라는 것이 없다면 도대체 누가 과보(果報)를 받게 되는 것일까?’

왕이 이런 생각을 하고 있을 때, 불타가 말했다.

“대왕이시어, 대왕은 지금 과보에 대한 생각을 하신 것 같은데, 그것은 중생이 받는 것입니다. 환상이 받는 것입니다. 대왕은 자신의 행복과 민중의 행복, 어느 쪽이 중합니까? 어느 쪽이 왕으로서의 길입니까? 나라는 것은, 마치 돌과 돌이 맞부딪쳐서 불꽃이 이는 것과 같습니다. 인간이 생기기 전에 나라는 것이 있었습니까? 인간이 죽은 다음, 잘 자고 있을 때, 마음이 편안할 때 나라는 것이 있습니까? 아상(我想)이 일어날 때란 인간이 무엇인가로 인해서 압박되어 작아졌을 때입니다. 아상이란 어리석은 불꽃같은 순간의 생각에 불과합니다. 그것은 물에 뜨는 거품과 같은 것입니다. 물은 거품이 아닙니다. 사람이 나라는 생각에 사로잡히는 것은 마음과 경우가 만나서 의식이 생겼을 때, 그 의식이 특별한 형태로 나타났을 때 일어나는 것입니다. 그리하여 거기에서 여러 가지 불행이나 괴로움 즉, 노고, 병고, 사고가 생기게 됩니다. 대왕이시어, 나는 이 조그마한 것을 알기 위하여 육 년 동안 수행을 했습니다. 나를 버린다는 것은 쉬운 일이 아니었습니다. 그리고 즐거운 일도 아니었습니다. 그러나 깨닫고 나니, 그것은 전도(顚倒)된 생각이었습니다. 나도 잊고, 중생도 잊고, 무심(無心)이 되어서 마음이 우주로 확대되었을 때, 우리는 열반에 들어가는 것입니다. 이것이야말로 인간

본래의 참모습입니다. 거기에는 생사가 없으며, 태어나기 전도 죽은 뒤도 없습니다. 마음이 맑고 티가 없을 때 우리는 생각도 없습니다. 거기에는 오직 해탈이 있을 뿐입니다."

불타는 조용히 말을 맺었다. 듣고 있던 사람들은 절로 마음이 정화되고 법열(法悅)을 느껴 법안정(法服淨, 설법을 듣고 진리를 깨닫는 일)을 얻는 것 같았다. 왕과 신하들, 그리고 많은 바라문들의 기쁨은 비길 데가 없었다.

빔비사라왕은 불타에 대해서 어떻게 사례를 하면 좋을까 하고 생각한 나머지 왕사성 안에 있는 가란다 죽림(竹林)에 정사(精舍, 수행자가 사는 집, 즉 절을 의미함)를 건립하여, 불타에게 기증하기로 마음먹었다. 가란다 죽림은 공기가 아주 맑고, 물이 깨끗하고, 참으로 조용한 곳이었다.

"세존이시어, 세존의 말씀을 듣고 우리들의 마음은 더없이 기쁩니다. 육 년 전에 봤을 때는 오늘 이렇게 만나게 될 줄 미처 몰랐습니다. 참으로 한량없이 기쁩니다. 오늘 이렇게 저의 숙원을 이룰 수가 있었다는 것을 감사드리기 위해서, 저의 소유인 가란다 죽림에 정사를 지어드리려고 하는데, 받아주시겠습니까?"

불타는 왕의 청을 기꺼이 승낙했다.

왕은 곧 왕사성으로 돌아가서 급히 죽림에 정사를 짓도록 명했다.

정사는 오래지 않아 준공되었고, 왕은 불타와 제자들을 그곳에 모셨다.

불타는 기쁘게 정사를 돌아보면서,

"보시는 탐욕을 없애고, 인욕(忍辱)은 분노를 없애고, 조선(造善)
은 우치를 멀리한다. 이 세 가지가 열반에 드는 문이니라. 보시할
제보를 갖지 않는 사람이 보시하는 사람을 보고 마음속으로 기뻐
하면 그도 보시하는 사람과 같이 구함을 받게 된다."

보시를 하지 못하는 가난한 사람이 많다는 것을 알고, 그들까지
축복한 것이다.

불타는 제자들과 함께 이 죽림정사에서 살게 되었다. 지금까지
집이 없던 천여 명의 제자들은 비로소 여기에서 불타를 중심으로
공동 수도생활을 하게 된 것이다.

이때부터 승원(僧院) 생활이 차츰 형태를 갖추기 시작한 것이다.

먼 곳으로 도를 설교하러 떠났던 교진여 등 여러 제자들도 차차
모여들기 시작했다. 그들은 잠시 떠나 있는 동안에 위대한 제자들
과 많은 형제들이 생긴 것을 보고 기뻐했다.

불타 역시 그들이 모두 무사히 돌아온 것을 보고 기쁨을 감추지
못했다.

제8장 웅대한 기원정사(祇園精舍)

불타의 평판은 점점 먼 곳까지 퍼져나가서 제자가 되려고 찾아오는 사람의 수가 날로 늘어만 갔다. 불타는 신분의 고하를 막론하고 제자가 되려고 찾아온 사람은 누구나 다 슬하에 받아들였다.

불타가 왕사성에서 얻은 제자 가운데서 가장 뛰어난 사람은 사리불과 목건련 두 사람이었다. 사리불은 본명이 우파실사였고, 목건련의 본명은 구리타였다. 두 사람이 모두 총명하고 유식한 바라문으로 의가 좋았으며, 산쟈야의 문하생이었다.

그들은 각기 백 명 정도의 제자를 거느리고 있었고, 그들 나름의 자부심도 가지고 있었으나, 불타가 많은 제자들을 받아들이고 있다는 소문을 듣고 그들도 불타를 만나보아야겠다는 마음을 갖게 되었던 것이다.

어느 날, 사리불은 거리에서 한 사람의 사문을 만났다. 그 사문은 불타의 맨 처음 다섯 제자 가운데 한 사람인 아슈바쟈드였다.

그를 본 사리불은 어쩐지 마음 한 구석에서 밝은 빛이 솟아나는 것 같은 환희를 느꼈다. 사리불은 그 사람에게,

"당신은 누구의 제자입니까?"

하고 물었다.

"불타의 제잡니다."

"죽림정사에 계십니까?"

"그렇습니다."

두 사람은 나란히 걷기 시작했다.

"불타는 모든 것은 인연에 의해서 생기는 것이며, 또 인연 때문에 멸한다고 하십니다."

아슈바쟈드는 사리불이 묻는 대로 불타의 가르침을 전해 주었다. 아슈바쟈드의 이야기를 들을수록 사리불의 마음은 불타에게로 이끌렸다.

두 사람이 헤어질 때쯤에는 사리불은 불타의 가르침을 거의 다 마음속에 받아들이고 있었다.

사리불은 아슈바쟈드와 헤어지자 곧 목건련에게로 달려갔다.

"웬일인가?"

목건련은 황급히 달려오는 사리불을 보고 의아한 표정을 지었다.

"이 사람아, 굉장한 분을 알게 되었네. 우리들이 진정으로 찾고 있던 그런 분 말일세."

목건련은 사리불이 흥분하고 있는 것을 보고,

"어떤 분을 만났기에 그렇게 흥분하는가?"

하고 웃었다.

"불타 말일세, 불타."

사리불은 방금 아슈바쟈드에게서 들은 불타의 가르침을 목건련에게 이야기했다.

"드디어 우리가 구하던 분을 만났구나."

목건련은 눈시울을 적시면서 사리불의 손을 덥석 잡았다.

그다음 날, 사리불과 목건련은 자기 제자들 이백여 명을 데리고 죽림정사로 불타를 찾아갔다.

그들을 맞은 불타의 기쁨도 대단했다. 세 사람은 흉금을 털어놓고 이야기했다. 불타는 지금까지 자기의 생각을 이렇게까지 깊이 이해해 주는 사람은 처음이었다.

물론 사리불과 목건련의 기쁨은 그에 비할 바가 아니었다. 그리하여 사리불과 목건련은 기뻐서 눈물을 흘리며 불타의 슬하에 들어갔다.

죽림정사를 찾는 사람은 그칠 사이가 없었다. 어떤 사람들은 불타의 제자가 불어나는 것을 두려워하기 시작했다.

'불타는 무슨 원수가 졌기에 우리 가정을 파괴하고, 우리의 대를 끊으려는 것인지 모르겠다. 불타는 이곳에 와서 천 명이 넘는 많은 사람을 출가시켰고, 또 수많은 사람들이 매일같이 그의 밑으로 들어가고 있지 않는가. 도대체 앞으로 얼마나 더 이 땅의 부모들로부터 자식을 빼앗고, 아내들로부터 남편을 빼앗으면 직성이 풀릴까?'

이러한 불만은 노골적으로 번져나갔다.

심지어 불타의 제자들이 거리에 포교하러 나가면 사람들은 그 사문들을 보고,

"너희들은 왜 산을 넘어 이곳까지 왔느냐? 이번에는 또 누구를

홀리려고 하느냐?"

하고 욕설을 하게까지 되었다.

이러한 소문은 제자들의 입을 거쳐 불타에게도 들어갔다. 그러나 이 말을 듣고도 불타는 별로 놀라는 기색을 하지 않았다.

"그런 비난은 오래 가지 않을 것이다. 이레 동안은 가겠지만, 이레가 지나면 그런 일은 없어질 것이다. 너희들은 이렇게 말하도록 해라. 진인(眞人)인 불타는 법이 시키는 대로 사람들을 인도하느니라. 법대로 하는 불타를 누가 따르지 않겠는가고……."

거리에 나가 포교를 하는 사문들은 사람들의 욕설에 대해서 불타의 말대로 했다. 그랬더니 이상하게도 이레가 지나자, 아무도 이제는 불타를 비난하는 사람이 없었다. 제자들은 새삼스럽게 불타의 예지에 감탄할 따름이었다.

어느 날, 사리불의 숙부가 되는 카우틸라가 불타와 만나기를 원했다. 그때 불타는 영취산의 돈굴동에 잠시 머물러 있었다.

카우틸라는 이교(異教)의 선인의 한 사람이었는데, 조카인 사리불이 개종했다는 데 대해서 놀라움과 의아심을 가지고 있었던 것이다.

불타를 만나자 카우틸라는 대뜸,

"나는 일체를 인정하지 않소."

하고 말했다.

그 말을 듣고 불타는 웃으면서 대답했다.

"당신은 지금 인정하지 않는다는 그 사실을 인정하고 있지 않습니까?"

카우틸라는 첫마디에 말문이 막혀버리고 말았다. 불타는 조용히 말을 이었다.

"일체를 긍정하는 사람과 일체를 부정하는 사람, 그리고 일부를 긍정하고 또 일부를 부정하는 사람이 있습니다. 그 가운데서 일체를 긍정하는 사람은 탐욕이나 집착에 사로잡히기 쉽습니다. 그 반면에 일체를 부정하는 사람은 탐욕이나 집착을 멀리할 수는 있으나 그것도 정도 문제지, 너무 그것만을 고집하게 되면 자기 인생을 가볍게 여길 뿐만 아니라 남의 생명이나 정신을 무시하게 되는 것입니다. 그리고 자칫하면 과대망상에 빠져서 적을 만들고 마는 것입니다."

카우틸라는 불타의 말에 대해서 한마디의 대꾸도 하지 못하고, 머리를 깊이 숙이고 말았다.

불타는 또 위대한 제자 한 사람을 얻은 것이다.

불타의 유명한 제자인 마하카샤파를 얻은 것도 그 무렵이었다.

왕사성에게서 멀지 않은 곳에 마하사라타라는 마을이 있고, 거기에 한 사람의 장자가 있었다. 마하카샤파는 그 장자의 아들이었다.

죽림정사에 있는 불타의 소문은 마하카샤파에게도 자주 들려왔다. 그는 소문을 들을수록 불타에게로 마음이 끌렸다. 마침내 그는 불타를 찾을 결심을 하고 집을 나섰다.

불타는 왕사성 가까이 있는 파후트라카 근처에서 좌선을 하고 있었다. 그곳은 대낮에도 햇빛이 들지 않을 정도로 울창한 숲이었다. 마하카샤파는 숲속에 홀로 앉아 명상에 잠겨 있는 사람을 보자, 곧 그가 불타라는 것을 알았다. 원만한 그 얼굴, 그리고 깊은 호수같이 조용하고 햇빛같이 눈부신 그 모습으로 불타라는 것을 직감할 수가 있었던 것이다.

"세존이시어, 저는 당신의 제자올시다."

마하카샤파는 저도 모르게 합장 배례했다.

불타는 가만히 눈을 뜨고 마하카샤파를 바라보며,

"오늘, 그대가 올 것을 알고 기다렸노라. 그대의 마음은 늘 나를 구하고 있었구나. 인간의 육체가 무상하다는 것을 그대는 알고 있지?"

하고 말했다.

"예, 세존이시어, 알고 있다고 믿습니다만……."

불타는 자리에서 일어나 정사로 향했다. 마하카샤파는 기쁨에 찬 얼굴로 조용히 불타의 뒤를 따랐다.

불타의 정신은 생사를 초월한 열반의 경지에 들어가 있었으나, 육신은 결코 불사신(不死身)일 수 없었다.

어느 날, 불타는 병석에 눕게 되었다. 그러나 불타는 조용히 정양을 할 뿐 의사를 청하려고 하지 않았다.

불타의 와병을 전해들은 빔비사라왕은 급히 시의(侍醫)인 지바카를 보내어 간병하게 했다. 지바카도 불타의 가르침을 존경하는 사람이었다. 그래서 밤낮을 가리지 않고 정성껏 불타를 간병했다. 그 보람이 있어 불타의 병환은 쉬 완쾌되었다.

지바카는 죽림정사에서 한 가지 걱정스러운 사실을 알았다. 불타를 비롯해서 모든 그 제자들이 아주 비위생적인 생활을 하고 있다는 사실이었다. 옷은 말할 나위도 없고, 식사나 환경이 말이 아니었다.

옷은 묘지나 쓰레기통에 버리는 넝마를 주워다가 걸치고 다녔고, 음식이란 대개가 상한 것이었다. 만일 전염병이라도 발생하면 야단이었다. 그리고 몇 천 명이라는 사람들이 한곳에서 우글거리고 있으니 환자도 그칠 사이가 없었다.

어느 날, 지바카는 이웃 나라 왕의 병을 고쳐주고 그 답례로 훌륭한 옷을 선물 받았다. 지바카는 선물을 받으면서 생각했다.

'훌륭한 옷은 훌륭한 사람이 입어야 그 값어치가 있는 법이다. 아무리 값진 옷을 입어도 마음이 곱지 못한 사람이면 그 옷은 빛을 잃는 것이다. 이 옷은 불타께서나 입어야 할 옷이다.'

지바카는 집에 돌아오자 곧 불타를 뵈러 갔다.

"세존이시어, 제게 한 가지 부탁이 있사옵니다."

"무엇이오?"

"세존이시어, 이 지상에서 가장 훌륭한 당신이시지만, 단 한 가지 염려되는 일이 있사옵니다. 그것은 다름 아니라, 세존을 비롯해서 여러분이 옷을 쓰레기통이나 무덤에서 주워다가 입고 있다는 사실입니다. 그것은 몸에 대단히 해로운 일입니다. 이 옷은 제가 이웃 나라 왕으로부터 얻은 비할 바 없는 훌륭한 옷이온데, 저 같은 사람에게는 과분해서 세존께 드리려고 가져왔습니다. 허물 마시고 받아주시기 바랍니다."

불타는 지바카의 호의를 즐겁게 받았다. 그리고 제자들에게 이렇게 말했다.

"넝마를 좋아하는 사람은 지금 것을 입되, 일광으로 잘 소독을 할 것이며, 속세의 옷을 좋아하는 사람은 속세의 옷을 입도록 하라."

그 뒤 이 말을 전해들은 왕사성 사람들은 사문들에게 수천 벌의 옷을 거두어 보냈다.

불타는 마치 커다란 강과 같았다. 수많은 개천 물과 시냇물이 불타라는 커다란 강물로 흘러들었으나, 그 큰 강은 넘치는 일도 없이 조용히 흐르기만 했다.

불타의 제자는 자꾸만 불어났다. 그리고 불타와 그 제자들에게 공양(供養)을 하려는 사람들도 많이 나타났다.

사위국의 수달타 장자가 불타를 만난 것도 이 무렵이었다.

수달타가 어느 날, 왕사성의 어느 장자 집에 우연히 들렀다. 그 집은 한창 잔치 준비에 붐비고 있었다. 수달타는,

"누가 오시기에 이렇게 많은 준비를 하십니까? 왕께서나 오십니까?"

하고 물어보았다.

"아닙니다. 불타와 그 제자 분들을 초대했습니다. 내일 우리 집에 오시게 됩니다. 지금 불타께서는 죽림정사를 나오셔서 이 부근의 쉬타바나 숲에 계십니다."

수달타는 불타의 소문은 금시초문이었다. 수달타는 잠자리에 들었으나, 불타의 일이 머리에 가득 차서 잠을 이룰 수가 없었다. 그는 참지 못해 밤중에 일어났다. 그리고 말을 몰아 쉬타바나 숲으로 향했다. 이상할 정도로 가슴이 설레고 있었다.

달이 밝은 밤이었다. 수달타는 말에서 내려 혼자서 숲속으로 걸어 들어갔다. 겁이 나기도 했지만, 그는 돌아서려 하지 않았다.

숲속으로 한참 들어가자, 한 사문이 달빛을 온몸에 받으면서 조

용히 나무 사이를 거닐고 있었다.

사문에게로 가까이 간 수달타는 그가 바로 불타라는 것을 느꼈다.

"당신이 세존이십니까?"

"그렇소."

뜻밖의 장소에서 불타를 만날 수 있게 된 수달타는 기뻤다.

불타도 첫눈에 수달타의 순수한 마음이 마음에 들었다.

"이리로 오시오."

불타는 앞장서서 수달타를 숲 깊이 안내해 갔다. 일천 명이 넘는 제자들은 이미 곤히 잠들어 있었다. 혹은 나무 그늘에서, 혹은 땅 위에 거적을 깔고 자고들 있었다.

"이런 곳에서 모두들 잘도 주무시는군요."

수달타는 약간 놀라는 표정으로 말했다.

"피곤하고, 그리고 마음에 애착이 없고, 번뇌가 없기 때문에 마음의 안정을 얻어 언제든지 잠자고 싶을 때 편히 잠들 수가 있는 것입니다."

불타는 수달타에게 많은 이야기를 했다. 불타의 설법에 수달타는 진심으로 감동을 느꼈다.

"세존이시어, 저는 지금부터 삼보에 귀의해서 오계를 지키고 살생을 하지 않겠습니다."

"좋은 생각이오. 당신은 누구시오?"

"저는 재산을 좀 가지고 있습니다. 가난한 사람이나 고독한 사람들에게 조금씩 먹을 것이나 입을 것을 나누어주기 때문에 저의 나라에서는 저를 급고독이라고 부르고 있습니다."

"당신의 나라는 어딥니까?"

"북쪽의 사위국입니다. 만일 불타께서 저희 나라에 오시게 된다면 모든 것을 돌보아드리겠습니다."

"북쪽에도 가려고 생각하고 있습니다만, 사람이 많아서 정사가 없이는 안주할 수가 없습니다."

"그러시다면 제가 정사를 짓겠사오니, 꼭 오시도록 해주십시오."

불타는 그의 청을 쾌히 받아들였다.

"오늘 밤은 저의 평생에 있어서 가장 보람 있는 밤입니다."

수달타는 기뻐서 어쩔 줄을 몰라 했다.

고향에 돌아간 수달타는 정사 지을 자리를 찾아 사위성의 안팎을 샅샅이 돌아보았다. 가장 마땅한 곳이 기타 태자가 소유하고 있는 숲이었다. 숲에는 아름다운 나무들이 하늘을 찌를 듯이 솟아 있고, 호젓한 못과 맑은 시냇물이 흐르고 있었다.

그러나 그 숲의 소유자인 태자는 수달타의 간청에도 불구하고 좀처럼 내놓을 생각을 하지 않았다. 그래도 수달타는 단념하지 않고 끈덕지게 흥정을 한 끝에 마침내 비싼 값을 치르고 그 숲을 손에 넣고야 말았다.

수달타는 급히 공사에 착수했다. 그리고 불타에게 사람을 보내어, 공사에 관한 상의를 하고자 하니 제자 한 사람을 보내달라고 했다.

숲을 판 기타 태자는 그곳에 불타의 정사를 짓는다는 것을 알고서는 자기가 너무 고집 부린 것을 사과하고, 정사의 대문은 자기가 짓겠다고 했다.

불타는 사리불을 수달타에게 보냈다.

공사가 진행되는 동안에 한 가지 문제가 생겼다. 그것은 수달타가 정사를 짓는 데 돈을 너무나 들이기 때문에 그의 친척들의 반발을 사게 된 일이었다. 그의 친척들은 아무도 불타를 알지 못했다. 그들은 불타가 도대체 어떤 사람이기에 그토록 위대하냐고 하면서 수달타를 통해서 사리불과의 논쟁을 신청했다.

사리불은 불타의 제자 가운데서 가장 뛰어난 사람이었고, 학문으로는 불타보다 앞서 있는 형편이었다.

그는 그 청을 쾌히 받아들였다. 그 논쟁은 뻔한 것이었다.

사리불과의 논쟁에서 진 그들은 마음을 돌이켜 기꺼이 정사건립에 협조하게 되었다.

정사는 열여섯 개의 전당과 육십 개의 소당(小堂)으로 이루어졌다. 그리고 이 훌륭한 정사는 기원정사라고 명명되었다.

정사의 준공을 전해들은 불타는 곧 제자들을 거느리고 왕사성을 떠나 중도에 설법을 하면서 서서히 사위국으로 향했다. 불타가 기원정사에 들자, 그의 명성은 하늘에서 쏟아지는 햇빛처럼 사위국 방방곡곡에 골고루 퍼져나갔다.

사위국의 푸라세나질왕도 불타의 소문을 듣고, 하루는 신하를 데리고 기원정사를 찾았다.

왕은 불타에게 물었다.

"늙을 때까지 수행을 하더라도 쉽게 도를 통하지 못하는 법인데, 젊으신 몸으로 어떻게 도를 얻었습니까?"

"대왕이시어, 세상 사람들은 흔히 작은 것이나 혹은 젊은 사람을 보면 경하게 여기는 버릇이 있는데, 그것은 잘못입니다. 작은 것 가운데 무시 못 할 것이 네 가지 있습니다. 그 하나는 왕자이며, 둘째는 소룡(小龍), 셋째는 작은 불, 넷째는 어린 중입니다. 왕자는 어리지만 장차 한 나라의 대왕이 될 몸이며, 소룡은 나중에 대룡이 되며, 작은 불이라도 그것이 마침내는 숲이나 도시를 불태울 수 있으며, 중은 마음이 맑고, 길을 잘 지키기만 하면 귀하거나 천하거나 혹은 늙었거나 간에 누구나 무상(無上)의 도를 얻을 수가 있는 법입니다. 만일 도를 통하고, 진리를 얻어 중생들을 인도할 수 있는 사람에게 욕을 한다면 그 죄는 큰 것이며, 나중에 사죄해도 씻을 수가 없는 것입니다.”

그 말을 들은 왕은 가슴이 서늘했다. 감동을 한 왕은 정중한 태도로 왕으로서의 정도(正道)를 물었다. 그러자 불타는 인자한 목소리로 말했다.

“백성 한 사람 한 사람을 당신의 외아들같이 사랑하십시오. 아무리 작은 생명이라도 귀중히 여겨야 합니다. 그리고 자제(自制)로써 악덕을 누르고, 부정하지 말 것이며, 바른 길을 걸어야 합니다. 딴 사람의 불행 위에 자기의 행복을 세워서는 안 됩니다. 고생하는 사람을 돕고, 괴로워하는 사람을 위로하고, 병든 사람을 구해야 합니다. 왕의 지위를 특별한 것으로 생각 말고, 아부하는 자의 말에 농락되지 말아야 합니다. 일부러 고행할 필요는 없으나, 정각을 얻도록 조용한 마음을 가져야 합니다. 불에 타고 있는 나무에는 새들이 모이지를 못하는 거와 같이, 정욕이 불타고 있는 사람에게 백성이 진정으로 따르지는 않는 법입니다. 아무리 현명한 사람일지라도 정욕이 불타고 있을 때는 냉정한 판단을 못 하는 것이며, 한 나라의 이해를 생각지 못하고, 자기 생명도 바로 살릴 수가 없는 것입니다. 정각을 얻고자 하는 사람은 바르게 보고, 바르게 생각하고, 바르게 말하고, 바르게 바라고, 바르게 행하고, 바르게 나아가고, 어디까지나 바르게 정(定)해야 하는 것입니다. 세상에는 밝은 곳에서 어두운 곳으로 가는 길과, 어두운 곳에서 밝은 곳으로 나아가는 길이 있습니다. 현명한 사람은 어두운 곳에서 밝은 곳을 찾으며, 마침내 찬란한 광명의 세계로 들어가서 자기의 생명을 구하고, 남의 생명도 구하는 것입니다. 인생은 무상하고 괴로움이 많습니다. 행복은 밖에 있는 것이 아니라 내 안에 있는 것이며, 어떤 것으로나 동요되지 않는 마음의 정숙과 열반에 들기를 본원(本願)으로 하고, 백성의 행복을 방해하지 않으며, 그것을 영원토록 반석 위에 올려 놓는 것이 바른 왕도(王道)일 것입니다."

　불타의 설법을 듣고 난 왕은 불타를 만난 것을 진정으로 기뻐했다. 마음속에 맑은 물이 찰찰 고여 오르고, 밝은 빛이 가득히 넘치는 것 같았다.

제9장 왕족들의 출가(出家)

불타가 사위국에서 제자들과 함께 수도하고 있다는 소문은 먼 이웃 나라에까지 전해졌다.

가비라성의 정반왕에게도 이 소식은 들어갔다. 왕은 몹시 아들이 보고 싶었다. 그러나 아들의 마음을 잘 아는 왕은 그 안타까운 심정을 스스로 달래고 있었다.

어느 날, 푸라세나질 왕으로부터 사자가 왔다. 정반왕에게 안부를 묻는 친서를 가지고 온 것이었다.

친서에는 불타의 근황이 자세히 적혀 있었고, 그의 높은 덕망을 칭송하는 글들로 가득 차 있었다. 그리고 불타가 머지않아 고향에 돌아갈 생각이라는 말이 씌어 있었다.

정반왕의 기쁨은 이만저만이 아니었다. 왕은 대신인 우다인을 불렀다. 우다인은 왕 앞에 와서 허리를 굽혔다. 왕은 우다인을 보고,

"여보게, 큰일이 생겼구려."

하고 말했다.

"어떤 일인데요?"

우다인은 약간 의아스러운 표정을 지으며 물었다.

"지금 푸라세나질 왕께서 친서를 보내왔는데, 싯다르타가 곧 돌아오게 된다는 이야기구려."

"그래요? 그렇다면 대단히 기쁜 일이온데, 어찌 큰일이라고 하시는지요?"

"마중 보낼 사람이 마땅치 않아 그러네. 잘못하면 감화되어 중이 되어버릴 테니까……."

"그럼 소인이 맡겠습니다."

"그대가? 괜찮을까?"

"염려 마옵소서. 설마 소신이 중이야 되겠습니까."

"그렇다면 그대에게 일임하오."

정반왕의 친서를 가진 우다인은 곧 사위국으로 떠났다.

우다인 일행의 행렬이 멀어져가는 것을 성 위에서 바라보고 있던 왕은 옆에 서 있는 바하바쟈바디에게,

"올 때는 우다인도 중이 되어 돌아올 거야, 보라니까……."

하고 껄껄껄…… 큰 소리로 웃었다.

그는 한없이 기쁜 모양이었다.

불타는 우다인을 반갑게 맞았다.

불타를 본 우다인은 놀랐다. 옛날의 화려하던 모습과는 딴판으로 검소한 옷차림인데도 침착하고 원만한 기품이 훤하게 서려 있었으며, 옛날과 같은 우울한 표정은 찾아보려야 찾아볼 수가 없었다.

우다인은 정중히 예를 올리고 부왕의 친서를 바쳤다.

"아버님께서는 별고 없으시오?"

불타는 편지를 펴들면서 물었다.

"안녕하시옵니다. 그리고 하루 속히 태자마마를 뵙게 되기를 바라고 계시옵니다."

"그렇잖아도 머지않아 뵐 생각이오. 피곤할 테니 물러가서 편히 쉬시오."

우다인은 불타의 제자들이 있는 곳으로 물러나왔다. 그리고 그는 그들과 함께 있는 동안에 불타의 수많은 제자들이 모두 평등하고 안정된 생활을 하고 있다는 사실을 알고 놀랐다.

'이런 생활을 하고 있으면 아무 번뇌도 없이 살 수가 있겠구나.'

우다인은 속으로 이렇게 생각했다.

그때 불타는 조용히 그의 곁으로 다가가서 어깨에 손을 얹으며 물었다.

"그대는 이런 생활을 어떻게 생각하오?"

"아주 즐거운 생활이라고 생각합니다. 허락만 하신다면 저도 사문이 되고 싶습니다."

그는 왕과의 약속을 까맣게 잊어버렸다. 불타는 제자 한 사람을 불러서 우다인이 출가의 절차를 밟도록 했다.

머리를 빡빡 깎고 승의를 입은 우다인이 다시 앞에 나타나자 불타는 은은한 웃음을 띠며,

"음, 아주 됐어."

하고 칭찬을 했다. 그 말을 듣자 우다인은 속으로, 아차! 싶었으나 이제는 도리가 없었다. 그러나 한편으로는 불타의 제자가 된 것이

어쩐지 기쁘고 자랑스러웠다. 며칠 동안 쉬고, 우다인은 먼저 가비라성으로 돌아갔다.

그가 돌아와서 왕을 배알하자, 왕은 껄껄껄 크게 웃고 나서,

"역시 중이 됐구려 중이……."

하고는,

"싯다르타는 뭐라 합니까?"

하고 궁금한 듯이 물었다.

"예, 무척 건장하시옵고, 이레 안으로 이곳에 오시겠다고 말씀하셨습니다."

"그렇다면 며칠 남지 않았구나."

아들이 불타가 되어 며칠 뒤에는 자기 앞에 나타난다는 사실을 확인하자, 왕은 곧 이 사실을 성중에 널리 알렸다.

예부터 예언자나 성인은 그 고향에서는 대접을 받지 못한다는 것이었는데, 불타의 경우는 그렇지가 않았다. 그의 환향은 겉으로 보기에는 허술한 것이었으나, 정각을 얻고 해탈을 하여 돌아오는 터니, 그것은 참다운 뜻의 금의환향이 아닐 수 없었다.

그는 번뇌 때문에 집을 뛰쳐나가 태자의 지위를 헌신짝처럼 던져버렸었다. 죽음보다 더한 괴로움을 안고 집을 나갔었다. 그러한 그가 지금 불타가 되어 돌아오는 것이다.

며칠 후, 불타와 그 제자들의 행렬을 맞이한 사람들은 모두 놀랐다. 사람들은 절로 눈물을 흘리지 않을 수 없었다. 그야말로 거지 떼의 행렬이었던 것이다. 그러나 사람들은 합장을 하고 불타의 발 앞에 가서 엎드렸다. 개중에는 이 남루한 행렬을 보고 이맛살을 찡그리는 사람도 있었다.

불타 일행은 가비라성으로 들어가자, 우선 집집을 돌아다니며 탁발을 하고 설법을 했다.

이 소식을 들은 정반왕은 황급히 신하들을 이끌고 달려 나갔다.

왕성으로 통하는 넓은 길에서 두 행렬은 마주쳤다. 하나는 화려하고 위엄에 넘치는 왕의 행렬이었고, 다른 하나는 넝마를 걸친 거지 떼 같은 남루한 행렬이었다.

왕은 앞서 오는 불타를 보자, 얼른 수레에서 내렸다. 불타는 조용히 서서 부왕을 바라보았다.

달려가서 아들을 얼싸안으려던 왕은 그만 그 자리에 우뚝 멈춰 서고 말았다. 지금까지 머릿속에 그리고 있던 아들의 모습과는 너무나 판이한 사람이 앞에 나타나 자기를 바라보고 있는 것이 아닌가. 얼굴 모습은 옛날과 별 다름이 없었으나, 그 얼굴에 넘치는 온화하고 인자한 빛과 온몸에서 풍기는 위엄과 기품은 능히 주위를 압도하고도 남음이 있는 것이었다.

왕은 목멘 소리로 말했다.

“내 아들아. 왜 바로 나에게로 오지 않았느냐? 내가 얼마나 너를 기다린 줄 아느냐? 왜 거리에서 걸식을 하느냐?”

“아버님이시어, 저는 이젠 옛날의 싯다르타가 아니옵니다. 우리들은 우리들의 선조의 법을 지키고 있는 것입니다.”

“너의 선조에 거지는 없었다.”

“제가 말하는 선조는 우리들 출가한 사람들의 선조입니다.”

“자, 이제 그런 소린 그만두고, 빨리 궁전으로 가도록 하자.”

“예, 이 많은 저의 제자들까지 함께 가도 무방하시다면…….”

“무방하고말고.”

왕은 수레에 타지 않고, 아들과 나란히 앞장을 섰다. 왕의 부하들과 불타의 제자들이 뒤섞인 진묘한 행렬이 그 뒤를 따랐다.

불타와 나란히 걸어가는 왕의 마음은 차차 밝아왔다. 이따금 아들의 얼굴을 돌아보고는 혼자 흐뭇한 웃음을 지었다. 볼수록 자랑스러운 아들이었다.

'내 아들이 불타다. 내 아들이 이렇게 훌륭한 인물이라니……'

그는 아, 훌륭한 내 아들아! 하고 부르짖고 싶은 충동을 가까스로 참았다. 그렇게 부르기에는 불타의 얼굴은 너무나도 엄숙하고 위엄이 넘쳤다.

"무척 고생이 심했겠구나."

"정각을 얻기까지는 괴로움이 많았습니다. 그러나 궁전에 있을 때보다는 훨씬 편안했습니다. 차츰 마음의 안정을 얻게 되자 독사와 같은 번뇌가 떨어져나가지 뭡니까."

"음― 참 장한 일이로다."

불타가 돌아와서 지금 왕성으로 들어오고 있다는 기별을 듣자, 궁전은 발칵 뒤집힌 듯이 수런거렸다. 신하들은 환영 준비에 소란을 피웠고, 야수다라와 라훌라는 남편과 아버지를 만나게 된 기쁨에 어쩔 줄을 몰랐다.

불타의 이복동생이며, 지금은 태자가 되어 얼마 전에 아름다운 비(妃)를 맞은 난다는 존경하는 형을 만나는 것이 기쁘기도 했으나, 한편으로는 두렵기도 했다. 그것은 자기의 사치스러운 생활이 소문에 들은 형의 생활과는 너무나도 대조적이라는 것과, 형의 아들인 라훌라를 제쳐놓고 자기가 태자가 되었다는 사실이었다.

야수다라의 심중은 누구보다도 초조하고 설레었다. 남편을 단념해 버리고, 오직 아들 라훌라의 성장만을 낙으로 삼아온 그녀지만, 그 잊었던 남편이 돌아온다니 가슴이 뒤흔들리지 않을 수가 없었다. 그리움과 원망스러움이 한데 뒤범벅이 된 심정이라고나 할까.

라훌라는 어머니로부터 아무 말도 듣지 못했다. 그러나 어린이 특유의 민감성으로써 아버지가 돌아오신다는 것을 알았다. 그는 아버지가 보고 싶었다. 궁전 안에 사는 아이들은 모두 아버지가 있는데, 자기만 아버지가 없었다. 그리고 그는 아버지에 대해서 아는 것도 없었다. 어머니에게 물어도 일체 대답을 하지 않았다. 어머니뿐 아니라 아무도 그에게 아버지에 대해서는 이야기해주질 않았다. 그러나 그는 그 나름으로 머릿속에서 아버지의 모습을 그리고 있었다. 그런 아버지가 돌아오신다니 신나지 않을 수 없었다.
"이제 도착하셨습니다."
시녀 하나가 야수다라에게로 달려와서 알렸다.
야수다라는 그 말을 듣자 그만 두 눈에 눈물이 핑 어렸다. 남편이 단순한 긴 여행에서 무사히 돌아온 것이라면 자기는 버선발로 맨 먼저 뛰어나가겠지만, 집과 처자를 버리고, 왕위마저 내던지고 나간 남편이 이제 속세를 초월한 불타가 되어 돌아온 이 마당이니, 어떻게 그를 맞으면 좋을지 망설여지지 않을 수 없었다.
사람들은 불타를 마중하러 우루루 요란스럽게 달려 나갔다. 그러나 야수다라는 어쩔 줄을 모르다가 그만 기둥을 붙들고 흐느끼고야 말았다. 라훌라가 달려와서,
"어머님! 어머님!"
하고 부르는 소리에 비로소 야수다라는 기둥을 놓고 눈물을 닦

왔다.

"빨리 오세요! 할머니가 어서 오시래요."

천진한 라훌라는 좋아서 어쩔 줄을 모르며 야수다라의 손을 잡아끌었다.

불타는 부왕, 계모, 아우들과 함께 조용히 궁전 안으로 들어갔다. 그리고 여러 사람들과 인사를 나누었다.

이때, 야수다라가 라훌라에게 이끌려서 들어왔다. 야수다라가 나타나자 불타는 그 자리에 가만히 서서 아내의 얼굴로 조용한 눈길을 보냈다.

두 부부는 십몇 년 만에 다시 상면하게 된 것이다. 십수 년— 불타에게는 보람 있는 세월이었으나, 야수다라에게는 긴 외로움의 나날이었다.

사람들은 숨을 죽이고, 이 두 부부의 극적인 상봉을 지켜보고 있었다.

위엄 있고 침착한 불타의 얼굴에도 순간 연민의 정이 서렸다. 응달에 핀 꽃같이 아름다운 야수다라의 얼굴에도 그리움과 원망스러움의 표정이 착잡하게 어렸다.

잠시 후, 야수다라는 마음의 긴장이 풀리면서 아찔해지는 것을 느꼈다. 라훌라의 손목을 쥔 손이 바르르 떨렸다.

야수다라는 다시 한 번 남편의 얼굴을 똑바로 바라보았다. 거기에는 태산과 같이 추호도 동요하지 않는 표정이 있었다. 야수다라는 간신히 마음을 가다듬었다.

불타는 조용히 아내와 아들 앞으로 다가갔다. 야수다라는 불타 앞에 무릎을 꿇었다.

"고생을 시켜 미안하오. 그러나 기뻐해주오. 나는 본원을 이룰 수가 있었소."

불타는 부드럽고 인자한 목소리로 말했다. 그리고 라훌라를 보고는,

"많이 컸구나."

하면서 머리를 쓰다듬었다.

불타가 자리에 돌아와 앉자 정반왕은,

"여러 사람을 위해서 좋은 말을 좀 들려주도록 해라."

하고 일렀다.

불타는 조용히 입을 열었다.

"인생은 무상한 것입니다. 사람은 언제 죽을지 모르며, 숙명적으로 노고, 병고, 사고를 피하지 못합니다. 그 밖에도 여러 가지 재난을 당하지 않을 수가 없습니다. 내가 재가(在家) 당시 가장 두려워하고, 번뇌에 사로잡혔던 것이 이것이었습니다. 그래서 나는 출가를 했던 것입니다. 오랜 세월을 두고 수행을 한 끝에 드디어 나는 죽음을 두려워하지 않는 길을 발견했고, 더할 나위 없는 평화와 안정을 얻었으며 기쁨에 찬 세계를 알게 되었습니다. 그리하여 그렇게 두려워하고 있던 모든 괴로움을 단절할 수가 있었습니다. 나는 지금 넝마를 입고 있으며, 때로는 나무 밑에서 자고, 차마 사람이 먹을 수 없는 음식을 먹기도 하나, 그것으로 만족할 수 있고, 마음의 안정을 누릴 수 있습니다. 내가 이곳에 있을 때의 사치스러운 생활은 내게 죽음보다 더한 번민을 주었지만, 지금의 내 생활은 다시 없는 기쁨을 가져다주고 있습니다. 나는 열반 속에 사는 길을 알았습니다. 인생은 무상하고, 괴로우며, 혼미하지만 그것을 단절하고

정도를 감으로써 피안에 도달할 수가 있습니다. 가장 두려운 것은 나라는 것의 안에 집착하여 탐욕과 원망과 어리석음의 수렁에 빠져서 바른 길을 모르는 일입니다."

불타의 설법은 그칠 줄을 몰랐다. 그러나 모든 사람들은 조용히 침을 삼켜가며 그 설법을 들었다.

왕도 눈을 지그시 감고 가만히 귀를 기울이고 있었다. 아들이긴 하지만 그의 설법은 모두가 옳았다. 그러나 왕에게는 한 가지 두려움이 앞섰다. 그것은 자기의 신하들이 우다인처럼 모두 출가해 버리면 어쩌나 하는 것이었다.

왕의 이러한 걱정은 오래지 않아 현실로서 나타나기 시작했다. 그 첫 번째 사람들은 불타의 종제(從弟)들이었다.

정반왕에게는 세 사람의 동생이 있었는데, 모두 네댓 명의 아들을 가지고 있었다. 그들 가운데서도 일곱 명이 특히 서로 의가 좋았다. 그들 일곱이 맨 먼저 동요하기 시작했던 것이다.

그 일곱 사람의 이름은 아니룰타, 브하드리카, 아난다, 난다, 데바달타, 파샤, 그리고 금비라였다.

그들 가운데서 가장 먼저 불타의 감화를 받은 것은 아니룰타였다. 그는 먼저 브하드리카에게 출가하자고 권유를 했고, 이어 서로 상의해서 출가를 하기로 했다.

그들은 곧 이발사인 우파알리를 불러내어 아무도 보지 않는 곳에서 머리를 깎았다. 우파알리는 브하드리카의 단골 이발사였다. 그는 브하드리카의 머리를 치면서 눈물을 흘렸다.

브하드리카는 머리를 깎고 난 다음, 다른 여섯 명에게 말했다.

"우파알리는 오랫동안 나의 시중을 들어왔다. 내가 없으면 그도 곤란할 것이다. 우리는 이제 출가하는 몸이니, 옷도 패물도 필요 없을 것이 아닌가. 그러니 우리의 옷과 패물을 우파알리에게 주어, 그가 고생하지 않고 살 수 있도록 하는 것이 어떨까?"

"좋은 일이지."

모두 찬성이었다.

그들은 비단 옷과 값진 패물을 모조리 거두어 우파알리에게 주고, 준비했던 승복으로 갈아입고는 출가의 길을 떠나고 말았다.

뒤에 남은 우파알리의 심정은 착잡했다.

'왜 저렇게 귀하신 분들까지도 출가를 하는 것일까? 출가하는 것이 그렇게 좋은 일일까? 그렇다면 나 같은 비천한 몸이라도 출가할 수 있는 것일까?'

그는 곧 받은 선물을 싸 들고 거리로 뛰어나갔다.

마침 불타의 제자인 사리불이 이쪽으로 오고 있었다. 그는 급히 달려가서 그 값진 선물을 두 손으로 사리불에게 바치면서,

"저 같은 비천한 자도 불타의 제자가 될 수 있겠나이까?"
하고 물었다.

그러자 사리불은 미소를 띠면서,

"불타의 법에는 신분의 고하도 지혜의 다과도 없습니다. 단지 불타의 가르침에 따라 계율을 지키고, 정각을 얻는 길뿐입니다. 나를 따라오시오."
하고 앞장을 섰다.

사리불의 뒤를 따라온 우파알리를 본 붓다는 기꺼이 그를 제자로 맞았다.

출가를 하려고 궁성을 나간 일곱 명의 왕족들도 불타를 찾아가

그의 슬하에 들어갔다. 그러나 그들은 이레 동안의 수행을 해야만 불타의 제자가 될 수 있었다.

이레를 수행하고 난 그들을 불타는 여러 선배 제자들에게 소개했다. 그런데 그 자리에서 그들은 뜻밖의 사람을 만났다. 그들이 이레 전에 비단 옷과 패물을 선물로 주어 편안하게 살도록 한 우파알리가 그들 앞에 선배 제자로서 나타난 것이다. 그들은 주저하면서 어색한 표정을 지었다.

그것을 본 불타는 그들을 꾸짖었다.

"왜 주저하느냐? 출가의 법은 오만한 마음을 극복하는 일이다. 내가 우파알리를 먼저 출가시킨 것은 그 때문인 것이다."

불타의 말을 듣고 그들은 우파알리 앞에 머리를 숙였다.

"불법은 바다와 같은 것이니라. 백 가지 강물이 흘러들어도 그것이 하나의 바닷물이 되듯, 네 개의 계급도 불법 속에 들면 모두 한결같이 되는 법이다. 또 계율을 지키는 데 무슨 귀천이 있을 수 있겠느냐. 지(地), 수(水), 화(火), 풍(風)이 모여 인간이 된 것이니, 속은 모두 공허한 것이며, 본래 나라는 것은 존재하지 않는 것이다. 그렇기 때문에 누구나 교만한 마음을 일으켜서는 안 되느니라. 모두가 하나로 돌아가 형제 같은 마음을 가져야 하는 것이다."

그들은 불타 앞에 깊이 머리를 숙였다.

일곱 왕족들이 출가하여 불타의 제자가 되었다는 사실은 주위 사람들뿐 아니라 정반왕까지도 크게 놀라게 했다. 그런데 더욱 놀라운 것은 태자인 난다와 불타의 아들인 라훌라까지도 불타의 제자가 되어버린 사실이었다.

노왕(老王)은 이제 자기 힘으로는 어떻게 할 수가 없었다. 그는 이미 몸도 마음도 늙어버렸다. 자신이 한 나라의 국왕만 아니라면 그도 기꺼이 출가하고 싶을 따름이었다.

그의 심신은 날로 쇠약해 갔다.

불타의 계모인 마하바쟈바디도 이제 늙어서 기력이 없었다. 그녀는 그녀의 아들과 손자들이 모두 출가해서 불타의 제자가 된 데 대해서도 불타를 원망하지 않았다. 오히려 야수다라와 만날 때면 그녀들이 남자가 못 된 것을 한탄하기까지 했다.

출가한 브하드리카는 혼자서 조용한 숲을 거닐거나 독방에서 좌선하기를 좋아했다. 그는 때때로,

"아아, 참으로 즐겁도다."

하고 혼잣말을 하곤 했다.

어느 날, 불타가 그 말을 듣고 물었다.

"브하드리카야. 어떻게 즐거우냐?"

"세존이시어, 저는 높은 장벽에 싸인 궁성 안에 있으면서도 늘 무기를 가진 사나이들의 호위를 받았습니다. 저 자신도 언제 어디서 원수나 적들이 나타나서 생명을 해치려 할지 몰라서 두려워하고 있었습니다. 그런데 지금은 아무도 저를 지켜주는 사람이 없는데도 혼자서 아무 두려움 없이 거닐 수 있고, 앉아 있을 수가 있습니다. 이전에는 화려한 차림에 사치스런 생활을 하고 있었으나, 마음의 안정을 못 가졌습니다. 그러나 지금은 남루한 옷을 입고, 보잘 것 없는 음식을 먹고 있습니다만 마음은 더없이 안정되어 편하기만 합니다. 불안을 느끼지 않고, 번뇌도 가시고, 괴로움도 사라졌습니다. 그래서 즐겁다는 말이 절로 나오는 것입니다."

이 말을 들은 불타는 매우 기뻐했다. 자기가 옛날 느꼈던 바로 그 심정을 이 종제도 지금 느끼고 있다는 것을 생각할 때 즐겁지 않을 수 없었다.

제10장 오백 여인의 귀의(歸依)

불타는 어느 날, 혼자서 좌선을 하고 있었다. 무아지경에 이르러 있던 불타는 문득 부왕의 일이 머리에 떠올랐다. 연로하신 몸이 혹시 병환이나 나지 않았는지 하는 걱정이었다.

그의 영감은 적중했다. 잠시 후, 정반왕의 사신이 찾아왔던 것이다. 왕이 병환에 계시는데, 한 번만이라도 불타와 난다 그리고 라훌라를 보고 싶어 한다는 전갈이었다.

불타는 곧 난다와 라훌라를 데리고 가비라성으로 달려갔다. 왕은 위독했으나 아직 정신은 있었다.

불타가 왔다는 것을 알자, 왕은 눈을 뜨고 손을 내밀었다. 불타는 묵묵히 그 손을 잡았다. 불타의 두 눈에도 눈물이 어렸다.

난다와 라훌라는 울음을 터뜨렸다. 곁에 있던 여자들도 모두 흐느꼈다.

정반왕은 뚜렷한 목소리로,

"울지들 말아라."

하고 말했다. 그리고 말을 이었다.

"나는 지금처럼 행복한 때가 없었다. 내 자식이 불타가 되어 내 목숨이 붙어 있을 때 내게로 와서 나를 지켜주고 있는데, 이 이상 행복할 수가 또 어디 있겠느냐. 이제 나는 원이 없구나."

불타는 부왕이 편안하게 열반에 들 수 있도록 빌었다.

정반왕은 드디어 합장한 채로 숨을 거두었다. 촛불이 크게 흔들렸다. 그리고 온 궁전은 울음바다로 변했다. 그러나 불타만은 묵묵히 부왕의 죽음을 지켜보고 있었다. 그는 부왕이 완전히 열반의 상태에 들어간 것을 보고 안도의 숨을 쉬었다.

왕의 시체는 값비싼 향유로 목욕되고, 진기한 옷감으로 감싸여져서 관 속에 안치되었고, 관은 또한 진묘한 보석으로 장식되었다.

그러고는 사자좌(獅子座) 위에 안치하였다. 그 주위에는 진주로 수놓은 장막이 드리워졌고, 아름다운 꽃들로 장식되었다.

정반왕의 장례식은 비할 바 없이 훌륭한 것이었다. 불타는 난다와 라훌라의 청을 들어 왕의 관을 메게 했고, 자신도 부왕의 관 한 쪽을 멨다.

사람들은 불타가 관을 멘 것을 보고 눈물을 흘리면서 고마워했으며, 관이 지나갈 때는 머리를 땅에 대고 흐느끼며 예배했다.

장례식이 끝나고 며칠 지난 뒤, 불타는 가비라성 교외의 냐그로다 숲에서 사위성의 기원정사까지 몸을 피하지 않으면 안 될 사건이 일어났다.

어느 날, 냐그로다 숲에 불타의 계모이자 정반왕의 왕비인 마하바쟈바디가 오백 명이나 되는 여자들을 거느리고 불타를 찾아왔다. 불타는 어찌된 영문인가 하고 의아한 표정을 짓지 않을 수 없었다. 마하바쟈바디는 두 벌의 새 승복을 불타에게 바치면서,

"내가 만든 옷인데 받아주시오."

하고, 말했다.

"고맙습니다. 제자들에게 주겠습니다. 큰 과보가 있을 것입니다."

불타가 대답하자,

"아닙니다. 이 옷은 세존께서 입으셔야 합니다."

하고 마하바쟈바디는 굳이 불타가 그 옷을 입도록 간청했다.

"그러시다면 한 벌은 제가 입고, 한 벌은 제자에게 주도록 하지요."

불타는 고맙게 그 선물을 받았다.

"그런데 세존께 긴한 부탁이 하나 있습니다."

마하바쟈바디는 심각한 얼굴로 불타를 바라보았다.

"무슨 부탁이십니까?"

"우리들 여인도 출가를 할 수 있도록 허락해 주십사 하는 것입니다."

"그것만은 안 되는 일입니다. 예부터 제불(諸佛)은 여인의 출가를 허락하지 아니하였습니다. 여인들은 집에서 삭발을 하지 않고, 가사도 입지 않고, 그냥 열심히 정진하여 정각을 얻도록 가르쳤습니다. 왕후마마께서도 그 법에 따라 집에서 정각을 얻도록 정진함이 좋을 것으로 생각합니다."

불타의 이런 말도 한 번 마음먹고 나선 마하바쟈바디의 결심을 꺾지는 못했다.

마하바쟈바디가 세 번이나 간청했으나, 불타는 들어주지 않았다. 그러자 그만 오백 명의 여인들은 울음을 터뜨리고 말았다. 마하바쟈바디 일행이 일단 물러가고 난 다음, 불타는 급히 제자들을 이끌고 기원정사로 돌아가 버렸다.

불타가 기원정사로 돌아가 버렸다는 소식을 듣자, 마하바쟈바디는 여인들의 중심인물 몇 사람과 상의를 했다. 그리고 불타가 있는 기원정사를 찾아가기로 했다. 오백 명의 여자들의 진기한 행렬이 가비라성을 출발한 것은 불타가 기원정사가 도착한 며칠 뒤의 일이었다.

오백 명의 여자들은 모두 머리를 깎고 가사를 입고 있었다. 그녀들의 행렬이 거리를 지나가자, 사람들은 모두 입을 딱딱 벌렸다. 어린애들은 하도 우습고 재미있어서 손뼉을 치며 좋아했다.

여인들의 행렬이 기원정사 앞까지 왔을 때는 이미 날이 저물어 있었다. 그리고 여인들은 모두 지쳐 있었다. 일행은 일단 그곳에 멈추어서 쉬기로 했다.

마침 그곳을 아난다가 지나갔다. 아난다는 삭발을 한 여인들을 보고 깜짝 놀랐다. 아난다를 보자, 마하바쟈바디는 반가워하며 피로한 몸을 일으켰다.

"아난다야, 마침 잘 만났구나. 가서 세존께 우리가 온 것을 알려다오. 우리는 이제 어떠한 일이 있어도 돌아가질 않을 테니까, 세존께 잘 말씀드려서 우리도 세존의 제자가 될 수 있도록 해다오."

아난다는 어찌할 바를 모르다가,

"어떻게 힘닿는 데까지 해보겠습니다."

하고는 불타에게로 달려갔다.

“세존이시어, 여쭐 말씀이 있어 왔습니다.”

불타 앞에 선 아난다는 공손히 머리를 숙이며 말했다.

“무슨 말이냐?”

“왕후마마께서 여기까지 또 많은 여인들을 데리고 오셨습니다.”

“여기까지?”

불타는 약간 놀란 표정을 지었다. 그리고,

“안 된다고 일러라.”

하고 냉엄하게 거절했다.

“삭발을 하고 비구니의 모습으로 오셨습니다. 많은 여인들이 모두 머리를 깎고 가사를 입고 있습니다. 그리고 거절당하더라도 결코 돌아가시지 않겠다고 말씀하십니다.”

“그러나 거절할 도리밖에 없다.”

“왕후마마는 세존의 어머님이십니다. 그리고 가르침에 남녀의 구별이 있을 수 있습니까?”

아난다의 말은 약간 열기를 띠기 시작했다. 불타는 눈을 감고 조용히 말했다.

“가르침에 남녀의 구별은 있을 수 없겠으나, 교단에 여자를 들인다는 것은 마치 좋은 밭에 악초(惡草)의 씨를 뿌리는 것과 같으니라. 그로 인해서 수확을 축나게 하는 일이 생기게 된다. 그래서 여자의 출가를 막는 것이니라.”

아난다는 대답할 말이 없어 묵묵히 고개를 떨어뜨리고 앉아만 있었다.

불타는 한참 동안 아무 말 없이 깊은 생각에 잠겨 있더니, 마침내 무슨 큰 결심을 한 듯 눈을 번쩍 떴다.

"할 수 없는 일이구나. 모시고 오도록 해라."

아난다는 좋아서 콧구멍을 벌름거리며 벌떡 일어났다.

잠시 후, 마하바쟈바디가 앞장서서 오백 명의 여인들을 이끌고 나타났다. 이를 보자, 불타는 약간 착잡한 표정을 지었다. 여자들을 제자로 맞는다는 것은 그에게 있어서 커다란 시련이 아닐 수 없었다. 불타의 심정을 이해하는 사람은 사리불을 비롯한 몇몇 제자들뿐이고, 다른 제자들은 모두 호기심과 어떤 야릇한 기쁨으로 들떠 있기까지 했다.

"고맙습니다. 세존께서 우리의 출가를 허락해 주신다면 어떤 일이라도 해서 은혜에 보답하겠습니다."

마하바쟈바디는 불타 앞에 엎드려서 말했다.

"당신들이 끝내 출가를 하시고 싶다면 여덟 가지 계율을 지켜야 합니다."

불타는 엄숙하게 말했다.

"첫째, 비구니는 보름마다 비구중(比丘衆) 가운데서 가르침을 받을 스승을 찾아야 합니다. 둘째, 비구니는 비구가 없는 곳에서 여름의 안거(安居, 일정한 기간 동안 승려들이 한자리에 모여 수도하는 것을 말함)를 해서는 안 됩니다. 셋째, 비구니는 안거가 끝나면 비구와 비구니가 있는 곳에서 자기의 죄과를 뉘우치고 고백하여 훈계를 받아야 합니다. 넷째, 쉬크사마나(正學女, 비구니가 되기 위하여 십팔 세부터 이십 세까지 따로 정한 법계를 수행하는 단계를 말함)의 이 년을 수행하며, 계율을 지킨 다음, 비로소 대중(비구와 비구니를 말함)을 따라 구족계(具足戒)를 받아야 합니다. 다섯째, 비구니는 비구를 비방하거나 나무라지 못합니다. 그리고 속세의 사람들 앞에서 비구의 파계나 잘못을 말하면 안 됩니다. 여섯째, 비구는 비구니의 잘못을 꾸짖을 수 있으나, 비구니는 비구의 허물을 말해서는 안 됩니다. 일곱째, 비구니가 계율을 범했을 때는 보름 동안의 참회와 벌을 받아야 합니다. 그리고 대중에게 용서를 빌어야 합니다. 여덟째, 비구니는 계(戒)를 받고서 일백 년이 지나더라도 새로 수계(受戒)한 비구를 보면 예배하고 맞지 않으면 안 됩니다.”

지나치게 엄한 계율이었다. 그러나 마하바쟈바디는 경건한 어조로 대답했다.

“우리들은 세존의 가르침을 명심하고, 기꺼이 세존의 제자가 되겠습니다.”

그리고 불타의 발밑에 엎드렸다.

어느 날, 젊은 제자 한 사람이 불타에게 물었다.

“세존이시어, 출가한 자가 여인을 대할 때는 어떻게 해야 합니까?”

불타는 부드러운 목소리로 그러나 위엄 있게 대답했다.

“여자를 보는 것부터 삼가야 하느니라. 만약 피치 못할 때는 못 본 체하고, 말을 하지 말아야 한다. 또 말을 하지 않으면 안 될 때는 깨끗한 마음으로 말해야 하느니라. 그 여자가 늙었으면 자기의 어머니로 여겨야 하고, 젊은 여자면 자기의 친누이와 같이 여기고, 어릴 경우에는 자식이라고 생각해야 한다. 여자를 여자로 보고, 여자로서 대한다면 그는 출가의 계율을 범한 자로서 불타의 제자가 아니다. 번뇌는 인간의 가장 무서운 적이니라. 성실한 인내의 활과 지혜의 예리한 살을 간직해야 하느니라. 그리고 정사(正思)의 투구를 쓰고, 오욕에 대해서는 굳은 결심으로 싸워야 한다. 여자의 아름다움에 사로잡힐 때, 음욕(淫欲)은 사람의 마음을 닫아버리고, 마음은 장님이 되고 마는 법이다. 세상의 여자들이란 서 있을 때나 앉아 있을 때나 자고 있을 때나 늘 자기의 용모를 자랑하고 싶어 하느니라. 여자의 이런 마음은 부동심(不動心)의 승려에 대해서도 매한가지다. 아무쪼록 여자의 눈물, 여자의 미소를 가장 무서운 적으로 여겨야 한다. 또한 여자의 엎드린 모습, 늘어진 팔, 헝클어진 머리칼, 그 밖의 모든 자태는 남자의 마음을 사로잡는 함정으로 알고, 스스로 마음을 가다듬고, 마음이 흔들리지 않도록 경계해야 하느니라.”

이 훈계에는 특히 어떤 의미가 내포되어 있었다. 많은 비구니가 교단에 들어왔다는 것은 불타에게 무거운 부담이 아닐 수 없었다.

얼마 후에 야수다라도 출가하여 마하바쟈바디의 일행 속에 섞였다. 야수다라의 출가는 불타에게 있어서 하나의 기쁨이 아닐 수 없었다. 그도 역시 인간이었다. 그리고 마음 한구석에 자리 잡고 있던 커다란 짐을 덜어버린 것 같았다.

불타의 제자들이라 하더라도 역시 그들은 인간이었다. 개중에는 타락하는 자도 있었고, 파계하는 자도 많았다.

수많은 사람들이 한곳에서 생활하게 된 후부터는 때때로 난처한 싸움들이 일어나기도 했다. 불타도 골치를 앓았다.

불타의 제자가 되었다고 해서 모두가 해탈을 얻는 것은 아니었다. 타락했다가 다시 정각을 얻는 자도 있긴 했지만, 아주 타락하여 속세로 되돌아가는 자도 많았다.

불타가 카우샤암비라는 곳에 있을 때 꽤 큰 싸움이 벌어졌다. 불타는 그 제자들을 한자리에 불러놓고 다음과 같이 설교했다.

"너희들은 왜 싸우느냐? 싸움으로 싸움을 없앨 수는 없는 법이다. 참는 것만이 싸움을 없앨 수 있다는 것을 알아야 한다. 인(忍)을 존중하는 이유는 거기에 있는 것이다. 옛날 코살라국에 장수라는 왕이 있었다. 그의 이웃 나라인 카시국에는 브라흐마달타라는 왕이 있었는데, 어느 날, 이 브라흐마달타 왕이 대군을 이끌고 코살라국에 침입해 왔다. 장수왕도 곧 대군을 일으켜 브라흐마달타 왕의 군사를 무찌르고, 왕까지 생포했다. 그러나 장수왕은 브라흐마달타 왕을 용서하고 돌려보내주었다. 브라흐마달타 왕은 백배사죄하고 돌아갔으나, 오래지 않아 다시 대군을 이끌고 쳐들어왔다. 이 소식을 듣고, 장수왕의 신하들은 노해서 대군을 일으키려 했으나 장수왕은 말했다. 나는 이미 그에게 이겼었다. 다시 싸우면 또 이길 수도 있지만, 그러나 그것은 싸움만 되풀이하는 일이 된다. 내가 이기면 그도 한사코 나를 이기려고 할 것이고, 내가 그에게 해를 입힌다면 그도 또한 나에게 해를 끼치려고 할 것이다. 그가 탐내는 것은 나의 나라다. 이 땅덩이 때문에 피차의 백성에게 해를 입히는 것은 피해야 한다. 그러므로 나는 나의 가족을 데리고 숨어서 일생을 보내리라. 장수왕은 나라를 브라흐마달타 왕에게 내어주고, 자기는 이름을 바꾸고 백성들 속에 섞여서 지냈다. 그러는 동안에 그는 왕자를 낳았다. 아들의 이름은 장생동자라 했다. 왕은 아들을 남에게 맡겨서 기르게 했는데, 아들은 총명하고 어려서부터 백예(百藝)에 능통했다. 브라흐마달타 왕은 장수왕이 신분을 감추고 백성들 속에 숨어 있는 것을 알고, 부하들로 하여금 백방으로 찾게 했다. 그리하여 마침내 장수왕을 잡아내고야 말았다. 이 소식을 들은 백성들은 모두 통곡했다. 장생동자는 나무꾼으로 변장하고, 부왕 앞으로 갈 수가 있었다. 장수왕은 아들을 보자 하늘을 쳐다보며 말했다. '참아야 하느니라. 참아야 하느니라. 원한의 인과(因果)를 맺어서는 안 된다. 그저 자비를 행하라. 흉(凶)을 물고, 독을 품고, 원한을 겹쳐서 화를 만대에 전하는 것은 효자의 길이 아니리라. 제불의 자비심은 천지에 충만해 있느니라. 나는 그 길을 찾고, 내 몸을 죽여서까지 중생을 구하였어도, 아직 효도를 얻지 못했음을 두려워하노라. 하물며 원한을 품고 원수를 갚는다는 것은 내가 엄히 금하는 바다. 내 이 뜻을 지키는 것만이 오직 효니라.' 장생동자는 부왕의 진심을 알고 울었다. 브라흐마달타 왕의 중신들이 장수왕을 동정하여 죄를 용서하기를 빌었으나, 브라흐마달타 왕은 장수왕의 덕망을 두려워한 나머지 화근을 없애야 되겠다고 해서 드디어 장수왕을 죽이고 말았다. 장생동자는 밤이 되자, 남몰래 부왕의 시체를 훔쳐다가 산으로 들어가 향목으로 화장을 하고는 자취를 감추었다. 브라흐마달타 왕은 장생동자의 복수가 두려워서 백성들로 하여금 그를 찾게 했으나, 끝내 찾지를 못했다. 장생동자는 기악(器樂)의 묘수였었다. 그는 나중에 귀족들이나 왕족들의 마음에 들었고, 드디어 왕의 사랑을 받게 되어 왕의 시중을 들게 되었다. 장생동자를 귀엽게 여긴 브라흐마달타 왕은 그를 믿은 나머지 호신의 칼까지 들게 했다. 어느 날, 왕은 사냥을 나가 길을 잃고, 장생동자와 단둘이서 길을 헤매게 되었다. 지친 왕은 장생동자의 무릎을 베고 잠이 들어버렸다. 잠이 든 왕을 보고 장생동자는 생각했다. (이 무도한 왕은 죄도 없는 아버지를 죽이고 나라까지 빼앗았다. 그는 지금 내 수중에 있다. 이것은 하늘이 준 천재일우의 기회가 아닌가. 원수를 갚아야 할 때는 바로 이때다.) 장생동자는 칼을 뽑아 왕의 목을 치려고 했다. 그러나, 이 때, 장생동자의 머리에 떠오른 것은 아버지의 유훈이었다. 그는 한참 칼을 쳐들고 섰다가, 그만 칼을 도로 칼집에 꽂고 말았다. 그러자 브라흐마달타 왕은 놀라서 잠을 깼다. 그러고는 '아— 꿈이었구나. 지금 막 장생동자가 와서 원수를 갚겠다고 칼로 내 목을 치려고 했었는데' 하고, 말하는 것이었다. 동자는 그 말을 듣고 대답했다. '대왕이어, 두려워할 것 없습니다. 제가 바로 장생동자입니다. 실은 제가 지금 원수를 갚으려고 했습니다만, 아버님의 유훈을 생각해서 칼을 거두었습니다.' 그러자 브라흐마달타 왕은 놀라 눈이 휘둥그레졌다. 그리고 물었다. '아버지의 유훈이라니?' '참아야 한다. 참아야 한다. 그것이 효도니라. 원수의 인과를 맺어서는 안 되느니라. 마음속에 독을 품으면 화는 만세에 미치리라고 하셨습니다.' '그것은 무슨 뜻인고?' '만약 제가 대왕을 죽인다면 대왕의 신하는 필경 저를 죽일 것입니다. 그렇게 되면 저의 신하가 또한 대왕의 신하를 죽이게 될 것입니다. 그러나 대왕이 저를 용서하고, 제가 대왕을 용서한다면 화의 근원을 없앨 수가 있다는 말입니다.' 장생동자의 말을 듣고, 브라흐마달타 왕은 비로소 마음의 눈을 떴다. '나는 성자를 죽였었구나. 내 죄는 죽어야 마땅하다.' 하고 통곡했다. 그러고는 나라 전체를 장생동자에게 주려고 했다. 그러나, 장생동자는 '대왕의 본국은 원래 대왕에게 따른 것이니까, 제게는 아버지의 본국만 돌려주십시오.'라고 말했다. 브라흐마달타 왕은 장생동자와 함께 궁중으로 돌아가서 신하들에게 물었다. '너희들이 장생동자를 만나면 어찌할 것인가?' '그 손을 자르겠나이

다.' '그 발을 자르겠나이다.' '그 목을 자르겠나이다.' 하고 신하들
은 대답했다. 그 말을 듣자 왕은 '장생동자는 바로 이분이시다.' 하
고 말하고는, 장생동자가 자기의 목숨을 살려준 자초지종을 이야
기했다. 그러고는 '앞으로 장생동자에게 악의를 가지고 대하는 자
는 용서하지 않을 것이다.' 하고 엄명했다. 브라흐마달타 왕은 장
생동자에게 왕의(王衣)를 입히고, 자기의 딸을 아내로 주어서 본국
으로 돌려보냈다. 여러 비구들이여, 장수왕은 이렇게 스스로 인욕
(忍辱)을 행하고, 스스로 자비를 행하고, 은혜를 베풀었던 것이다.
너희들도 또한 이와 같이 하여야 하느니라. 진심으로 믿고, 집을 버
리고, 길을 찾는 자는 항상 인욕을 행해야 하느니라."

고사(古事)를 인용한 불타의 설법이 끝났다. 그러나 이러한 설법
도 아직 일부의 제자들에게는 효험이 없었다. 한 젊은 제자가 물
었다.

"세존이시어, 그렇지만 다른 사람이 욕을 하는데도 저는 아무 말
도 하지 말아야 합니까?"

세존은 자리에서 일어나서 엄한 어조로 말했다.

"한 나라의 운명을 걸고 싸운 그 왕들도 화해를 했는데, 입만으
로의 싸움인데도 너희들은 어찌 화합할 줄을 모르느냐? 싸움을 싸
움으로 그치게 하려면은 싸움이 그칠 날이 없느니라. 참는 자만이
이기는 자라는 가르침을 너희들은 모르느냐? 만약 진실로 이 뜻을
모른다면 원한은 어디서 끝이 나겠느냐? 아, 한심하도다. 나와 같
은 벗을 구하지 못하고, 나와 함께 배울 자가 없다면 홀로 들에 있
는 코끼리와 같이 뜻을 지켜 혼자 살아 선을 이루는 것이 현명하겠
구나. 나는 악과 함께 있기를 원치 않노라."

불타는 이렇게 한탄을 하고는 홀로 그곳을 떠나 먼 곳으로 갔다.

이토록 간곡한 불타의 설법도 일부 제자들에게는 우이독경(牛耳讀經)이었던 것이다. 그러나 대부분의 제자들은 감동하여 마음을 고쳐먹었다.

제11장 선한 자와 악한 자

자기의 힘으로는 도저히 어쩔 수 없는 일이 있다는 것을 알고 불타는 무척 외롭고 쓸쓸한 생각에 잠기게 되었다. 인간의 싸움이 얼마나 무서운 결과를 가져온다는 것을 알면서도 그것을 능히 막지 못하는 자신의 힘을 한탄하기도 했다.

불타는 그 후 파리야사라 숲으로 옮겼다.

그곳에는 아니룰타와 난다, 그리고 금비라가 있었다. 그들은 엄한 규율 속에서도 의좋게 수행을 하고 있었다. 탁발을 하고 먼저 돌아온 사람이 자리를 깔고, 물을 길어놓고, 그리고 발 씻는 물을 대야에 떠놓는가 하면, 발 닦는 걸레를 준비해 두고, 얻어온 음식을 먹고서 남은 것은 시원한 곳에 둔다. 그리고 설거지를 하고서 다시 손발을 씻고, 니시단나(일종의 네모진 깔개, 비구는 반드시 이것을 휴대하게 되어 있다)를 들고 방으로 들어가서 그 위에서 좌선을 한다.

다음 돌아온 사람도 발을 씻고, 물이 부족하면 다시 채우고, 걸레를 깨끗이 빨아둔다. 그리고 식사를 하는데, 음식이 부족할 때는 먼저 사람이 남긴 것을 먹는다. 식사를 마치면 설거지를 하고서 손발을 씻고, 역시 니시단나를 들고 방에 들어가 좌선을 한다.

맨 나중에 돌아온 사람도 역시 발을 씻고 자기가 얻어온 것으로 부족할 때는 앞 사람이 먹고 남긴 것을 먹는다. 그리고 설거지를 하고 손발을 씻고 좌선을 한다.

닷새 만에 한 번씩 이들은 모여 앉아서 조용히 이야기를 주고받는다.

출가 전부터 일곱 형제 가운데서도 가장 의가 좋았던 이들은 그렇게 평화스러운 수도생활을 즐기고 있었다.

불타는 그들을 만나는 것이 하나의 즐거움이었다. 불타는 때때로 그곳을 찾아가서 그들과 이야기를 나누곤 했다.

세 사람은 불타가 찾아오면 기뻐서 어쩔 줄을 몰랐다. 아니룰타는 뛰어나가서 불타의 짐을 받아들었고, 난다는 자리를 깔고, 금비라는 물을 길어오기에 바빴다. 불타는 이 의좋은 세 사람을 보니 우울했던 기분이 좀 가시는 것 같아,

"너희들은 평화롭게 도를 닦고, 안락하게 생활하면서 싸울 줄을 모르는구나. 마음을 한 가지로 먹고, 스승을 한결같이 여기고, 물과 젖이 하나가 되는 것처럼 화합하고 있구나. 참으로 장하고 아름다운 일이로다."
하고 칭찬해 마지않았다.

불타는 이들을 위해서 많은 설법을 했다. 이들에게 들려주는 불타의 설법은 한결 힘이 있고 간절한 것이었다. 말하는 사람과 듣는 사람의 마음이 하나가 되어 마치 극락세계에 모여 앉은 것 같은 느

낌이었다.

한편 불타의 간곡한 가르침에도 불구하고 싸움을 그칠 줄 모르던 제자들은 난처한 입장에 처하게 되었다. 불타가 그들에게 정이 떨어져서 딴 곳으로 떠나가 버렸다는 소문이 돌아서 아무도 그들에게 공양을 하지 않게 된 것이다.

아무리 다투기를 좋아하고, 고집이 센 그들도 일이 이쯤 되고 보니 정신을 차리지 않을 수가 없었다.

그들은 결국 후회하고 불타에게로 돌아가지 않을 수 없게 되었다. 그때 불타는 세 사람이 있는 파리야사라 숲을 떠나 사위국으로 가 있었다. 그들은 사위국으로 몰려갔다.

사리불이 그것을 알고 불타에게 아뢰었다.

"세존이시여. 그들이 이곳으로 모두 돌아온다고 하는데, 그들을 어찌하면 좋겠습니까."

불타는 부드러우나 단호한 어조로,

"그들 가운데도 비법(非法)을 논하는 자와 정법(正法)을 말하는 사람이 있다. 정법을 말하는 사람은 우리가 존중하여야 하지만, 비법을 논하는 자는 결코 존중할 수가 없다. 이것은 곧 정법이니라."
하고 말했다.

이 말을 전해들은 그들은 대부분 자기의 잘못을 뉘우치고, 개심(改心)을 했다. 그러나 끝내 비법을 논하는 고집불통들은 결국 불타 곁을 떠나지 않으면 안 되었다. 그리하여 기원정사에는 다시 평화가 찾아왔다.

흙탕물이 바다에 흘러 들어왔을 때는 황토빛을 띠었다가도, 차츰 대해의 푸른 물에 녹아 스러지듯 비법은 정법 앞에서 사라지고

만 것이다.

그러나 모든 사람이 불타의 곁에 있다고 해서 반드시 성자가 된다고는 말할 수가 없는 것이다. 불타의 제자 가운데도 별별 사람이다 있었다.

불타가 비샬리국의 미후강변에 있는 중각강당(重閣講堂)에서 설법을 하고 있을 때의 일이었다. 가란타라는 마을의 한 장자가 볼일로 슈디나라는 아들을 데리고 와 있었다. 마침 불타의 설법이 있다고 해서 그는 아들을 데리고 설법을 들으러 중각강당을 찾아갔다.

아들인 슈디나는 불타의 설법에 그만 감동되고 말았다. 불타가 말하듯이 은혜와 사랑의 속박에서 벗어나서 한평생 맑고 숭고한 삶을 보낼 수 있다면 생에 대한 번민도 집착도 없는, 맑은 하늘 같은 자유로움을 얻을 수 있지 않을까 하고 생각했다. 그는 그 자리에서 출가할 것을 결심했다.

설법이 끝나고 모두 집으로 돌아간 다음까지도 그는 자리를 뜨지 않았다. 사람들이 모두 돌아간 다음, 그는 일어나서 불타를 찾아가 출가하겠다는 뜻을 밝혔다.

"좋은 생각이지만 양친의 허락을 얻어야 되지 않겠느냐?"

불타는 인자스럽게 웃으면서 말했다.

슈디나는 곧 집으로 달려갔다. 그리고, 양친에게 매달려서 출가를 허락해 달라고 졸라댔다. 그러나 그의 부모는 그가 외아들이기 때문에 펄쩍뛰면서 반대했다. 슈디나는 장가를 들었으나 아직 아들이 없었다. 그의 부모는 울상이 되어 꾸짖기도 하고, 한편으로는 부디 그런 생각을 먹지 말아달라고 빌기까지 했다.

그러나 불타의 가르침에 반한 슈디나는 끝내 고개를 가로 내저었다. 그는 자기의 청을 들어주지 않으면 차라리 굶어 죽어버리겠다면서 단식을 시작했다. 그는 만 엿새 동안을 꼬박 굶었다. 부모들과 아내와 친척들을 비롯해서 주위 사람들이 아무리 간청해도 그는 뜻을 꺾지 않았다.

엿새 동안 굶은 슈디나의 꼴은 말이 아니었다. 그것을 본 친척이나 친구들은 이제는 오히려 부모에게 타이르는 것이었다.

"저렇게 출가를 하려고 하니, 허락해야 되지 않겠습니까? 이러다가 잘못하면 굶어 죽게 될까 두렵군요."

드디어 부모도 어쩔 수 없이 아들의 출가를 허락했다.

슈디나는 기뻐서 어쩔 줄을 모르며 삭발을 하고 불타에게 달려가 출가시켜 주기를 원했다. 불타는 기꺼이 그를 맞았다. 슈디나는 딴 사람들이 탄복할 만큼 열심히 수행을 했다.

그 해에 전국에 걸쳐 흉년이 들었다. 비구니들이 탁발을 나가도 백성들은 자기도 굶고 있는 터라 무엇 하나 공양해 주질 않았다. 많은 사람들은 굶기를 예사로 했다.

슈디나는 자기 고향이 곡창지대고, 저장해 놓은 양식이 풍부하다는 것을 생각했다. 물론 자기 집은 부자이기 때문에 아무리 흉년이 들어도 공양할 양식이 남아 있을 것이다. 이렇게 생각한 슈디나는 많은 비구들을 데리고 자기 고향인 가란타 마을로 들어갔다.

슈디나의 양친은 매우 기뻐했다. 슈디나에게 제발 하루라도 좋으니 집에서 묵고 가도록 긴칭했다. 그는 처음에는 어쩔까 하고 주저했으나, 불타도 부모를 방문한 일이 있었던 것을 생각하고는 집에 들르기로 했다. 또 그렇게 하면 보다 많은 식량을 얻을 수 있으리라 생각했다.

슈다나가 집에 돌아온다는 소식을 듣고 온 집안은 발칵 뒤집혔다. 슈다나의 부모는 슈다나의 아내를 좀더 예쁘게 치장을 시켜서 슈다나의 마음을 돌려보려고 계획을 세웠다.

슈다나는 그런 줄도 모르고 집으로 돌아왔다. 수행이 아직 부족한 그는 오래간만에 집에 돌아오니 모든 것이 즐겁기만 했다. 집안 사람들의 극진한 대접이라든가, 아름답게 꾸민 아내가 옆에서 떠나지 않고 시중을 들어주는 점이라든가, 모든 것이 그가 얼마 동안 겪었던 수행의 고달픔과는 비할 나위 없이 편안하고 흐뭇한 것뿐이었다.

슈다나의 부모는 슈다나가 매우 기뻐하는 것을 보고 그를 타이르기 시작했다. 그 당시의 법으로는 자손이 없으면 그 집은 문을 닫게 되고, 가산은 전부 나라에서 몰수해 가기로 되어 있었다. 이 일은 슈다나의 마음을 동요시키는 데 충분했다. 그렇지 않아도 그는 이미 마음이 동요되고 있었다. 수행이 아직 미약한 그는 오랜 금욕생활에서 벗어나 아내의 향긋한 체취를 대하게 되니 도저히 견딜 수가 없었다. 결국 그는 계율을 어기고야 말았다.

다음 날 아침, 잠자리에서 일어난 슈다나는 큰 잘못을 저질렀다는 것을 알았다. 한때의 흥분이 그로 하여금 돌이킬 수 없는 과오를 범하게 만든 것이다.

슈다나는 맥이 풀린 모습으로 비구들이 있는 곳으로 돌아갔다. 비구들은 그의 우울한 표정을 보고 이상하게 여겼다. 그중에서도 수행이 높은 비구들은 그가 유혹에 빠져 죄를 범했다는 것을 직감적으로 알았다. 그들은 슈다나에게 물었다.

“자네, 죄를 범했구나?”

슈디나는 말없이 고개를 떨어뜨렸다.

모두 그를 힐난하고 비난했다. 그러고는 불타에게 일렀다. 불타
는 곧 제자들이 모인 자리에서 슈디나에게 물었다.

“그것이 사실이냐?”

“예, 사실입니다.”

그는 솔직하게 잘못을 고백했다. 그러나 불타는 엄하게 꾸짖었다.

“너는 우매한 자다. 그런 행위는 사문의 길을 벗어난 짓이다. 그
런 행위 때문에 신도들이 덕망을 잃게 되고, 신도 아닌 사람들의
조롱을 받게 되는 것이다. 너는 지금까지 나의 가르침을 어떻게 들
었느냐? 모든 욕망을 눌러 이겨야 한다는 말을 못 들었느냐?”

그리고 여러 제자들을 향해서 말했다.

“계율을 지킴으로써 열 가지의 이득을 얻을 수가 있는 것이다. 계
율을 엄하게 지키는 것도 그 때문인 것이다. 첫째, 승려들의 화합
때문이고, 둘째, 승려를 받아들이기 위해서며, 셋째, 악인을 조복(調
伏)하기 위해서, 넷째, 부끄러움으로 괴로워하는 자에게 안락을 주
기 위해서, 다섯째, 현세의 번민을 없애기 위해서, 여섯째, 미래의
번민을 없애기 위해서, 일곱째, 믿음이 없는 자에게 믿음을 주기 위
해서, 여덟째, 이미 믿고 있는 자의 신심을 더욱 굳게 하기 위해서,
아홉째, 법 속에 영구히 살게 하기 위해서, 그리고 열째, 청정한 마
음을 오래도록 지니게 하기 위해서인 것이다.”

불타는 말을 이었다.

“만약 비구로서 음행을 범한 자는 여러 비구들과 함께 있지를 못
하느니라. 그런 자는 승단에서 내보내지 않으면 안 되는 법이다.”

불타는 일벌백계를 위해서 슈디나에게 파문(破門)을 선고하고 말았다. 이 일은 불타가 내린 최초의 처벌이었다.

슈디나는 부끄러움을 안고 눈물을 흘리며 집으로 돌아갔다.

그를 맞은 양친의 기쁨은 비길 데가 없었다. 잃었던 자식을 찾은 기쁨이라고나 할까, 전화위복이라며 좋아서 어쩔 줄을 몰랐다. 슈디나도 결국 지금까지의 열렬한 구도의 마음을 버리고, 어버이의 슬하에서 그리고 아내의 품 안에서 속세의 기쁨을 맛보는 사람이 되고 말았다.

불타의 제자 가운데 바실타라는 사람과 바라라(婆羅)라는 바라문 출신의 두 젊은이가 있었다. 어느 날, 불타가 그 두 제자에게,

"너희들 두 사람은 바라문 출신으로 이렇게 출가하여 수도하고 있는데, 바라문 사람들이 너희들에게 뭐라고 하지 않느냐?"
하고 물었다.

"예, 그들로부터 많은 힐난을 받고 있습니다."

"어떤 점에서 힐난을 받고 있느냐?"

"그들은 바라문족은 어느 종족보다도 월등하며 다른 종족은 열등하다고 말하고 있습니다. 자기들은 맑고 깨끗한데, 다른 사람들은 모두 검고 흐리다는 것입니다. 바라문족은 범(梵)에 태어났는데, 그러한 몸이 이법(異法)으로 들어가다니 될 말이냐는 것입니다."

불타는 은은한 미소를 지으며 말했다.

"바실타야, 세상에는 네 가지 종류의 계층이 있다. 크샤트리아와 바라문과 바이샤, 그리고 슈드라가 있어서 각기 정치, 종교, 상업, 노예의 일을 맡아 하고 있는데, 그 어느 부류에도 선과 악이 섞

여 있는 것이다. 크샤트리야 가운데에도 살생하는 자가 있고, 도둑질을 일삼는 자가 있으며, 음란한 자도, 사기하는 자도, 그리고 거짓을 말하는 자, 욕을 하는 자, 부정을 저지르는 자, 탐욕에 눈이 어두운 자, 질투심에 불타는 자, 사견(邪見)을 가진 자 등이 있는 것이다. 이러한 악을 열 가지 악업(惡業)이라 하는데, 바라문과 바이샤, 슈드라의 종족 안에도 이런 악업을 일삼는 자가 있다. 악한 행위에는 악의 업보(業報)가 따르며, 어두운 행위에는 어두운 업보가 있게 되는 법이다. 바라문이라 할지라도 그것을 피할 수는 없다. 만약 바라문에만은 이러한 행위를 하는 자가 없다고 한다면 그야말로 바라문은 밝고 깨끗한 종족이라고 할 수가 있을 것이다. 지금말한 열 가지 악업을 행하지 않는 것을 반대로 십선(十善)이라 하는데, 바라문이나 그 어떤 종족의 사람이라도 선을 행하면 선의 응보(應報)를 받고, 청백한 행위를 하면 청백한 응보를 받게 되는 것이다. 너희들을 책망하는 바라문들을 보라. 지금은 그들도 아내를 맞이하고, 아이를 낳고 있지 않느냐. 다른 종족과 다른 점이 어디 있느냐? 그러면서도 범종(梵種)이고, 청정하다고 말할 수 있겠느냐? 비록 크샤트리야라 할지라도 삭발을 하고, 법복을 입고, 도를 닦는다면 머지않아 정도를 성취할 수 있는 법이다. 정도를 성취한 자를 아라한이라고 부른다. 어떤 종족의 사람이라도 모두 아라한이 될 수 있다. 아라한이야말로 여러 종족 가운데서 첫째며, 청백한 종족인 것이다.”

어떤 나라 사람이나 어떤 계급의 출신이라도 도를 닦고 정도를 얻으면 한결같이 열반에 들 수 있다는 가르침이었다.

바실타와 바라라는 그 말을 듣고 더욱 정도를 닦는 일에 전념

했다.

이러한 진지한 제자가 있는 반면에, 또한 황당무계한 제자도 있었다.

불타가 왕사성에 있을 시절 다니가라는 비구가 있었다. 그는,

'지금까지 초암(草庵)을 짓고 살았는데, 나무꾼 놈이 헐어버렸지. 그래서 기와집을 짓기는 했으나 시원치 못하니, 이번에는 아주 훌륭한 나무로 거창한 집을 지어야지. 그러면 오래오래 편히 살 수 있겠지. 자아, 그럼 어떻게 하면 거창한 집을 지을 수가 있을까?'

하고 생각하다가,

"그렇지, 그렇지, 좋은 수지."

하고 혼자 소리쳤다.

그가 찾아간 곳은 왕사성의 숲을 관리하고 있는 곳이었다.

"목재를 좀 써야 되겠는데, 베어 갈 수 없소?"

전부터 안면이 있는 숲 관리자에게 말했다.

"어떻게 내 마음대로 할 수 있겠소."

관리자는 이맛살을 찌푸리며 말했다.

"그럼, 누구 허가를 맡아야 되오?"

"대왕님의 허가가 있어야 됩니다."

"그렇다면 문제가 없군. 대왕님의 허가는 이미 얻었으니까."

다니가는 정색을 하면서 말했다. 그 관리자는 신뢰할 수 있는 승려의 말이니까,

"아, 그러시다면 베어 가시죠. 진작 그렇게 말씀을 하시지……."

하고 웃었다.

다니가는 곧 수목 가운데서도 가장 큼직한 것만을 골라서 베기 시작했다. 그 수목은 성을 방비하기 위해서, 또는 긴요할 때에 쓰기 위해 남겨둔 소중한 나무들이었다.

이런 무모한 짓이 그냥 무사할 리가 없었다. 마침 그때, 우샤라는 대신이 그곳을 지나가다가 중들이 나무를 베어서 운반해 가는 것을 발견하고는 관리자에게 물었다.

"왜 성의 중요한 재목을 비구들이 베어 가느냐? 누구의 허락인가?"

"임금님의 허락을 얻었다기에 베어 가라고 했습니다."

그 말을 듣고 대신은 곧 왕에게로 달려갔다.

"대왕마마, 어찌하여 성을 방비할 중요한 재목들을 비구들에게 베어 가도록 허락하셨나이까?"

왕은 뜻밖이라는 듯이 두 눈을 크게 뜨며,

"목재를 베어 가다니? 나는 그런 허락을 한 일이 없는데……."
하고 말했다.

수목 관리자는 즉각 묶여서 끌려왔다.

"누가 그러더냐? 대왕마마께서는 그런 허락을 내리신 적이 없다고 하시는데……."

"그러세요? 저는……."

관리자는 벌벌 떨면서 자초지종을 이야기했다.

드디어 다니가도 불려왔다.

"언제 내가 너에게 재목을 준다고 하더냐?"

노기가 가득 찬 음성으로 왕이 물었다. 그러나 다니가는 태연했다.

"임금님이 즉위하실 때 '내 영토 안의 모든 초목과 물을 불타나 바라문에게 시주하노라.'라고 말씀하신 것을 잊으셨습니까?"

왕은 기가 막혔다. 사문 가운데에 이렇게 엉뚱한 자가 있다니……. 어이가 없는 노릇이었다.

"나는 임자가 있는 물건을 보시한다고는 말하지 않았다."

왕은 두 눈을 부릅뜨며 말했다. 생각할수록 괘씸한 일이 아닐 수 없었다.

자기가 한 말의 꼬리를 잡아서 관리를 속이고 중요한 목재를 가로챈다는 것은 도저히 용서할 수 없는 일이었다. 보통 백성이라면 당장에 목을 자를 일이었다.

그러나 왕은 불타를 존경하고 있었다. 아무리 큰 죄를 범했다 하더라도 불타의 허락을 얻지 않고서는 사문을 처벌할 수는 없는 노릇이었다. 생각한 끝에 다니가를 불타에게로 돌려보내서 그곳에서 벌을 받도록 했다. 말하자면 왕으로서는 용서를 해준 셈이었다.

백성들은 이 소식을 듣고 놀랐다.

"그 중놈의 죄는 사형에 처해야 마땅하다. 그런데 대왕께서는 왜 그놈을 풀어주었을까? 그런 일이 용서를 받는다면 도적질하지 않는 자가 어디 있겠는가?"

또 이런 말들도 했다.

"왕으로부터 여러 가지로 은혜를 입고 있는 불타와 그의 제자가 그것도 모자라서 성을 막는 재목을 훔치다니……. 불타는 언제나 부도(不盜)를 칭찬하고, 남에게도 그렇게 가르치고, 보시를 시키면서, 자기들은 도적질을 하다니……."

불타까지 한데 싸잡아서 욕을 해댔다.

주민들이 불타의 제자들을 대하는 태도는 날로 나빠져 갔다. 일반 백성들뿐만 아니라 장자나 바라문들까지도 비구들을 보면 공공연하게 도적놈들이라고 욕하게 되었다.

놀란 제자들은 곧 불타에게 이 사실을 알렸다. 이상하게 생각한 불타는 곧 몇몇 높은 제자들에게 그 까닭을 알아보게 했다. 알아본 결과, 그렇게 여론이 나빠진 원인이 다니가가 왕의 목재를 훔쳤기 때문이라는 것을 알았다.

불타는 다니가를 불러오게 했다.

"네가 왕의 재목을 훔쳤느냐?"

불타는 엄숙하게 물었다.

"네, 그렇습니다."

다니가는 태연하게 대답했다. 자기가 잘못한 게 뭐냐는 식의 태도였다. 불타도 어처구니가 없었다. 그래서 다른 제자들을 돌아보며,

"국왕의 법으로는 얼마만 한 물건을 훔치면 사죄가 되느냐?"

하고 물었다.

"오 전(錢) 이상이면 사죄가 됩니다."

제자들은 혹시 다니가를 왕에게 넘겨서 죽이게 하려는 것이 아닌가 하고 불안한 얼굴로 대답했다. 개중에는 다니가 때문에 자기들이 그렇게 듣지 못할 욕을 먹고 있으니, 차라리 왕에게 넘겨서 벌을 받게 하는 것이 좋겠다고 생각하는 사람도 있었다.

불타는 잠시 눈을 감고 생각에 잠겨 있더니 입을 열었다.

"계율을 지키라는 것은 열 가지의 이익이 있기 때문이라고 말하지 않았느냐? 너는 내가 말한 법을 어겼을 뿐 아니라, 왕의 법까지 어겼다. 그러니 지금부터 이곳에서 나갈 뿐 아니라, 이 나라에서도

떠나거라. 그것은 네가 저지른 죄에 대한 응보다. 모두 듣거라. 앞으로 오 전 이상의 물건을 훔친 자는 누구나 이곳에서 나갈 뿐 아니라, 이 나라에서도 떠나야 한다. 알겠느냐?”

준엄한 선고였다.

제자들은 모두 머리를 숙이며,

“예.”

하고 대답했다.

다니가도 그 말에는 얼굴빛이 새파래지고 말았다. 파문 당한다는 것은 비구로서는 죽음과도 다름없는 중벌인 것이다.

그리하여 다니가는 후회의 눈물을 흘리면서 불타의 곁을 떠나 멀리 딴 나라로 살길을 찾아가고 말았다.

제12장 라훌라의 신념

불타는 출가한 아들 라훌라를 처음에는 수제자(首弟子) 격인 사리불에게 맡겨두고 있었다. 그러나 그가 제법 한 사람 구실을 하게 되자, 그도 독립해서 수행을 하도록 했다.

어느 비 오는 날의 저녁때였다. 비는 멈출 기색도 없이 쏟아지고 있었다. 혼자서 좌선을 하고 있던 불타는 문득 라훌라의 생각이 났다. 어린 몸으로 어른들도 하기 어려운 수행을 하느라고 무척 피곤할 것이라고 생각했다.

사실 라훌라에게는 수도생활이란 그다지 즐거운 것이 못 되었다. 궁전에서의 호화롭고 안락한 생활이 라훌라에게는 어느 모로나 아쉬운 것이었다. 그러나 별로 불평도 하지 않고, 존경하는 아버지인 불타의 가르침에 순종하면서 생활하고 있었다.

그날도 라훌라는 자기 방 소제를 하고 잠시 외출을 했다가 돌아왔다.

귀가해 보니 자기 방에는 어떤 낯모르는 중 한 사람이 앉아 있고, 자기의 의복과 바리때는 밖에 내던져져 있었다.

성품이 온순한 라훌라였지만 화가 치밀지 않을 수 없었다. 당장에 시비를 걸려고 하다가 아버지 불타의 가르침을 생각했다. '참아야 하느니라, 참아야 하느니라.'라는 가르침이었다.

라훌라는 자기 방에 들어가지 못하고, 우두커니 밖에 서 있었다. 그들의 규율로는 한 사람이 방 하나를 쓰게 되어 있었다. 즉 한 사람 이상이 한 방에서 침식을 같이하지 못하게 되어 있는 것이었다.

그런데, 공교롭게도 소나기가 마구 쏟아져왔다. 그는 하는 수없이 변소에 들어가서 구린내를 맡으면서 단좌를 했다. 그 변소의 한쪽 모서리에 있는 땅굴에는 한 마리의 독사가 도사리고 있었다. 그 독사는 땅굴에 빗물이 새어 들어서 구멍에서 꿈틀꿈틀 기어 나왔다. 독사는 그곳에 라훌라가 앉아 있는 것을 보자 혓바닥을 날름거리면서 다가왔다. 그러나 라훌라는 그것을 보지 못했다.

이때, 불타는 웬일인지 갑작스럽게 라훌라가 걱정이 되어 그의 방으로 찾아갔다. 그러나 그 방에는 라훌라는 보이지 않고, 낯선 비구 한 사람이 자기 방처럼 태연하게 앉아 있었다. 불타는 아들 일이 은근히 걱정되었다. 어디서 이 비를 맞고 있을까 하고 주위를 찾아보았다. 변소 쪽에서 인기척이 들렸다. 불타는 그곳으로 다가가서 기침을 했다. 안에서도 기침소리가 났다.

"누구냐?"

불타는 물었다.

"라훌랍니다."

안에서 대답하는 소리가 났다.

"빨리 나오너라!"

불타는 안도의 숨을 내쉬면서 소리쳤다.

라훌라는 뜻밖에 아버지의 목소리를 듣고 반가워서 밖으로 뛰어 나왔다. 그러고는 불타에게 매달렸다. 눈에는 눈물이 핑 괴었다. 울음이 왈칵 치밀었으나, 라훌라는 꾹 참았다.

불타의 육감은 그의 아들을 독사의 환난으로부터 구해 냈던 것이다.

불타는 라훌라가 왜 이런 곳에 있는가, 그 까닭을 이야기 듣고 나서, 라훌라를 칭찬하고는 자기 방으로 데리고 갔다.

칭찬을 받은 라훌라는 매우 기뻐했다.

비는 여전히 쏟아지고 있었다.

불타는 이때부터 새로운 법을 한 가지 만들었다. 그것은 사미(沙彌) 즉, 비구가 되기 위한 준비 시절에 있는 자는 이틀 동안은 딴 비구와 한 방에 거처해도 무방하다는 법이었다.

라훌라는 그다음 날부터 다시 사리불에게 맡겨져서 수행을 계속했다.

어느 날, 라훌라는 사리불을 따라서 기원정사를 나와서 왕사성 안으로 탁발을 하러 나갔다.

거리의 악한 하나가 사리불의 바리때 안에 모래를 집어넣고는 뒤따르는 라훌라의 머리를 돌로 때렸다. 라훌라의 머리에서는 피가 낭자하게 흘러내렸다.

사리불이 라훌라를 돌아보니 라훌라는 분을 참느라고 이를 악물고 있었다. 라훌라의 얼굴은 피와 눈물이 뒤범벅이 되어 흉측하게 일그러져 있었다. 그것을 본 사리불은 조용히 타일렀다.

"세존의 제자인 네가 그렇게 앙심을 품는 것은 좋지 못한 일이다. 언제나 자비심을 가지고 중생들을 불쌍히 여기지 않으면 안 되는 것이다. 세존께서는 인욕만큼 즐거운 것은 없다고 말씀하시지 않았는가. 나도 그 가르침을 지켜서 인욕을 나의 가장 귀중한 보물로서 간직하고 있다. 일시의 분을 참고 인욕을 지켜야 한다. 참는 데는 용기가 있어야 한다. 아마도 이 세상에서 참는 것보다 더한 용기가 있겠느냐? 어떠한 큰 힘이라 할지라도 이 참는다는 힘보다 더 큰 것은 없느니라."

라훌라는 아무 말 없이 강기슭으로 내려갔다. 그는 강물에 비치는 피투성이의 자기 얼굴을 바라보고 있다가, 말없이 물을 손으로 떠서 얼굴을 씻었다.

가만히 그 모양을 바라보고 있던 사리불도 마음이 쓰렸다.

'저 어린 것이 궁전의 영화를 버리고, 이런 고생을 겪다니…….'

라훌라는 얼굴을 씻고 올라왔다. 그의 얼굴에는 이제 분함이 깨끗이 씻어지고 없었다. 사리불을 보자 라훌라는 조용히 말했다.

"저는 지금의 아픔을 생각하고 또 이보다 더 오랫동안 아픔에 고생하는 경우를 생각했습니다. 이 아픔이나 괴로움은 악에서 비롯되는 것입니다. 이 세상에는 좋지 못한 일이 충만되어 있어요. 악인들이 있기 때문입니다. 그러면 이 무법의 무리들을 어떻게 하면 좋은가 하는 문제입니다."

라훌라는 잠시 말을 끊고 생각에 잠기더니, 다시 말을 이었다.

"국왕들은 이 악인들을 죄의 다과에 따라서 매질하고, 또는 옥에 가두어서 죄를 뉘우치게 하며, 그 가운데 죄를 뉘우치지 못할 자와 중죄를 지은 자는 죽이기까지 합니다. 그러나 악인들은 없어지지 않습니다. 그러면 이런 악인들을 어떻게 다스려야 하는 것일까요? 세존께서는 우리들에 대자대비를 가르치십니다. 사문은 인욕을 지키고, 높은 덕을 쌓으려고 노력하고 있습니다. 그리하여 이 악인들을 대자대비로써 인욕을 존중하는 선한 사람들로 만들려고 하십니다. 그러나 어리석고 거친 자들은 그것을 경멸하고, 오히려 잔인한 인간을 존경합니다. 원래 광폭한 자들은 잔학한 것을 좋아하는 법입니다. 이렇게 해서 악의 윤회는 이 세상에서 그치지 않는 것이 아닙니까? 아무리 세존께서 부처의 가르침을 설법하더라도 그들은 썩은 시체처럼 아무런 반응을 느끼지 못합니다. 하늘이 아무리 감로(甘露)를 돼지에게 주어도 돼지는 냄새나는 구정물을 좋아하는 법입니다. 저는 아직 수행이 미급해서 이렇게 생각되는지는 모르겠으나, 세존께서 아무리 진심으로 설법을 하시더라도 흉악한 자들은 흉악한 그 본성을 버리지 못한다고 저는 생각합니다."

사리불은 놀라지 않을 수 없었다. 라훌라는 설법의 비관론을 말하고 있는 것이 아닌가. 다시 말하면 수행은 자기 자신만을 위하는 것은 될지언정, 흉포한 자들의 눈을 뜨게 하는 일, 즉 이 세상에서 악을 뿌리째 뽑아버릴 수는 없다는 결론인 것이다.

사리불은 라훌라의 이 말에 얼른 답변을 할 수가 없었다. 자신으로서는 벅찬 문제였다. 이에 대한 답변은 오직 불타만이 할 수 있는 문제라고 생각했다.

사리불은 그날의 탁발을 마치고 기원정사로 돌아오자, 곧 라훌라를 데리고 불타에게로 갔다. 그는 불타에게 오늘 일어난 일의 자초지종을 이야기했다.

이야기를 듣고 난 불타는 아들에게 잘 참았다고 칭찬을 하고 나서, 인욕에 대해서 다시 설명하기 시작했다.

"악을 일삼고, 인욕을 모르는 사람들은 부처님을 만나지도 못하고, 법을 알지도 못한다. 그들은 지옥에 빠져 끝없는 죄의 윤회 속에서 벗어나지 못하는 것이다. 선행을 하고 인욕을 하는 자만이 항상 마음이 편안하고, 여러 가지 화가 소멸되며, 화합하고 즐거움을 나눌 수가 있는 것이다. 어리석은 자는 마음이 어둡기 때문에 인욕을 하지 못하고, 지자(智者)는 깊이 인과(因果)를 볼 수 있기 때문에 마음을 극복하고 잘 참는 것이다. 물론 불법의 길과 속세의 길은 다르다. 속세의 사람이 진귀하다고 생각하는 것을 법을 수행하는 사람들은 피해야 한다. 충성과 아첨은 서로 상극인 것이다. 사악은 언제나 바른 것을 시기한다. 우리가 아무리 악한 일을 당하더라도 참지 않으면 안 되는 것은 이 때문이다. 바르기 때문에 노하면 안 되는 것이다. 인욕은 커다란 배와 같아서 곤란의 강을 건널 수 있으며, 또 양약과 같아서 많은 사람의 생명을 구할 수가 있는 것이다. 내가 이렇게 불타가 될 수 있었고, 제천(諸天)으로부터 추앙을 받고, 혼자서 삼계(三界)를 거닐면서 마음이 편할 수가 있는 것은 오직 참는 것으로써 이룩된 것이다. 이 인덕(忍德)이야말로 너희들이 잠시라도 잊어서는 안 될 가장 으뜸 되는 덕인 것이다."

불타는 아들이 지금 품고 있는 회의가 무엇인가를 알고 있었다. 그래서 인욕을 더욱 강조한 것이다. 왕자로서 사치와 미식(美食)을 마음껏 누려온 라훌라에 있어서는 참는다는 것은 남달리 어려운 것이라는 것을 그는 잘 알고 있었다. 그래서 불타는 자기 아들이라고 해서가 아니라, 한 사람의 귀여운 제자로서 그를 키워나가고 싶은 것이었다.

라훌라는 아버지 세존의 말에서 깊이 느끼는 바가 있었다. 그의 두 눈에는 따스한 눈물이 괴어올랐다. 행복한 삶이란 바로 이런 것을 두고 말하는 것이 아닌가 싶기도 하였다.

제13장 개심하는 사람들

어느 날, 사위성에 산다는 한 여인이 기원정사를 찾아왔다. 그리고 그녀는 불타에게 면회를 청했다.

불타를 만난 그녀는,

"저는 사위성에 사는 비샤카라고 합니다. 형편이 허락하신다면 제자 분들과 함께 식사에 초대하려고 하는데, 어떠시겠습니까?"

하고 청을 하였다. 불타가 쾌히 승낙하자, 비샤카는 기뻐서 어쩔 줄을 모르면서 돌아갔다.

그날 밤부터 비가 내리기 시작했다. 비는 다음 날도 멈출 줄을 몰랐다. 불타는 비샤카와의 약속을 지켜 제자들과 함께 빗속을 걸어서 비샤카 집으로 갔다.

그녀는 많은 음식을 장만해서 불타 일행을 대접했다.

식사가 끝날 무렵, 비샤카는 불타의 옆자리에 가서 앉았다. 그러고는,

"세존께 부탁드릴 일이 꼭 여덟 가지가 있는데, 받아주시겠는지요?"

나긋한 웃음을 얼굴에 띠었다.

"부탁이 어떤 것인지를 알지 않고서는 승낙하는 법이 아닙니다."

불타는 점잖게 대답했다.

"저의 부탁 말씀은 나쁜 일이 아니라고 생각하오니, 꼭 들어주셔야 하겠습니다."

비샤카는 매달리다시피 하며 간청했다.

불타는 난처했다. 수많은 여성들로부터 난처한 부탁을 들어온 불타인지라 섣불리 승낙할 수가 없었다.

"비샤카여, 들어줄 수 있는 부탁과 그렇지 못한 부탁이 있는 법이오. 그 부탁이 불법에 합당한 것이라면 들어주겠소."

비샤카의 부탁이란 다음과 같은 것이었다.

첫째, 비가 올 때, 비구들이 입을 옷을 평생 동안 보시하겠다는 것이다.

그날 아침, 비샤카가 식사 준비가 되었다는 것을 불타에게 알리려고 하녀를 보냈었다. 그런데 잠시 후에 하녀가 돌아와서, 불타를 못 만났다고 하였다. 비구들이 비가 쏟아지자, 옷을 벗고 빗속에서 움직이고 있었기 때문에 가까이 가지를 못하고 돌아왔다는 것이었다. 다시 다른 하녀를 보냈으나, 역시 부끄러워서 불타가 있는 곳까지 가지 못했다는 것이다. 그래서 비 올 때, 입을 수 있도록 우의를 보시하겠다는 것이었다.

둘째는 새로 승원에 들어온 사람들에게 음식을 보시하겠다는 것이다.

대체로 처음 이곳에 온 비구나 사미들은 어디서 어떻게 음식을 탁발해야 하는 것인지 몰라서 쩔쩔맸다. 그래서 도중에서 지치고 허기가 져서 주저앉는 일이 많았다. 그녀는 이러한 비구들에게 자기 집에서 식사를 하도록 해달라는 것이었다.

셋째는 여행을 떠나는 비구들에게도 식사를 시킬 수 있도록 허락해 달라고 하였다. 그 까닭은 떠나는 비구들이 음식을 탁발하기 위해서 많은 시간을 허비하기 때문에 목적지에 늦게 도달하게 되는데, 그렇지 않게 하기 위해서 자기 집에서 식사를 하고 떠나도록 해달라는 것이다.

넷째는 병든 비구들에게 음식을 제공할 수 있도록 해달라는 부탁이었다. 병든 사람이 하루 속히 완쾌되기 위해서는 몸에 알맞은 음식을 먹어야 하는 법인데, 탁발한 음식으로는 충분한 영양을 얻지 못하기 때문에, 특별히 영양이 있는 음식을 제공하겠다는 것이다.

그리고 다섯째는 환자를 간호하는 사람들은 자신이 탁발을 하기가 어렵고, 그 때문에 간호하는 시간을 소홀히 한다면 환자에게 도리어 해로울 것이니, 간호하는 사람에게도 음식을 제공하겠다는 것이고, 여섯째는 병든 비구가 약이 없어서 병이 가중해서는 안 되니, 좋은 약을 보시하겠다는 것이었다.

일곱째는 승원에 언제나 죽을 공양하겠다고 하였다.

불타는 죽의 공덕에 대해서 몇 번인가 말한 일이 있었다. 죽은 마음을 가라앉히고, 배고픔과 목마름을 가시게 하며, 건강을 위해서도 좋고, 병든 사람에게는 보약이 된다고 말했던 것이다. 비샤카는 이 말을 들었기 때문에 언제나 죽을 승원에 필요한 만큼 공양하겠다는 것이다.

마지막 부탁은 불타로서도 미처 생각하지 못한 기이한 것이었다. 그것은 비구니들에게 욕의(浴衣)를 보시하겠다는 부탁이었다.

이유인즉, 비구니들이 보통 강물에서 창부 따위 여자들과 함께 나체로 목욕을 하고 있는데, 비샤카는 언젠가 창부들이 다음과 같은 말로 비구니들을 유혹하는 것을 들은 일이 있었다는 것이다.

"비구니들 보세요. 젊을 때부터 깨끗한 생활을 한댔자 아무런 소득도 없어요. 젊을 때는 실컷 재미를 보고, 나이가 많아지면 깨끗한 생활을 하는 것이 일거양득이 아니겠어요?"

이런 예를 들면서 비샤카는,

"세존이시여, 여자의 몸으로 대낮에 나체가 되어 창부들과 섞여서 목욕을 한다는 것은 보기 좋은 일이 아니옵니다. 그래서 저는 비구니들에게 욕의를 보시하고 싶은 것입니다. 이 여덟 가지 제 소원을 소홀히 생각 마시고, 들어주시기 바랍니다."

하고 말을 맺었다. 불타의 마음은 고맙다는 생각에 가득 차 있었다. 지금까지 이토록 알뜰하게 생각해준 사람이 달리 있었던가 싶었다.

그러나 이토록 많은 보시를 한 여자의 손으로 한다니 어려운 일이 아닐 수 없다. 불타는 비샤카에게 물었다.

"비샤카여, 당신의 마음을 잘 알았소. 그리고, 기꺼이 그 청을 받아들이겠소. 그런데 당신은 무엇을 바라고 그런 일을 하려는 것이오?"

비샤카는 얼굴에 미소를 띠면서 조용히 대답했다.

"저는 어떤 욕심이 있어서 이런 청을 드리는 것은 아닙니다. 만약 어떤 비구께서 돌아가셨다고 생각합시다. 그러면 세존께서는 그분에 대한 여러 가지 이야기를 하시고, 그분이 열반에 들었고, 또 도를 다하여 아라한(阿羅漢)이 되셨다고 말씀하실 것입니다. 그때 저는 혼자서 생각할 겁니다. 그분도 틀림없이 제가 드린 음식이나 의복을 받아주셨을 것이라고……, 비가 올 때는 제가 드린 비옷을 입으셨을 것이고, 제가 드린 음식을 잡수셨을 것이고, 제가 드린 약과 죽을 드셨을 것이라고 생각할 것입니다. 그렇게 생각할 때 저의 마음은 그분들을 얼마만큼이라도 도와드렸다는 행복감으로 안정을 얻을 수 있을 것입니다. 제가 여덟 가지의 청을 드리는 것은 오직 이 제 마음의 안락을 위해서인 것입니다.”

불타는 기쁜 듯이 말했다.

“당신의 소원은 바른 것이오. 나는 당신의 여덟 가지 보시를 기꺼이 받겠소. 당신의 그 고귀한 선물은 반드시 슬픔을 누르고, 행복을 낳게 할 것이오. 아까운 마음이 추호라도 섞인 보시는 그 사람을 행복하게 하지 못하는 법입니다. 그러나 기꺼이 내어주는 자비로운 선물이야말로 주는 사람을 행복하게 하고, 받는 사람도 동시에 행복하게 하는 것입니다.”

비샤카는 그 말을 듣고 기뻐 어쩔 줄을 몰랐다.

불타의 제자에 빈두로라는 사람이 있었다. 그는 불타가 성도(成道)한 지 삼, 사 년 되던 때에 제자로 입문한 높은 제자 가운데 한 사람이었다. 그는 바사국의 구섬미성에서 대대로 국사(國師)로 내려오는 집안 출신으로 머리도 명철한 사람이었다.

그 빈두로가 어느 날, 불타를 찾아와서 말하였다.

"세존이시여, 저의 나라의 우타인 왕은 원래 마음이 거칠어서 자비심이 없고, 살생을 즐기며, 여색을 탐해서 백성들의 고생이 대단하옵니다. 그리고 백성들을 사람으로 여기지 아니합니다. 그에게 세존의 정법을 힘껏 가르치면 백성들이 조금이라도 편안해질지 모르겠으니, 제가 바사국에 돌아가는 것을 허락해 주시기 바랍니다."

불타도 그의 뜻을 기특히 여겨 곧 떠나도록 허락했다.

고국에 돌아간 빈두로는 구섬미성에서 가까운 숲에 암자를 만들었다. 그리고 낮에는 성안에 들어가서 탁발을 하고, 저녁에는 숲에 돌아와서 좌선을 하는 생활을 시작했다. 빈두로가 돌아왔다는 소식이 성안에 퍼지고, 그 소문은 마침내 왕의 귀에까지 들어갔다.

우타인 왕은 교만하고 거칠기는 했지만, 빈두로의 학식에 대해서는 존경을 하고 있었기 때문에 그 소식을 듣고 기뻐하면서, 수레를 타고 숲으로 빈두로를 찾아갔다.

빈두로를 만난 왕은 반가워하면서 말했다.

"그대의 가문은 대대로 우리나라 국사며, 그대는 또한 나와도 친한 사이인데, 이렇게 누추한 곳에 머물러 있다니 웬일이오? 듣자 하니, 이번에는 석가에게서 많은 공부를 하고 왔다는데, 어디 내게도 좀 이야기해줄 수 없겠소? 세상 사람들은 모든 오욕을 탐하고, 모든 욕정을 즐기고 있는데, 당신은 혼자서 이 한적한 곳에서 세상에 대한 애착을 버리고 태연하게 있을 수 있는 것이 이상하오. 먹는 음식도 좋지 못할 것인데, 혈색이 좋고 하니, 거기에 어떤 비결이라도 있소?"

사실 왕은 자기 상식으로서는 도저히 이해가 되지 않는 생활을 하고 있는 이 빈두로가 어떤 비결이라도 지니고 있는 줄 알고 이렇게 물었다.

"제가 보건대 세상 사람들이 갈구하고 있는 욕망이라는 것은 모두 무상한 것이며 공허한 것입니다. 저는 이러한 욕망을 버리고, 숲 속으로 들어가서 한 마음으로 도를 닦아서 번뇌의 뿌리를 끊은 것이지요. 이러한 수행의 덕분으로 혼미의 독과(毒果)는 없어지고, 생사유전(生死流轉)의 탁류 속에 말려 들어가는 일이 없이 항상 마음이 하늘과 같이 맑은 것입니다."

왕은 다시 물었다.

"나는 여러 나라를 정복한 대왕이오. 나의 권위는 중천의 태양과 같다는 말을 듣고 있소. 나의 머리에는 하늘의 관이 얹혀 있고, 몸에는 영락(瓔珞)을 두르고 수많은 미녀들에게 둘러싸여 있소. 당신은 그것을 보고도 부러워하지 않는단 말이오?"

"왕이시여, 저는 번뇌의 근원을 끊었기 때문에 비록 천녀(天女)의 아름다움일지라도 바라지 않습니다. 하물며 인간 세계의 추한 미를 바라겠습니까? 도를 닦고, 지혜의 눈을 뜬 사람은 왕이라 해서 부러워하는 일이 없습니다. 그것은 마치 죄가 없는 사람이 죄인을 선망하지 않는 것과 같습니다. 왕께서는 번뇌 때문에 눈이 어두워서 고뇌의 바다에 잠겨 오욕을 탐하는 것이 훌륭한 일이라고 생각하시는 모양인데, 오욕은 괴로움의 근원이며, 마치 어린 싹을 상하게 하는 우박과도 같은 것입니다. 오욕은 커다란 흉물과 같아서 삼계를 감싸고 사람들을 가두어버리는 무서운 것이라는 것을 아셔야 합니다. 아무리 남들이 부러워하고, 존경을 하는 왕위일지라도 찰나의 전광(電光)과 같이 사라지는 것입니다. 찬양하는 소리가 사해에 미치더라도 역시 그는 숲에 사는 새와도 같이 항상 두려움을 안

172

고 외로움 속에 살게 되는 것이지요. 왕위라는 것은 잠자는 금사(金蛇) 같아서 어리석은 자가 그것을 집에 들이면 화는 불꽃이 되어 그 집을 태우고 맙니다. 마치 거리에 버려진 고기를 새와 짐승들이 다투어 빼앗는 거와 같이, 왕위도 또한 싸움의 목표가 되는 것입니다.”

왕에게 이런 설법을 하는 빈두로는 이미 생사의 경지를 넘어서 있었다. 이 흉포한 왕에게 이러한 설교를 한다는 것은 죽음을 각오한 일이 아니면 불가능한 일이었다. 누가 감히 이 승천의 기세를 누리고 있는 우타인 왕에게 이런 훈계를 할 수 있을 것인가 말이다. 그러나 빈두로는 다시 침착하고 조용하게 말을 이었다.

“대왕이시여, 우리의 몸은 언젠가 때가 오면 부서지고 말며, 영화는 사라지기 마련이고, 재물은 언젠가는 없어지는 법입니다. 은혜와 사랑도 하룻밤을 약속한 뭇 새들과 같이 다음날에는 헤어지지 않으면 안 되는 것입니다. 하늘을 흐르는 구름도 사라지고, 꽃의 향기도 없어지고, 요란했던 현금(絃琴)의 곡조도 사라지며, 오욕만품은 범인들의 슬픔밖에 없는 날이 오고야 말 것입니다. 어찌 그런 속세의 왕위가 탐날 까닭이 있겠습니까.”

빈두로의 말은 왕을 훈계하는 정도를 넘고 있었다. 그가 성자가 아니었던들 이 말은 왕을 비방하는 말로밖에 해석할 수가 없을 것이었다.

왕은 처음에는 노여움으로 얼굴이 푸르락누르락했다. 그러나 차츰 마음을 안정시키면서 빈두로의 말에 귀를 기울이고 있었다. 빈두로의 말이 끝났을 때는 왕은 자기의 왕위가 얼마나 하잘것없는 것인가를 뼈저리게 느끼고 있었다.

그는 아무 말 없이 빈두로에게 머리를 숙였다. 그러고는 지금까지의 그의 과오를 사죄하고, 불교에 귀의하는 몸이 되었다.

기원정사를 건립한 수달타에게 아들 하나가 있었다. 아들이 장성하자, 옥야라는 며느리를 맞아들였다.

옥야는 대단한 미인이었다. 그런데 그녀는 자신의 아름다움을 너무 과신하고, 집안사람들을 깔보기가 일쑤였다. 시부모가 아무리 타일러도 막무가내였다. 그들은 상의한 끝에 불타에게 의논하기로 했다.

청을 받은 불타는 제자들을 이끌고 수달타의 집을 찾아갔다. 불타가 찾아오자 모두 나와서 영접을 하는데, 유독 옥야만은 모습을 나타내지 않았다.

시부모들의 간청에 못 이겨 불타 앞에 나온 옥야는 골이 잔뜩 나 있었다. 그녀는 불타에게 인사도 하는 둥 마는 둥 하고는 자리에 앉았다.

불타는 옥야를 가까이 오도록 하고는 부드러운 목소리로 말했다.

"여자는 얼굴이 아름답다고 교만해서는 안 되는 법이다. 마음이나 행동이 훌륭하면 얼굴이 못나도 사람들이 존경하게 되는 것이다. 얼굴이 고우면 어리석은 자를 유혹할 수는 있으나, 유혹을 받지 않는 사람들에게서는 멸시를 당하게 되는 법이다. 여자의 몸에는 세 가지의 장애와 열 가지의 악이 있느니라. 세 가지의 장애란 첫째, 어릴 때는 부모에게 자유를 가로막히고, 둘째, 출가해서는 남편에게 가로막히고, 셋째, 늙어서는 자식에게 가로막히는 것이다. 십악(十惡)이라는 것은 첫째, 태어났을 때 부모가 기뻐하지 않고,

둘째, 자랄 때 귀여움을 받지 못하고, 셋째, 부모에게 혼사로 인한 걱정을 끼치고, 넷째, 언제나 남을 두려워하고, 다섯째, 부모와 헤어지며, 여섯째, 몸을 남의 집에 의탁하고, 일곱째, 임신의 난이 있고, 여덟째, 출산의 난이 있고, 아홉째, 항시 남편을 두려워하고, 열째, 언제나 남에게 기대게 되는 것을 말하느니라.”

이 말을 들은 옥야는 슬그머니 겁이 나서,

“그렇다면 여자는 어떻게 해야 되는 것입니까?”

하고 물었다.

“아내 된 길에 다섯 가지가 있느니라. 첫째는 어머니로서의 부도(婦道)이고, 둘째는 신하로서의 부도이며, 셋째는 누이로서의 부도이고, 넷째는 충실한 하인으로서의 부도이고, 다섯째는 부부로서의 부도인 것이다. 다시 말하면 첫째는 남편을 자식 사랑하듯이 하는 것이며, 둘째는 남편을 임금같이 섬기는 일이며, 셋째는 남편을 친오라비처럼 생각한다는 것이며, 넷째는 남편에게 종과 같이 대한다는 것이다. 그리고 다섯째, 진정한 부도라는 것은 오래 부모와 떨어져서 차츰 사이가 소원해질지라도 마음은 한결같아야 하고, 교만의 정이 없이 가정의 안팎을 잘 다스리고 융성하게 하며, 빈객(賓客)을 잘 대접해서 남편의 이름을 올리도록 하는 것이니라. 또 여자는 시부모나 남편에게 봉사하는 데 오선 삼악(五善三惡)이 있는 법이다. 삼악을 없애고, 오선에 전심해야 하는 것이다. 오선이라는 것은 첫째, 밤에는 늦게 자고, 아침 일찍 일어나며, 머리 손질을 자주하고, 옷매무새를 늘 바르게 하고, 무슨 일이 있으면 먼저 남편에게 말하고, 언제나 공손해야 하며, 좋은 음식은 남 먼저 남편에게 권하는 일이다. 둘째는 남편의 꾸중을 듣고도 잘 참고, 항상 말을 조심하고, 화내지 않으며, 누구에게 원망을 품지 않는 일이다. 셋째는 진심으로 남편을 섬기어 항상 미치지 못하는 것을 두려워하고, 사념(邪念)이 없어야 하는 것이다. 넷째는 항상 남편의 장수를 빌고, 남편이 먼 곳에 갈 때에는 집 안을 정돈하고, 두 마음을 먹지 않는 것을 말하고, 다섯째는 언제나 남편의 악을 생각지 말고, 오직 선만을 생각하며, 가명(家名)을 더럽히지 않고, 친족들과 친애하며, 사람들의 칭찬을 받는 것을 즐거움으로 해야 하는 것이다. 삼악이란 첫째, 일찍 자고 늦게 일어나며, 남편을 욕하는 것이고, 둘째, 자기가 먼저 먹고 요사한 마음을 갖는 일이며, 셋째 집을 돌보지 아니하고, 유흥을 일삼고, 남을 흉보고, 말을 삼가지 못하고, 싸움을 즐기며, 친척들의 미움을 받고, 남의 업신여김을 받는 일인 것이다. 오선을 행하는 부인은 사람들의 존경을 받고, 영화를 누리고, 여러 신들의 보호를 받아 화를 입지 않고, 자손에게 그 덕이 미치는 것이다. 그러나 삼악을 행하는 부인은 항상 사람들의 미움을 받고, 마음과 몸이 편안하지 못하며, 가지가지의 악귀중독(惡鬼衆毒)에게 괴로움을 받으며, 원하는 것을 얻지 못하고, 많은 화를 입어, 드디어는 있을 자리를 잃게 되는 것이다. 너는 좋은 아내가 되기를 바라느냐, 아니면 나쁜 아내가 되기를 원하느냐?"

옥야는 불타의 이야기를 들으면서 차츰 자신을 뉘우치게 되었다. 불타의 말이 끝났을 때는 눈물까지 흘리고 있었다.

"잘못했습니다. 제가 참으로 어리석은 계집이었습니다. 세존의 말씀을 듣고 겨우 눈이 뜨인 것 같습니다. 앞으로는 세존의 가르침대로 교만하지 않고, 오선을 다하도록 노력하겠습니다."

옥야는 진심으로 참회했다.

"인간은 누구에게나 잘못이 있는 것이다. 잘못을 깨닫고 고칠 수가 있다면 그보다 좋은 일은 없는 것이니라."

불타는 흐뭇한 웃음을 얼굴에 띠었다.

불타가 사람을 설복하는 힘은 이만저만한 것이 아니었다. 성인들이란 사람을 설복하는 힘이 강한 것은 말할 것도 없지만…….

어느 날, 조마사(調馬師)들의 우두머리가 불타를 찾아왔다. 그를 보고 불타는,

"말을 다루는 데는 몇 가지 법이 있소?"

하고 물었다.

"세 가지 법이 있습니다. 첫째는 연하게 다루는 것이고, 둘째는 강하게 다루는 것이며, 셋째는 두 가지를 겸해서 다루는 것입니다."

"만약 세 가지 법을 가지고도 다룰 수 없을 때는 어떻게 하오?"

"죽입니다."

조마사는 서슴없이 대답하고 나서,

"세존께서 인간을 설복하실 때는 어떤 법을 취하십니까?"

하고 물었다.

"나도 그대와 같은 법을 택하고 있소."

"그렇다면 그 법으로 되지 않는 사람은 어떻게 하십니까?"

"죽이지요."

그 말에 조마사는 깜짝 놀랐다.

"살상을 금하고 있지 않으십니까?"

"그렇소. 살생은 부정(不淨)이오. 그러나 세 가지 법으로도 다루지 못하는 자는 함께 이야기할 가치가 없는 것이오. 그러니까 가르

치지도 훈계하지도 않소. 함께 말하지도 않고, 가르치지도 않으며, 또 훈계하지도 않는다는 것은 결국 죽음을 주는 것과 마찬가지인 것이오."

조마사는 불타의 이 말에 감탄하여 그 후, 불타의 제자가 되었다.

제14장 희로애락의 길

불타가 제자들 앞에서 설교를 하던 어느 날의 일이었다. 출가한 왕족의 한 사람인 아니룰타도 그때 기원정사에 와 있었다.

아니룰타는 불타의 설교를 열심히 듣고 있었으나, 어느덧 심한 피로 때문에 졸아버렸다.

설교를 끝낸 불타는 그것을 보고 아니룰타에게 물었다.

"네가 도를 닦는 것은 무엇 때문이냐?"

"노, 병, 사와 우수(憂愁), 고뇌를 버리기 위해서입니다."

"그런데, 왜 지금 내가 말하는 것을 들으면서 졸았느냐?"

아니룰타는 무릎을 꿇고 합장하면서,

"앞으로는 어떤 일이 있더라도 졸지 않도록 하겠습니다."

하고 맹세했다.

심히 부끄럽게 생각한 아니룰타는 그로부터 잠을 자지 않기로 결심했다. 그리고 꼬박 앉아서 밤을 새우기 시작했다. 그런 날이 하루이틀이 아니고, 매일같이 계속되는 것이었다.

불타는 걱정이 되어,

"너무 지나친 것은 미치지 못하는 것보다도 못하느니라."

하고 타일렀다. 그러나 아니룰타는 한사코 듣지 않았다.

아니룰타는 안질을 앓기 시작했다. 걱정을 한 불타는 의사인 지바카에게 진찰을 해보도록 일렀다. 진찰을 해본 지바카는,

"잠을 자면 낫겠습니다."

하고 대답했다. 불타는 다시 아니룰타에게,

"잠을 자도록 해라. 일체중생은 음식을 먹음으로써 산다. 먹지 않으면 존재하지 않는 것이다. 눈에는 잠이 음식이니라."

하고 간청하다시피 했다.

"열반은 무엇을 음식으로 합니까?"

"방일(放逸)하지 않는 일이다. 무방일이면 무위(無爲)에 이를 수가 있는 것이다."

불타의 이러한 말에도 불구하고 아니룰타는 잠을 자지 않았고, 드디어 그는 실명(失明)을 하고 말았다.

불타의 상심은 이만저만이 아니었다. 그러나 아니룰타는 태연하기만 했다.

어느 날, 아니룰타는 옷을 꿰매려고 바늘에 실을 꿰려 했다. 그러나 잘 되지 않았다. 마침 그것을 본 불타가 받아서 실을 꿰어 주었다. 그것이 불타인 줄 알자, 아니룰타의 보이지 않는 두 눈에서 눈물이 흘렀다.

또 어느 날이었다. 아니룰타가 아난다에게,

"삼의(三衣)가 다 헤졌소, 여러분들께 부탁해서 내 옷을 만들어주

시오."

하고 청했다.

아난다는 곧 비구들과 상의해서 아니룰타의 옷을 만들기 시작했
다. 그 말을 들은 불타는 아난다에게 왜 자기에게는 말하지 않았느
냐고 꾸짖고는, 손수 비구들과 함께 옷을 만들어서 그에게 입혔다.

아니룰타가 어느 날, 불타와 만난 자리에서,

"소욕(少欲)으로 족하다는 것을 안다는 것이 가장 중요하다고 생
각합니다."

라고 말했다.

"좋은 말이다. 너의 그 법은 정진자(精進者)가 행하는 것이며, 나
도 정진으로 성불(成佛)한 것이다. 여러 부처는 모두 같은 계율과
해탈과 같은 지혜를 가지고 있으나, 정진만은 부처에 따라 다르다.
이미 있었던 부처와 앞으로 있을 부처 가운데서 네 정진이 가장 으
뜸이다. 팔대인념법(八大人念法) 가운데서 제팔(第八)의 정진이 최고
며, 가장 귀하고 숭고한 것이니라. 그것은 마치 젖에서 낙(酪)이 나
오고, 낙에서 수(酥)가 나오고, 수에서 성호(醒醐)가 나오는 것과 같
은 것이다. 그 가운데서 성호가 최상무비(最上無比)인 거와 같이 팔
대인념법 가운데서 정진이 가장 최상인 것이다. 나의 법은 소욕자
(少欲者)가 행하는 것이지, 다욕자(多欲者)가 행하는 법이 아닌 것이
다."

불타는 자기의 말 한마디가 아니룰타의 눈을 잃어버리게 한 데
대해서 두고두고 크게 상심했다.

그리하여, 아니룰타는 불타의 제자 가운데서 첫 번째로 천안(天
眼)이라는 이름을 듣게 되었다. 그는 지나치게 고집을 부려서 천안

을 얻긴 했으나, 불타의 법은 언제나 중정(中正)을 존중했었다.

문이백억이라는, 큰 부잣집에 태어난 사람이 있었다. 지나치게 애지중지 키웠기 때문에 땅에 발을 디딘 일이 없어 발바닥에 긴 털이 나 있다는 말까지 있을 정도였다.

이 문이백억이 어느 날 불타의 설법을 듣고 감동해서 출가하려고 했다. 양친은 극력 반대했으나, 그의 결심을 꺾지는 못했다.

그는 기뻐 어쩔 줄을 모르고 기원정사로 가서,

'출가한 이상 정도를 얻지 못하고는 물러나지 않겠다.'

굳게 결심하고 열심히 수행을 했다. 원래가 약질인 그는 지나친 고행으로 발에서 피가 흐르고 옷은 갈기갈기 찢어져서 몰골이 말이 아니었다.

그러던 어느 날, 불타가 그를 찾아가서,

"너는 혼자서 좌선하여 정법을 얻으려고 하느냐?"

하고 물었다.

"그렇습니다."

"너는 집에 있을 때 거문고를 잘 탔다는데 거문고를 탈 때 줄이 너무 팽팽해도 소리가 잘 나더냐……."

"나지 않습니다."

"줄이 헐렁하면 어떠냐?"

"역시 좋은 소리가 나지 않습니다."

"수행을 하는 법도 그와 같으니라. 너무 긴장해서도 안 되며, 그렇다고 너무 나태해서도 안 되느니라. 거문고를 탈 때는 마음을 한 가롭게 먹고, 무심(無心)의 경지가 되어, 줄을 알맞게 죄어 타지 않으면 안 되는 거와 같으니라."

이 말을 들은 문이백억은 그제야 자기가 지나치게 조급했던 것을 깨닫고 마음을 크게 가져서 여유 있는 수행을 하게 되었다.

아난다가 어느 날, 성안에서 탁발을 하고 돌아오는 길이었다. 그는 몹시 목이 말랐다.

마침 길가에 우물이 있고, 그곳에서 백정의 딸이 물을 긷고 있었다. 아난다는 그녀에게 물 한 모금을 청했다.

백정의 딸은 깜짝 놀라 물러섰다. 천민 가운데도 가장 천민인 백정의 딸인 그녀는,

"물을 드리는 것이 아까운 것은 아니오나, 저 같은 천한 여자가 어찌 높으신 어른에게 물을 드릴 수 있습니까?"
하고 말하였다.

"나는 아난다라는 사문입니다. 누구에게나 평등하게 대하며, 귀천의 구별을 찾지 않습니다. 제발 물을 주십시오."

그 말을 들은 백정의 딸은 기쁜 얼굴로 아난다에게 물을 바쳤다.

물을 마시고 난 아난다는 고맙다는 인사를 하고 그 자리를 떠났다. 이것이 큰일의 계기가 될 줄은 아난다도 미처 몰랐었다.

백정의 딸은 아난다의 뒷모습을 뚫어지게 바라보았다. 집으로 돌아간 처녀는 아무래도 아난다의 모습이 눈에 선해서 견딜 수가 없었다. 그날 밤을 뜬눈으로 새운 처녀는 다음 날 아침, 그의 어머니에게 말했다.

"불타의 제자에 아난다라는 분이 계시는데, 그분을 어제 만났습니다. 그런데 그분을 도저히 잊을 수가 없습니다. 어머니의 힘으로

그분을 좀 여기까지 데려다주세요.”

그녀의 어머니는 마술사였다. 그러나 어머니는,

“내 힘으로 마음대로 안 되는 사람들이 두 가지 있다. 하나는 죽은 사람들이고, 또 하나는 오욕을 끊은 사람들이다. 불타는 덕이 높은 사람이고, 그 제자들도 오욕을 끊은 사람들이라 힘들 것이다. 그리고 왕의 신임도 두터워서 어떤 화가 미칠지 모르는 일이니, 참아야 할 것이다.”

하고 타일렀다.

“어머니, 만약 아난다 스님을 불러주지 않으시면 저는 이대로 살아 있을 것 같지가 않아요.”

그녀는 매달리다시피 했다.

귀여운 딸이 죽겠다고 하니, 그녀도 할 수 없는 일이었다. 어머니는 곧 향을 피우고 주문을 외우기 시작했다.

아난다도 그 백정의 딸을 잊을 수가 없었다. 오욕을 벗어났다고는 하나, 아직 그는 젊은 사내임에는 틀림없었다.

다음 날, 탁발을 하러 나온 아난다의 발길은 저도 모르게 그 백정의 딸네 집으로 향하고 있었다. 처녀의 어머니는 곧 그것을 알고,

“아난다 비구가 이곳으로 오시니 빨리 방을 치우고, 자리를 깔고, 향을 피워라.”

하고 딸에게 일렀다. 딸은 기뻐서 어쩔 줄을 모르며 아난다를 맞았다.

아난다는 일단 방 안까지 들어갔으나, 곧 후회를 했다.

‘아 내가 어찌하여 이렇게 유혹에 빠졌을까? 이 죄를 어찌하면 될 것인가?’

아난다는 한탄하면서 신발도 신지 않고 도망쳐 나왔다.

아난다를 놓친 그녀는 그날부터 정사 정문 가까이에서 아난다를 기다렸다. 아난다는 어찌할 바를 몰랐다. 탁발을 하러 나갈 수조차 없었다. 필시 그 처녀에게 붙들리고 말 것이기 때문이었다. 난처한 아난다는 불타 앞으로 가서 자초지종을 이야기하고, 가르침을 청했다.

불타는 웃는 낯으로,

"안심하여라. 그리고 앞으로는 그런 일이 없도록 조심해라."

그러고는 문 밖에서 기다리고 있는 처녀에게 가서 물었다.

"아난다와 결혼하고 싶단 말인가?"

"예."

처녀는 겸손히 무릎을 꿇었다.

"그렇다면 양친이 이곳에 와서 청을 올리는 것이 도리가 아닐까?"

그 말을 듣고 처녀는 급히 집으로 달려가서 부모를 끌고 불타 앞으로 다시 나타났다.

"양친을 데리고 왔사옵니다."

"당신들은 딸을 아난다에게 줄 생각이오?"

불타가 그 백정 부부를 보고 물었다.

"예, 그저 송구스러워서 할 말이 없습니다."

백정 부부는 황송해서 어쩔 줄을 몰랐다.

불타가 이번에는 처녀에게 물었다.

"아난다와 결혼하려면 처녀도 출가를 해야 되는데, 그래도 좋은가?"

"예, 출가하겠습니다."

처녀는 기뻐서 하얀 앞니를 빵긋 드러냈다.

그리하여 그녀는 아난다의 아내가 되려고 열심히 수행했다.

그 일은 곧 소문이 되어 온 성안에 퍼졌다. 불타가 천한 백정의 딸을 출가시켜서 교단에 넣었다는 비난이 쏟아져 나왔다. 심지어 그런 일을 하는 교단이라면 공양을 안 하겠다는 사람들까지 생겼다. 그러나 불타는 태연했다.

"잘 들어라. 바다로 흐르는 강은 여러 개가 있다. 그 강들은 모두 다 이름이 있고, 또 그 강 나름의 성질이 있는 것이다. 그러나 그 강이 일단 바다에 들어가면 그 이름이나 성질은 사라지고, 단지 대해라는 이름으로 불리는 것이다. 그와 같이 너희들도 전에 귀족이었든 천민이었든 간에 일단 출가해서 나의 가르침에 따라 일소부주(一所不住)의 생활에 들어가면 이전의 이름과 계급은 사라지고, 다만 불타를 신봉하는 사문이라는 이름으로 평등하게 불리는 것이다."

불타의 신념은 확고했다. 누가 어떤 말로 비난하든 간에 그의 신념에는 변함이 없었다.

백정의 딸은 불타의 가르침을 열심히 듣고, 다른 비구니들과 함께 생활하고 있었다. 그러는 동안에 그녀는 마음의 안정을 얻고, 지금까지의 집착을 씻어버리게 되었다.

불타는 그녀에게 욕정은 부정한 것이라는 것을 누누이 타이르고, 욕정에 지배되는 인간은 마치 벌레가 불을 보고 뛰어드는 것과 같은 것이라고 가르쳤다. 그리하여 그녀는 아난다에 대한 자기의 과오를 사과하고, 비구니로서의 수행에 전념하게 되었다.

불타가 대두국에 갔을 때의 일이었다. 그곳에 남의 아이를 잡아다 먹는 여자가 있었다. 그녀는 자기 자식들도 많이 있고, 그 자식들은 천하에 둘도 없는 보물처럼 귀여워하면서도 남의 아이들은 훔쳐다가 잡아먹는 것이었다.

그 때문에 아이들을 잃고 비탄에 잠겨 있는 사람들이 많았으나, 그녀의 남편이 세력이 강한 사람이었기에 어쩔 수가 없었다.

제자들의 이러한 말을 듣고, 불타는 한참 무슨 생각에 잠겨 있더니,

"그것은 보통 인간이 아니라, 귀자모(鬼子母)의 변신이다. 그녀를 개심시키는 일은 보통으로서는 안 될 것이다."

하고 말하면서, 제자들로 하여금 그녀의 막내아들인 피얀카라를 몰래 훔쳐오게 했다.

제자들은 그녀가 집을 비운 틈을 타서 피얀카라를 훔쳐 와서는 정사 안에 숨겨두었다.

귀자모가 남의 아이를 훔쳐 가지고 집에 돌아와 보니, 자기가 가장 사랑하는 막내둥이가 보이지 않았다. 그녀는 미친 듯이 집을 뛰어나와 울부짖었다. 그리고 열흘 동안이나 헛소리를 하면서 아들을 찾아 거리를 헤맸다.

불타가 어느 날, 그녀를 붙들고 물었다.

"왜 집을 비워두고 있었느냐? 아이가 없어졌을 때, 너는 무엇을 하고 있었느냐?"

불타의 이 말에 귀자모는 자기의 잘못을 깨달았다. 그리고는 엎드려서 불타를 예배하곤 살려달라고 애원했다.

“너는 너의 자식을 사랑하느냐?”

불타가 물었다.

“예, 한시라도 옆에 없으면 견딜 수가 없습니다.”

“너는 그토록 자기 자식을 사랑하면서 어찌 남의 자식은 훔쳐서 잡아먹었느냐? 그 아이를 잃은 어머니들도 너와 똑같이 슬퍼하는 줄을 모르느냐? 너의 죄의 보답이 얼마나 큰 것이라는 것을 알아야 한다. 네가 네 죄를 뉘우치지 않는 한 너의 자식도 한 사람 남김 없이 없어질 줄 알아라.”

귀자모는 겁을 집어먹고 파랗게 질렸다.

“제발 살려주십시오. 제발, 세존이시여.”

그녀는 울면서 애걸했다.

“네가 만약 너의 죄를 알고, 다시는 그런 일을 안 한다면 너의 자식을 돌려주게 하리라.”

“제 자식만 돌아온다면 앞으로는 세존의 가르침대로 행하겠습니다.”

“앞으로는 살생을 해서는 안 된다. 훔쳐도 안 되고, 음욕에 져서도 안 되며, 거짓말을 삼가고, 술을 마시지 말라. 이 다섯 가지 일을 지키는 것만이 너의 죄를 씻는 유일한 길이다.”

불타는 곧 피얀카라를 귀자모에게 돌려주게 했다.

귀자모의 기쁨은 대단했다. 그녀는 개심하고, 자기 죄를 씻기 위해서 어린이의 수호신(守護神)이 되려고 노력했다.

그리하여 귀자모는 남의 자식도 자기 자식처럼 사랑하는 애자모(愛子母)가 되었다.

정반왕의 명령을 받고 불타의 마중을 갔다가 출가한 우다이는 좀 색다른 점이 많았다. 그는 때때로 여자관계를 많이 해서 일을 저지르고는 불타에게 꾸지람을 들었다.

그도 그럴 때마다 청수에 목욕하고 마음을 가다듬었으나, 그의 천성은 어쩔 도리가 없었다. 불타도 이 제자만은 자기가 태자였을 때부터 데리고 있는 사람이고, 또 그의 인격도 알고 있는 터라, 꾸짖는 것만으로 용서하곤 했었다.

이러한 불타의 처사에 일부 제자들, 특히 데바달타 같은 제자는 불평이 대단했다.

우다이의 실수는 그칠 줄을 몰랐다. 그는 기원정사에 까마귀가 모여 울기 때문에 묵념이 깨진다고 해서 활을 만들어 까마귀를 죽이고서 불타에게 심한 꾸중을 듣기도 했다.

어느 날, 프리세나짓왕을 방문했을 때의 일이었다. 마침 낮잠을 자고 있던 왕비는 우다이의 내방에 놀라 황급히 일어나서 옷을 걸쳤다. 그러나 잘못해서 옷이 흘러내리는 바람에 왕비는 그만 알몸뚱이를 드러내고 말았다.

정사에 돌아온 우다이는 동료들에게,

"오늘 나는 프리세나짓왕의 제일가는 보물을 보고 왔지."

하고 자랑을 하다가 또 불타에게 호되게 꾸중을 들었다.

그는 곧잘 남의 유부녀를 유혹하다가 꾸중을 듣곤 했다. 언제나 잘못만 저지르는 사나이로밖에 보이지 않았다.

또 어느 날, 그는 기원정사 옆에서 아름다운 바라문의 처녀를 만났다. 그는 그 미모에 끌려서 처녀를 유혹했다. 처녀도 그가 싫지 않았음인지 이끄는 대로 숲속으로 들어가서 입을 맞추고는 우다이의 품에 안겼다. 그제야 우다이는, 아차! 싶어서 여자를 떼어내 버리고는 도망을 쳐 나왔다.

처녀는 화가 나서 자기 옷을 찢고, 몸에 상처를 내고는 자기 아버지에게 달려가서 우다이가 폭력으로 자기를 범했다고 일렀다.

처녀의 부친은 화가 머리끝까지 치밀어 사람들을 모아서 우다이가 나타나기를 기다렸다가 실신하도록 몽둥이로 두들겨 팼다.

우다이는 곧잘 잘못을 저지르기는 했으나, 위엄이 있는 사나이였다.

비구니 중에 유란난타라는 여자가 있었는데, 지독히 못된 여자였다. 어느 날 아침, 한 비구가 탁발을 하고 돌아오다가 유란난타와 마주쳤다. 그녀는 비구를 보자 괜히 침을 탁 뱉으며,

"재수 없게, 아침부터 흉측한 것 봤네."

하고 중얼거렸다.

그 비구는 못 들은 체하고 지나갔다. 그러나 이 소문이 보고 있던 다른 비구니들의 입을 통해서 우다이의 귀에까지 들어갔다. 화가 난 우다이는 유란난타를 찾아가서는,

"이 못된 년아. 비구에게 감히 침을 뱉다니…… 자, 내게도 뱉어 봐라."

하고는 몹시 두들겨주고 돌아왔다.

불타도 이 말을 들었으나, 이때만은 우다이를 꾸짖지 않았다.

우다이는 불타를 따라 어느 날, 앙가국의 아화나라는 곳에 있는 정사에 가서 불타가 좌선하는 곁에서 자기도 좌선을 했다. 그때, 그는 생전 처음으로 조용하고 흐뭇한 기분을 맛보았다.

저녁 때, 좌선을 끝내고 나서 불타에게 말했다.

"저는 이제 거우 눈을 뜬 것 같습니다. 오늘 이렇게 옆에서 좌선을 하고 있을 때, 저는 세존께서 얼마나 우리들을 위해서 많은 은혜를 주셨는가를 깨달았습니다. 우리들의 마음속에서 무한한 괴로움의 씨앗을 없애기 위해 우리들을 가르치신 고마움을 느꼈습니다. 이전에 세존께서 점심때를 지나서는 음식을 먹지 말라고 하셨을 때 저희들은 참기 어려웠습니다. 신도들이 점심때가 지나서 가져오는 음식이 저희들의 한 가지 낙이었기 때문입니다. 또 밤중의 음식을 금하셨습니다. 그때도 불평이 많았습니다. 밤중에 신도들이 공양하는 음식 가운데는 맛있는 것이 많았기 때문입니다. 또 때가 아닐 때의 탁발도 금하셨습니다. 우레가 치는 밤에 탁발을 나갔기 때문에 임부가 귀신인 줄 잘못 알고 낙태한 일도 있었으니까요. 저는 지금 그런 지나간 일들을 생각하니 갑작스레 기뻐졌습니다. 세존이 말씀하시는 것은 모두 옳은 일이고, 그 옳은 지혜가 얼마나 아름답고, 저희들의 마음을 즐겁게 하는가를 알았습니다. 인간에게 이토록 큰 기쁨이 있다는 것을 비로소 알았습니다."

불타도 그 말을 듣고 기뻐했다.

"출가를 해서 도를 즐기는 것보다 더한 기쁨이 또 있겠느냐? 이 기쁨을 진정으로 아는 자만이 열반이 어떤 것이라는 것을 알 수 있느니라."

우다이가 처음으로 불타의 칭찬을 받은 것이다.

우다이는 누구와도 허물없이 이야기하고, 친해질 수 있는 위인이었다. 특히 여자들을 잘 다루었다. 여자들에게 어렵지 않게 도를 설명하고, 불교에 귀의시키는 데는 그를 따를 사람이 없었다. 사리불이나 대목련도 이런 일에 있어서는 그를 따르지 못했다.

그 때문에 때때로 골치를 앓긴 했으나, 명랑하고, 솔직하고, 교만하지 않고, 남을 잘 웃기는 그를 모두 좋아했다. 말하자면 교단의 명물이었다.

우다이가 어느 날, 떡을 굽고 있는 여자를 만났다. 그녀는 남편이 출타중이라 심심한 참이었다.

우다이는 그 여자에게 우스갯소리를 던졌다. 그녀는 떡을 네 개 가지고 와서 우다이에게 권했다. 우다이는 웃으면서,

"이것을 나 혼자 다 먹긴 과분하니, 여러 사문들에게 갖다 줍시다."

하고는 그녀를 정사로 데리고 가서 불교에 귀의시켜 버렸다.

아내의 권에 따라 그녀의 남편도 신도가 되었고, 그 후 우다이는 이 집에 자주 드나들었다.

그 집에는 딸이 하나 있었는데, 부부는 딸을 시집보내지 않고 데릴사위를 얻었다. 그 부모는 곧 병으로 죽고, 딸네 부부가 집 주인이 되었다. 그들도 우다이가 가면 반가워하면서 가르침을 받았다.

그러던 어느 날이었다. 우다이는 그날도 심심해서 그 집을 찾아갔다. 그런데 그곳에서 못 볼 것을 보고 말았다. 딸이 낯선 사나이와 한데 엉켜서 뒹굴고 있는 것이 아닌가.

아차 싶었으나, 어쩔 수가 없었다. 우다이는 난처했다. 그러나 얼른 그 자리를 뜨지도 않았다. 그냥 입을 딱 벌리고 서 있었다.

사나이는 후닥닥 옷을 주워 입고는 도망쳐 버렸다. 그 사나이는 도적의 괴수였다.

우다이는 여자에게 간통의 잘못을 이야기하고, 하루 속히 그런 잘못을 청산하도록 타일렀다. 여자는 잠자코 듣고 있었으나, 속으

로 앙심을 품었다. 필시 우다이가 남편에게 이 일을 고해바치고 말 것이라고 생각했다. 그래서 그녀는 무서운 생각을 하게 되었다. 자기가 남편 몰래 재미를 보자면 우다이를 없애버리는 수밖에 없다고 생각한 것이다.

그녀는 곧 간부(姦夫)를 만나서 말했다.

"저 우다이를 살려둬서는 안 돼요."

그러나 사나이는 좀 주저했다.

"하지만 우다이는 존자며, 임금의 신임을 얻고 있는 사람인데, 잘못하다가는 우리 모가지가 달아날 거야."

"들키지 않게 잘 하면 되잖아요. 그까짓 걸 당신이 못 해치워요?"

색정에 눈이 어두워진 여자는 간부를 졸라댔다. 사나이는 겁이 났으나, 여자의 말에 이끌려 들어가고 말았다.

다음 날, 여자는 우다이를 자기 집으로 청했다. 앓아누워 있으니, 와서 설법을 좀 해달라는 것이었다.

우다이가 오자, 여자는 기뻐하면서,

"잘 오셨습니다. 여러 가지로 생각해봤습니다만, 그 남자와 헤어지기로 했습니다. 안심하십시오."

하고 우다이를 안심시켰다. 우다이는,

"잘했습니다."

하고 매우 기뻐했다.

여자는 우다이에게 음식을 대접하고, 여러 가지 이야기를 했다. 아무것도 모르는 우다이는 밤늦게까지 이야기를 하다가 돌아갔다.

우다이가 돌아가는 길목을 사나이가 지키고 있었다. 우다이가 지나가자 사나이는 한 칼로 뒤에서 그의 목을 내리쳤다.

소리도 지르지 못하고, 우다이는 넘어졌다. 사나이는 시체를 숨겨놓고, 자취를 감추었다.

기원정사에서는 우다이가 돌아오지 않았으나, 이삼 일 동안은 문제로 삼지 않았다. 그러나 며칠이 지나도 돌아오지 않자, 그제야 사문들은 우다이를 찾기 시작했다. 며칠 후에야 우다이의 시체가 발견되었다.

불타는 우다이의 시체를 보자, 슬퍼서 눈물을 지었다. 다른 사문들도 모두 그의 죽음을 애석하게 여겼다.

우다이의 죽음을 안 프리세나짓왕은 노발대발하고, 어떤 일이 있더라도 범인을 잡으라고 엄명했다.

범인은 곧 체포되었다. 그리고, 그들 두 남녀는 많은 사람들이 보는 자리에서 사형에 처해졌다.

불타는 이런 일이 있은 뒤부터는 제자들에게 집에 있는 신도들과 너무 깊이 사귀는 것은 좋지 못하다고 말하고, 필요 없이 마을 사람들과 친숙해지는 것을 삼가도록 했다.

제15장 불심무궁(佛心無窮)

초가을 어느 날이었다.

불타는 조용히 앉아 명상에 잠겨 있었다. 한여름 석 달 동안의 수행이 끝나고, 비구들은 각기 탁발을 하기 위해 사방으로 흩어져 나갔다. 기원정사는 한산했다. 불타가 조용히 좌선하고 있는데, 한 비구가 와서 말했다.

"세존이시여, 사리불이 저를 모욕했습니다."

조금 전 사리불이 와서 정중하게 인사를 하고, 길을 떠난 것을 아는 불타는 무슨 뜻이냐는 듯 약간 미간을 찌푸렸다.

"길을 떠나기 전에 사리불이 저를 모욕했습니다."

비구는 모욕했다는 말에 힘을 주며 되풀이하여 말했다.

"그렇다면 사리불을 뒤쫓아 가 불러오도록 해라."

불타는 이렇게 이르고, 아난다로 하여금 기원정사에 아직 남아 있는 비구들을 한자리에 모이도록 했다. 많은 비구들이 모여들었다.

길을 떠났던 사리불은 길을 가다가 말고 불려왔다. 되돌아온 그는 많은 비구들이 한자리에 모여 있는 것을 보고 무슨 일인가 싶었다.

사리불이 앞에 나타나자, 불타는 엄숙한 목소리로 말했다.

"사리불, 네가 떠난 뒤, 곧 한 비구가 와서 너로부터 모욕을 당했다고 했다. 그게 사실인가?"

사리불은 불타의 말을 듣고 조심스럽게 대답했다.

"세존이시여, 저는 팔십 년을 살았으나, 아직 살생을 한 기억이 없고, 거짓말을 한 일도 없습니다. 또 남과 말다툼을 한 일도 없습니다. 그런데 제가 만일 그런 일을 했다면 그것은 반드시 제 마음이 무엇인가로 인해서 어지러워졌을 때일 것입니다. 그러나 오늘은 안거를 끝낸 날이므로 저의 마음은 맑은 하늘같이 개어 있습니다. 이러한 때에 제가 사람을 모욕할 리가 있겠습니까? 세존이시여, 땅은 모든 것을 능히 참고, 불결한 것일지라도 다 받아들입니다. 인분이나 피, 그리고 가래침까지도 모두 거절하지 않고 받아들입니다. 저의 마음도 오늘은 이 땅과 같이 모든 것을 능히 참을 수 있으며, 거역할 뜻은 조금도 없습니다. 세존이시여, 물은 가리지 않고 모든 것을 씻어 깨끗하게 해줍니다. 그리고, 애증(愛憎)의 구별이 없습니다. 저의 마음이 오늘은 또한 이 물과 같습니다."

사리불은 담담한 목소리로 다시 계속했다.

"세존이시여, 불은 산과 들을 태우는 데 가림이 없습니다. 저의 마음은 또한 불과 같습니다. 먼지를 쓸어내는 비가 대상을 가리지 않고, 뿔을 잘린 소라도 온순하고 선량한 소라면 남을 해칠 생각을 하지 않음과 같이 오늘의 제 마음도 온순하고 선량하여 누구를 해

196

할 뜻이 전혀 없습니다. 세존이시여, 아름다운 소녀가 불결한 것으로 몸을 장식하기 싫어하듯 저도 불결한 것으로 마음을 더럽힐 생각은 조금도 없습니다. 이와 같이 바른 생각에 사는 제가 어찌 남을 모욕하겠습니까? 만약 제가 거짓말을 했다면 세존께서 내리시는 여하한 벌이라도 달게 받겠습니다. 저 비구는 제가 거짓말을 했는지 안 했는지 잘 알고 있을 것입니다.”

백발이 성성한 팔십 노인인 사리불이 이렇게까지 말하자, 모든 비구들은 크게 감동했다. 불타는 사리불을 비방한 비구에게 준엄하게 말했다.

“너는 너의 과오를 참회해라. 만일 참회하지 않으면 너의 머리는 일곱 개로 깨질 것이다.”

그 비구는 일어나 불타 앞에 무릎을 꿇고 참회했다. 그리고 사리불 앞에서도 참회했다.

“저의 잘못을 용서해 주십시오.”

그러자 사리불은 그 비구의 머리를 쓰다듬으며,

“비구여, 참회는 불법 가운데 그 효험이 가장 넓고 큰 것이다. 과오를 참회하는 것은 커다란 선덕이기 때문이다. 나는 너의 참회를 기쁘게 받아들인다. 앞으로는 다시 그런 과오를 범하지 않도록 해라.”

하고 말했다. 바라보고 있던 비구들은 모두 크게 감동을 받지 않을 수 없었다. 다시없는 아름다운 광경이기 때문이었다.

사리불과 형제가 되는 목건련은 이목구비가 수려하고 풍채가 좋은 사람이었다.

그가 어느 날, 성안의 동산을 걸어가고 있을 때의 일이었다. 목건련을 유혹하여 타락시키기 위해서 어떤 자가 매춘부를 사서 그에게 보냈다.

성안에는 이런 매춘부가 얼마든지 있었다. 도의가 땅에 떨어지고, 육정(肉情)이 돈으로 거래되고 있는 더러운 세상이었다.

목건련을 미워하는 그자는 몸이 풍요하고 아름다운 중년 매춘부 하나를 찾아냈던 것이다. 그녀는 어떤 고을 장자의 딸이었다.

그녀는 성숙하자 남편을 맞았다. 그 후, 곧 그녀의 아버지가 죽었다. 그러자 남편을 잃은 그녀의 어머니는 딸의 남편, 그러니까 사위와 정을 통했다. 그녀는 어머니와 남편의 불륜을 알고 자기가 낳은 딸을 집에 남겨둔 채 도망을 쳤다.

그녀는 다른 곳에 가서 남편을 얻어 행복하게 살고 있었다. 두 번째 남편은 장사꾼이었다. 장사 일로 아내의 고향 마을에 가게 된 그녀의 남편은 객지 생활이 너무 쓸쓸해서 자기 아내와 얼굴이 닮은 소녀를 수천 금을 주고 사서 첩으로 데리고 즐겼다. 그는 돌아올 때 그 첩을 버릴 수가 없어서 함께 데리고 왔다.

그리고 그는 아내 몰래 첩에게 집을 마련해 주고 두 집 살림을 시작했다. 그러자니 자연 돈이 많이 들었다. 돈의 행방을 아내가 캐물을 때마다 그는 도둑에게 털렸다고 말했다.

"엊그제 밤길에서 도둑을 만났지. 칼을 목에 대며 가진 것을 다 내라기에 할 수 없이 물건을 다 주었지 뭐야. 돈이나 물건보다는 목숨이 더 중하니까 말이야."

그녀의 남편은 자주 이런 말로 아내의 입을 막았다.

생활에 쪼들리면서도 남편의 이 말을 들을 때마다 그녀는 돈보다 목숨이 살아남은 것을 대견하게 생각하곤 했다. 그러나 같은 말이 되풀이되자, 그녀는 남편을 의심하기 시작했다. 아무리 어지러운 세상이라 할지라도 도둑이 왜 하필 자기 남편만을 털어 가는가 말이다.

의심을 품고 있던 그녀는 어느 날 남편의 친구를 만났다. 그 남자에게 그녀는 남편이 번번이 도둑에게 혼이 난다는 얘기를 했다. 그러자 그 친구는 크게 웃으면서,

"그 도둑은 조심해야 합니다. 젊고 아름다운 여자 도둑이니까요."

하고 말했다. 그녀는 놀랐다. 그러나 다음 순간 그 말이 남편에게 첩이 있다는 것을 의미하는 줄을 곧 알아차렸다.

그날 밤, 남편이 돌아오자 그녀는 그 아름다운 여자 도둑을 집에 데리고 와서 같이 살게 하자고 말했다. 남편은 깜짝 놀라 눈이 휘둥그레졌으나, 곧 체념한 듯이 대답했다.

"당신을 속여 미안하오."

남편은 솔직하게 사과하고, 전후 얘기를 숨김없이 고백했다.

그 뒤, 남편은 숨겨두었던 첩을 집으로 데리고 왔다. 그러나 그녀는 첫눈에 그 어린 첩이 마음에 들었다. 그래서 그녀는 그 젊고 아름다운 첩에게 여러 가지로 신상 얘기를 물어보았다. 그 첩은 묻는 대로 자기 집 얘기와 어렸을 때의 얘기를 소상하게 들려주었다.

얘기를 다 듣고 난 그녀는 깜짝 놀랐다. 뜻밖에도 그 첩이 자기 딸이었기 때문이었다. 그녀는 어쩔 줄 모르고 하룻밤 하루 낮을 울었다. 부끄러움과 죄스러운 생각에 몸 둘 곳을 모르고 울었다. 얼마나 자기는 죄가 많은 여자인가. 전에는 어머니에게 남편을 빼앗

기고, 이번에는 한 남편을 가지고 딸과 다투게 되었으니 말이다.

그녀는 참을 수가 없어서 아무 말 없이 그 집을 뛰쳐나와 버렸다. 집을 뛰쳐나온 그녀는 자포자기에 빠졌다. 그리하여 그녀는 마침내 매춘부로 타락해서 뭇 사나이들을 유혹하기 시작했다.

그녀의 풍만한 육체와 천래*(태어날 때부터 갖추고 있는 것)의 미모는 곧 성안의 호색가들을 사로잡았다. 그녀는 이런 과거를 가진 여자인지라, 타락과 악행의 길을 철저하게 달렸다. 그래서 성안에서도 너무나 잘 알려진 매춘부가 되었다.

목건련을 미워하는 자는 이런 과거를 가진 매춘부를 찾아낸 것을 매우 흡족하게 생각했다. 그녀라면 목건련을 유혹하여 능히 타락시킬 수 있으리라고 믿었기 때문이었다. 그녀도 자신이 있다고 하였다.

목건련이 성안의 동산을 산보하고 있을 때 그녀가 나타났다.

"목건련님."

등 뒤에서 화사한 여자의 목소리가 들렸다. 목건련은 걸음을 멈추고 뒤를 돌아보았다. 살이 포동포동 찐 중년의 미녀가 교태를 부리며 서 있었다.

목건련은 잠시 그녀의 얼굴을 가만히 바라보고 있었다. 잠시 그녀를 바라보고 난 목건련은 그 여자의 심중을 뚫어볼 수가 있었다.

그 여자는 과거에 무서운 고통을 겪었으며, 지금은 매춘부가 되었으나, 그 마음속에는 고귀한 것이 아직 남아 있다는 것을 알아냈다. 그리고 누구인가의 꾐으로 자기를 유혹하러 왔다는 것도 알았다.

아무튼 무척 드물게 보는 미녀였다. 보통 남자들이라면 누구나 마음이 이끌리지 않을 수 없을 만큼 아름답고 매력적이었다.

목건련은 잠시 후 조용히 입을 열었다.

"불쌍한 여인이여, 너는 너의 몸이 얼마나 추하고 또 더럽혀져 있는지 모르느냐? 너의 몸속에는 뼈와 뼈가 잇달아 있고, 고깃덩이나 혈관이 온몸에 뱀처럼 꿈틀거리고 있다. 붉은 피와 검은 피가 그 혈관 속을 흐르고 있고, 또 콧물과 가래침과 눈물과 똥오줌이 가득 담겨져 있다. 아홉 개의 구멍에서는 더러운 냄새와 액체가 흘러나오고 있다. 네가 만일 네 몸의 이런 부정을 깨닫는다면 사람의 육체를 무더운 여름철의 변소 속에 우글거리는 구더기처럼 싫어할 것이다. 그런 것도 모르고, 너는 어리석게도 자기의 아름다움에 취해서 우쭐거리고 있다."

목건련의 말을 듣고 있던 그녀는 놀란 시선으로 목건련의 두 눈을 바라보았다. 목건련의 두 눈에는 사람의 가슴을 꿰뚫는 것 같은 예지가 빛나고 있었다. 그녀는 비로소 자기의 정체를 안 것 같았다. 어느새 그녀의 눈에는 눈물이 괴고 있었다.

"존자여, 당신의 말씀은 사실입니다. 저는 오랫동안 더러운 몸을 고운 옷으로 감싸고, 자신을 속였고, 또 남을 속였습니다. 사실 저는 제 몸을 싫어하고 있습니다. 존자여, 저는 이제 영원히 구제될 수 없는 몸일까요?"

그녀는 이렇게 말하고, 애원하는 듯한 시선으로 다시 목건련을 쳐다보았다.

"여인이여, 힘을 잃어서는 안 된다. 어떤 과거를 가진 사람일지라도 구제되는 법이다."

"그 말씀, 정말이십니까?"

그녀는 목건련 앞으로 한 발자국 다가섰다.

"아무리 더러운 냇물이라도 바다에 흘러 들어가면 바다는 그 물을 깨끗하게 한다. 이와 같이 우리 스승이신 불타의 가르침은 아무리 더럽혀진 사람의 마음일지라도 깨끗이 정화해 주시고, 깨달음의 길을 얻게 해주신다."

"그게 사실입니까?"

그녀의 두 눈에는 희망의 빛이 서렸다.

"사실이고말고."

그러나 잠시 후, 그녀의 얼굴에는 다시 수심이 어리기 시작했다. 그녀는 길게 한숨을 쉬고, 체념한 듯이 말했다.

"제 과거를 들으시면 당신이나 불타는 외면하고 말 거예요."

"결코 그러지 않을 것이다."

"그러면 들어주겠어요?"

"물론이지."

비로소 그녀는 긴장을 풀고, 얘기를 하기 시작했다.

그녀는 자기의 과거를 목건련에게 일일이 고백했다. 첫 번째 남편과 자기와 어머니와의 관계, 두 번째 남편과 딸과 자기와의 관계를 숨김없이 얘기했다.

그녀의 기구한 과거를 다 듣고도 목건련은 조금도 놀라지 않았다. 오히려 그는 그녀의 마음씨가 아름답다고 생각했다.

"무서운 인연임에 틀림없다. 그러나 불타의 가르침은 그런 것쯤으로 놀랄 정도로 미약하진 않다. 불타의 가르침은 바다처럼 깊고 또 대지처럼 넓은 것이다. 이를 더럽힐 수 있는 것은 이 세상에 없다. 당신이 과거를 참회하고 불도에 정진할 수 있다면 과거의 일쯤은 문제가 되지 않는다. 전에도 당신보다 더 큰 죄를 지닌 여자가 구원을 받은 일도 있었다."

목건련의 얘기를 듣고 그녀는 새로운 세계를 맞이하는 사람처럼 기뻐했다. 그리고 그 자리에서 그녀는 불도에 정진하기로 결심했다. 목건련은 그녀를 불타에게 데리고 가서 제자로 삼게 했다.

목건련을 유혹하여 타락시키려던 자는 이 사실을 알고 깜짝 놀랐다. 그러나 그의 힘으로는 목건련을 타락시킬 수 없다는 것을 알고 입맛을 다실 따름이었다.

그리하여 그녀는 드디어 비구니 중에서도 가장 모범적인 비구니가 되었다. 나중에 목건련이 비구 중에서 신통제일(神通第一)이라고 불린 것처럼 그녀는 비구니 중에서 신통제일이 되었다.

오히려 괴로운 과거가 있음으로 해서 그녀는 진실하게 도를 닦을 수 있었던 것이다.

어느 날, 사위성에 있는 네거리에서 한 사나이가 칼을 들고 행인을 마구 찔러 죽이고 있었다. 네거리는 사람이 많이 모이는 곳이었다. 사나이는 발광한 사람 같았다. 닥치는 대로 행인을 마구 찔러 죽였다. 행인들은 비명을 지르며 도망쳤다. 사나이는 순식간에 온몸에 피를 뒤집어쓰고 있었다. 피 묻은 옷을 입고, 피 묻은 칼을 들고 날뛰는 그는 마치 아귀(餓鬼)와 같았다. 네거리는 수라장이 되었다.

영문 모를 이 살인자를 보고 있던 비구들은 급히 불타에게 달려가 이 사실을 알렸다. 불타는 그 얘기를 듣고,

"불쌍한 놈이다. 내가 가서 구해 줘야겠다."

하고 일어섰다.

제자들은 불타를 말렸으나, 불타는 태연히 거리로 나섰다.

불타가 그 살인자가 날뛰는 거리 가까이까지 갔을 때, 길가에 있던 한 사나이가 길을 막았다.

"세존이시여, 이곳으로 가시면 안 됩니다. 살인자가 한 사람 기다리고 있습니다."

그러나 불타는 태연히 길을 걸으면서 말했다.

"온 세상이 다 내 적이 된다 해도 조금도 무서워할 것이 없다. 하물며 한 사람이라는데 두려워할 게 뭐 있겠는가?"

그 살인자의 어머니도 아들이 미치광이처럼 사람을 죽이고 있다는 말을 듣고 급히 현장으로 달려갔다. 그 살인자는 자기가 죽인 사람의 손가락을 잘라 꿰어가지고 목에 걸고 있었다. 피가 뚝뚝 떨어지는 사람 손가락으로 만든 목걸이를 걸고, 칼을 들고 서 있는 사나이의 모습은 처절하기 이를 데 없었다.

그의 어머니는 이런 아들을 보자 그만 비명을 지르며 달려갔다. 그러나 이미 앞이 보이지 않는 살인자는 비명을 지르며 달려오는 자기 어머니를 알아보지 못했다. 그는 자기 어머니까지 죽이려고 했다. 그의 머릿속에는 스승의 가르침만이 회오리바람처럼 맴돌고 있었다. 어떻게든 백 명을 죽여 그 손가락으로 목걸이를 만들어야겠다는 일념뿐이었다.

이 살인자의 이름은 앙굴리마라였다. 앙굴리마라는 사위성의 어떤 바라문의 제자였다.

그는 스승을 무척 존경했다. 스승의 말이면 무슨 말이든 다 옳은 것으로 생각했다. 그의 스승 역시 이 제자를 가장 아꼈다. 스승의 사랑을 독차지한 그를 시기하는 다른 제자들이 그를 모함하기 시작했다.

"앙굴리마라는 스승의 아내와 정을 통하고 있다."

이런 소문을 퍼뜨린 것이다. 그러나 앙굴리마라를 신임하는 그의 스승은 이 소문에 귀를 기울이지 않았다.

그런데 불행히도 스승의 아내가 진심으로 앙굴리마라를 짝사랑하고 있었다. 스승이 집을 비운 날, 그 아내는 마침내 앙굴리마라를 유혹했다. 그러나 마음이 곧은 그는 그것이 옳지 않음을 스승의 아내에게 타이르며 유혹을 거절했다.

유혹을 거절당하고 무색해진 스승의 아내는 앙굴리마라에게 복수할 것을 궁리했다.

어느 날, 스승의 아내는 스승이 밖에서 돌아오자, 자기 옷을 찢고 머리를 일부러 산발해 가지고 기다리고 있다가 남편에게,

"스승의 아내에게 불손한 수작을 걸어오고, 강제로 욕을 보이다니……."

그녀는 울면서 하소연했다.

스승은 이 연극에 완전히 속았다. 그는 크게 노했다. 자기가 가장 아끼던 제자로부터 배신을 당했으니, 그 노여움은 이만저만이 아니었다.

그는 제자인 앙굴리마라를 즉시 불러오게 했다. 앙굴리마라가 나타나자, 그는 아무 일도 없었던 듯 인자한 표정으로 말했다.

"너는 이제 나에게 배울 것은 다 배웠다. 남은 것은 비밀의 술법뿐이다. 그것을 얻는 방법을 너에게 마지막으로 가르쳐주겠다. 백명의 사람을 죽이고, 그 손가락으로 목걸이를 만들어 목에 걸어야

한다. 그렇게 하면 비밀의 술법을 알게 되느니라."

고지식한 앙굴리마라는 스승의 이 말을 그대로 믿었다. 그는 보통 방법으로는 결코 비법을 얻지 못하는 줄로만 알았다. 그는 스승의 말대로 백 명의 사람을 죽이고, 그 손가락으로 목걸이를 만들기로 결심했다. 그리하여 전신에 살기가 뻗친 그는 칼을 휘두르며 네거리로 내달은 것이었다.

네거리에는 산 사람의 그림자란 찾아볼 수 없었다. 모두 도망가고, 그가 죽인 수십 명의 남녀 시체가 나뒹굴고 있을 뿐이었다.

이 소식을 듣자 그의 스승은 통쾌한 복수를 한 듯 회심의 미소를 지으며 아내와 함께 앉아서 술잔을 기울였다.

앙굴리마라는 앞에 다가오는 여자가 자기 어머니임에도 불구하고 알아보지 못했다. 그는 자기 어머니 앞으로 피 묻은 칼을 들고 다가가고 있었다.

그때 불타가 나타나 앙굴리마라 앞으로 걸어갔다. 앙굴리마라는 자기 어머니를 향해 쳐들었던 칼을 불타에게로 돌렸다.

불타와 앙굴리마라는 서로 마주 섰다. 불타는 그의 두 눈을 연민에 찬 시선으로 바라보았다.

불타의 통찰력과 정신력은 이렇게 미쳐 날뛰는 살인귀에게도 작용했다. 불타는 언제까지나 태연히 그를 바라보고 서 있었다.

도망가는 사람을 쫓아가서 죽이는 것은 쉬운 일이었지만, 이렇게 태연히 앞에 와 선 사람을 보자, 앙굴리마라는 그만 슬그머니 두려워졌다. 앙굴리마라도 출가한 사문에 대해서는 내심 약간 존경의 념을 품고 있었다.

불타는 이미 앙굴리마라를 그 정신력으로 굴복시키고 있었다.

앙굴리마라는 마지막 용기를 내서 불타를 죽이려 했지만, 손이 말을 듣지 않았다.

"이 사문아! 도망치면 안 된다!"

그는 발악을 하듯 소리를 질렀다.

"이렇게 잠자코 서 있지 않느냐. 두려워하고 있는 것은 네가 아니냐?"

불타는 조용한 소리로 대답했다. 그러자 앙굴리마라는 눈을 부릅뜨고 물었다.

"도대체 너는 누구냐? 이상한 사나이로구나."

"나는 불타다. 네가 망상에 사로잡혀 무고한 목숨들을 빼앗는 것이 불쌍해서 달려온 것이다."

"너는 죽음이 무섭지 않느냐?"

"나의 마음은 항상 한없이 편안하다. 지금도 내 마음은 편안하다. 너의 마음이 혼란된 것을 불쌍히 여겨 이곳에 온 것이다."

앙굴리마라는 불타의 그 조용하고 인자한 마음과 높은 기품에 이끌리자, 갑자기 자기의 행위가 무서워졌다. 그는 그만 무너지듯 불타 앞에 엎드려 울기 시작했다.

"나를 따라오너라."

불타는 이렇게 말하고, 돌아서서 걷기 시작했다. 앙굴리마라는 꿈을 꾸는 것 같은 기분으로 불타의 뒤를 따랐다. 앞서 걸으면서 불타는 말했다.

"내 제자가 될 생각이 없느냐?"

"저같이 무서운 죄를 지은 사람도 용서를 받을 수 있습니까?"

앙굴리마라는 떨리는 목소리로 물었다.

"참회하여 수행의 공을 쌓아 일체의 미망(迷妄)을 버리고 진리를 체득하면 과거의 죄는 대해에 흘러들어간 흙탕물이 깨끗해지듯 사라지는 법이다. 땅 속에 스며든 똥오줌이 맑은 지하수가 되는 것과 같은 이치니라."

앙굴리마라는 크게 감동하여 불타의 제자가 되었다.

프리세나짓 왕은 선량한 시민을 네거리에서 마구 죽이는 놈이 있다는 말을 듣고 크게 노하여 곧 군사를 이끌고 직접 자기가 그 놈을 잡으러 나갔다. 그러나 현장에는 이미 살인귀의 모습은 보이지 않았다.

"불타가 데리고 기원정사로 갔습니다."

거리의 사람들로부터 이 말을 듣고 왕은 급히 기원정사로 가서 불타를 만났다. 그리고 그 죄인을 인도해 달라고 요구했다.

"그는 이미 저의 제자가 되어 출가해 버렸습니다. 돌려드릴 수 없습니다."

불타는 왕에게 그냥 돌아가 달라고 부탁했다.

"그 살인귀가 그렇게 쉽게 출가했단 말입니까?"

왕은 매우 놀라는 표정이었다.

"그렇습니다. 바로 이 사나이입니다."

불타 옆에는 승려 옷을 입고 머리를 깎은, 새 비구가 한 사람 있었다. 살인귀는 아주 딴사람이 되어 있었다.

왕은 고개를 끄덕거리며 잠시 무슨 생각에 잠겨 있더니 불타를 향해,

"세존이시여, 당신의 높고 위대한 감화력엔 놀라고 감동할 따름입니다. 앞으로도 중생들에게 많은 자비를 베풀어주십시오."

하고 불타를 이렇게 찬양하고 돌아갔다.

앙굴리마라는 다음 날부터 마을에 나가 탁발을 했다. 그러나 그 비구가 앙굴리마라라는 것을 안 사람들은 그가 살인자라고 해서 돌로 때렸다. 하지만 앙굴리마라는 조금도 화를 내지 않았다.

마을 사람들은 갈수록 점점 사납게 그를 다루었다. 몽둥이로 때리기도 하고, 칼로 찔러 상처를 입히기도 했다. 앙굴리마라는 그것을 다 참고 견디었다. 그리고 불타에게 가서 공손히 말했다.

"세존이시여, 저는 어리석은 망상에 사로잡혀 많은 사람들을 죽이고 있었습니다. 그러나 세존께서는 저를 불쌍히 생각하시고 칼도 몽둥이도 갖지 않고 오셔서 저의 마음을 바로잡아주셨습니다. 저는 이제 어떤 일을 당해도 괴롭지 않으며, 아프지 않게 되었습니다. 구름에 덮였던 해가 그 구름이 걷혀 밝게 빛나는 것처럼 여러 가지를 알게 되고, 눈을 뜨게 되었습니다. 저는 이제 삶도 바라지 않으며, 죽음도 바라지 않습니다. 세존이시여, 세존의 공덕을 고맙게 생각할 따름입니다."

앙굴리마라는 말을 맺자, 불타 앞에 엎드려 눈물을 흘렸다.

불타는 앙굴리마라의 말을 듣고 매우 기뻐했다.

"내 제자 가운데서 앙굴리마라처럼 빨리 깨달은 사람은 없었다."

불타는 앙굴리마라의 마음속에 깃든 영원한 평화를 보고 기뻐한 것이었다.

제16장 인간 불타

불타의 아들 라훌라의 성품은 아버지를 닮아 맑고 착했다. 그러나 역시 나이가 어리기 때문에 다른 아이들처럼 귀엽고 장난스러운 데가 있었다. 그는 가끔 악의 없는 거짓말을 하여 사람들을 골탕 먹이는 일이 있었다. 그러나 라훌라가 불타의 아들이라는 점에서 사람들은 그의 잘못을 꾸중하려 하지 않았다.

불타도 라훌라가 악의 없는 거짓말을 자주 한다는 것을 알고 있었다. 라훌라가 십육 세 때였다. 어느 날, 불타는 다음과 같은 애기를 들었다.

속세의 신도가 한 사람 찾아와서 라훌라에게,

"아버지 어디 계시느냐?"

하고 물었다.

라훌라는 그 신도에게 불타가 있지 않은 엉뚱한 곳을 가르쳐주었다. 그리하여 그 신도는 먼 길을 헛걸음했고, 라훌라는 그것을 보고 기뻐했다는 것이다.

이런 일이 자주 있었지만, 신도들은 라훌라를 꾸짖을 생각을 하지 않았다.

그 말을 듣고 불타는 라훌라를 불렀다. 불타 앞에 나타나 예를 하는 라훌라는 십육 세 소년답지 않게 성숙해 보였다. 불타는 엄숙한 표정으로 아들에게 물을 떠오게 했다.

"그 물로 내 발을 씻어라."

불타는 조용히 말했다. 라훌라는 아무 말 없이 아버지의 발을 씻었다.

"라훌라야, 너는 이 물을 마실 수 있겠느냐?"

라훌라는 불타의 얼굴을 쳐다보고 서 있다가 대답했다.

"마실 수 없습니다."

"왜 못 마시겠느냐?"

"아버님의 발을 씻어 더러워졌기 때문입니다."

라훌라의 대답을 듣고 불타는 뚫어질 듯이 아들의 얼굴을 내려다보았다. 그러나 불타의 시선은 맑은 물과 같이 조용하고 깨끗하였다. 한동안 아들을 바라보고 있던 불타는 조용히 말했다.

"너도 또한 이 물과 같다. 물의 본 모습은 맑고 아름다운 것이다. 인간도 그렇다. 너는 국왕의 손자로 태어났으면서 세상의 영화를 버리고 사문의 몸이 되었다. 남달리 도를 닦는 일에 정진해야 할 몸인데, 도를 닦는 데에 힘을 쓰지 않고, 마음을 정결하게 갖지도 않으며, 계율을 지키지도 않는다. 삼독의 찌꺼기를 가슴속에 가득 담고 있다. 그러니까 너는 이 물과 같이 더럽혀져 있다."

라훌라는 머리를 숙이고 아무 말도 하지 못했다.

“이 물을 버리고 오너라.”

고개를 깊이 숙이고 있는 아들에게 불타는 역시 조용한 목소리로 일렀다.

“너는 이 그릇에 음식을 담아 먹을 수 있겠느냐?”

불타가 그 빈 그릇을 가리키며 다시 물었다.

“먹을 수 없습니다.”

“왜 못 먹겠느냐?”

“손발에 묻은 더러운 것을 씻어낸 물이 담겨 있던 그릇이기 때문입니다.”

불타는 다시금 뚫어질 듯한, 그러나 조용하고 맑은 시선으로 라훌라를 한동안 내려다보다가 말했다.

“너도 이 그릇과 같다. 사문이면서 거짓말을 하여 사람을 괴롭혔다. 그 결과는 마음속에 도를 닦을 뜻이 없다는 것이며, 너의 마음은 이 그릇과 같이 쉴 새 없이 더러운 물만 담게 된다.”

말이 끝나자, 불타는 그 그릇을 걷어찼다. 그릇은 멀리 굴러갔다. 라훌라는 놀라 불타의 얼굴을 쳐다보았다. 그는 아버지의 얼굴이 이렇게 엄숙한 적을 일찍이 본 일이 없었다.

“너는 지금 저 그릇이 깨지면 어쩔까 하고 걱정하지 않았느냐?”

라훌라는 떨리는 소리로 대답했다.

“아닙니다. 보잘것없이 값이 싼 그릇이기 때문에 깨지는 것이 두렵지 않았습니다.”

“너는 사문이면서 행동을 조심하지 않고, 거짓말을 농하고, 사람을 괴롭혔다. 그 결과는 누구에게도 사랑을 받지 못하며, 지혜로운 사람에게 아낌을 받지 못하고, 죽을 때까지 깨달음을 얻지 못할 것이다. 그리고 미혹(迷惑)을 거듭하길 저 그릇이 구르는 듯할 것이다. 마음을 바로잡아야 하느니라."

라훌라는 그만 온몸에 비지땀을 흘리고 서 있었다. 그는 불타의 말을 듣고 마음을 고쳐 갖겠다고 결심했다.

그 후, 라훌라는 계율을 지키고, 도를 열심히 닦았다. 그러나 깨달음의 길은 쉽게 열리지 않았다. 이런 그의 노력을 아는 비구들은 그것을 이상하게 생각하고 불타에게 가서 말했다.

"세존이시어, 라훌라는 열심히 수도하고, 조그만 죄도 범하지 않는데, 어찌하여 번민에서 해탈하지 못하고 있습니까?"

불타는 그 말에,

"계율을 지키고, 몸을 닦으면 결국에는 도를 얻어 모든 죄업은 사라져 버리리라."

이렇게 대답할 따름이었다.

그 말을 전해 듣고 라훌라는 더욱 열심히 수도했다. 그러나 좀처럼 깨달음을 얻지는 못했다.

한편, 불타는 그런 라훌라를 보고도 조금도 걱정하지 않았다. 정진하는 사람은 언젠가는 반드시 깨달음을 얻게 된다는 것을 불타는 잘 알고 있었기 때문이었다.

라훌라의 수도는 계속되었다. 그러나 그는 이십 세가 될 때까지 깨달음을 얻지 못하고 있었다.

그러던 어느 날, 불타는 라훌라를 불러 함께 탁발을 하러 나가자고 했다. 옹기종기 모여 있는 마을들을 멀리 바라보며 이들 부자는 언덕길을 내려가고 있었다. 뒤에는 붉은 산 푸른 산이 중첩해 있었다. 라훌라는 시장기를 느끼고 있었다. 걸음걸이에 힘이 없고 눈동자가 멀겋게 풀려 있는 것이었다.

그때, 조용히 앞서 걷던 불타는 갑자기 라훌라를 돌아보며 물었다.

"라훌라야, 배가 고픈 모양이구나?"

라훌라는 자기 마음속을 들여다보는 것 같은 불타의 말을 듣고 뭐라고 얼른 대꾸를 못 하고 약간 당황하기만 했다.

"사람의 몸뚱이나 마음뿐 아니라, 만물이 다 무상하다고 생각하면 된다. 그렇게 생각하면 모든 것에 대한 집착은 사라지고, 깨달음의 길이 열리는 것이다."

불타의 이 말에는 맑은 물과 같은 깨끗함이 있었다. 손멜 수 없는 순수한 두려움이 깃들어 있었다. 라훌라는 그 말을 듣자 문득 마음이 어딘가를 향해서 열리는 것 같은 환각에 사로잡혔다. 그 방향이 반드시 어느 쪽이라고 단언할 수는 없었다. 그러나 그는 오랫동안 포승에 묶였던 몸이 해방된 것 같은 감흥에 사로잡혔다.

그의 눈은 이상한 정기를 띠기 시작했다. 조금 전까지 느꼈던 배고픔도 까마득히 사라져버렸다. 그는 자기도 모르게 불타와의 동행을 그만두고, 그 길로 기원정사에 돌아가 좌선을 하기 시작했다.

불타는 탁발에서 돌아오자 곧 라훌라에게로 갔다. 그리고 라훌라에게 자비심으로 마음을 크게 갖고, 중생을 마음속에 안아 들여 분노의 불길을 재우고, 호흡을 정돈하여 마음을 진정시키는 법을 가르쳤다. 걱정하지 않고 마음을 안정시키는 법도 가르쳤다.

때가 온 것이었다. 라훌라도 드디어 깨달음을 얻었다.

불타는 비로소 안심하고 크게 기뻐했다. 자기가 낳은, 자기와 인연을 가진 사람이 드디어 깨달음을 얻은 것이다. 그는 무거운 짐이라도 내려놓은 것 같은 안도감을 느꼈다.

불타에게도 이처럼 인간적인 면이 풍부했다. 자기와의 인연으로 이 세상에 태어난 아들을 늘 걱정하고, 그가 깨달음을 얻은 사실을 흡족해 하는 것은 인간적인 심정의 발로가 아닐 수 없는 것이다.

그와 같은 불타의 인간적인 면은 출가하기 전의 아내인 야수다라와의 사이에 얽힌 다음과 같은 이야기에서도 엿볼 수가 있다.

야수다라도 비구니가 되어 마하바쟈바디와 함께 평화롭고 청빈한 생활을 하고 있었다. 그것은 옛날 왕성에서의 생활과는 너무나 동떨어진 쓸쓸한 생활이었다. 그러나 마음이 고요히 가라앉은 생활이었으며, 즐거움이 그 안에 가득 담겨 있는 생활이었다.

때때로 라훌라는 어머니 야수다라를 찾아갔다. 그것은 야수다라에게 커다란 기쁨을 주었다.

야수다라는 동원(東園)정사에 살고 있었다. 동원정사는 기원정사에서 동북쪽으로 십 리가량 떨어진 곳에 있었다. 기원정사를 지을 때, 사리불이 고문이 되었듯이 동원정사는 목건련이 고문이 되어 지었다. 이층으로 된 이 동원정사는 각 층마다 오백 개의 방이 있는 굉장한 건물이었다.

야수다라도 그 정사의 한 방에서 조용히 도를 닦고 있었던 것이다.

어느 날, 라훌라가 어머니 야수다라를 찾아가 보니 그녀는 병을 앓고 있었다. 라훌라는 놀라 급히 약을 사러 갔다. 약을 사다드리고 돌아온 라훌라는 불타에게 야수다라의 병이 나을 때까지 간병하러 다니게 해달라고 청원했다.

그러자 불타는 걱정이 어린 얼굴로 라훌라의 청원을 들어 주고, 간호를 잘 해서 하루 속히 병이 낫도록 하라고 말했다.

이런 사소한 일에서도 불타의 인간적인 훈기가 느껴지는 것이다.

라훌라는 야수다라의 병이 완쾌될 때까지 극진히 간병했다. 전보다 만나는 횟수가 잦아지자 두 사람은 옛날 궁전에서의 생활에서 맛볼 수 없었던 맑고 따뜻한 모자간의 애정을 느낄 수가 있었다.

그들은 무척 행복하다고 생각했다. 야수다라의 병은 쉽게 완쾌되었다.

불타는 나이가 많아지자 여러 가지 걱정이 생겼다. 가장 걱정스러운 것은 자기가 죽고 난 뒤에도 자기가 남긴 말을 기억했다가 후세에 전하여 모든 중생들을 눈뜨게 하는 일이었다. 불타는 그 일을 해줄 제자가 필요하다고 생각했다.

불타가 왕사성에 있을 때의 일이었다. 어느 날, 불타는 제자들에게 말했다.

"나도 이제 늙었다. 옆에서 나를 도와줄 사람이 한 사람 있었으면 좋겠다. 그리고 이승에서 얘기한 것을 외워두었다가 후세에 전할 사람이 필요하다. 너희들이 적당하다고 생각하는 사람을 골라 주기 바란다."

이 말을 듣고 제일 먼저 불타의 제자가 되었던 교진여가 말했다.

"세존이시여, 제가 모시겠습니다."

"너도 나와 같이 늙지 않았느냐. 어느 쪽이 먼저 죽을지 알 수 없는 일, 네 자신이 남의 도움을 받아야 할 몸이 아닌가."

불타는 조용히 거절했다. 그렇다고 교진여의 성심을 거절한 것은 아니었다.

그 밖에도 여러 제자가 자청하였으나, 모두가 늙었다는 이유로 거절당했다.

그때, 목건련은 불타의 마음을 살폈다. 반드시 불타가 원하는 사람이 따로 있을 것이라고 생각했다. 그게 누구일까 생각해보았다. 그는 마음을 가다듬고, 불타의 마음의 속삭임에 귀를 기울였다. 드디어 불타의 마음의 소리가 목건련에게 들려왔다. 불타가 원하고 있는 사람은 아난다라는 것을 알았다.

아난다는 비할 데 없는 뛰어난 기억력의 소유자며, 불타의 시자(侍者)로서 그 이상 적당한 사람은 없다고 목건련은 생각했다.

그리하여 목건련은 동료들을 둘러보며 말했다.

"세존께서는 당신의 말씀을 모두 기억해 두었다가 후세에 전하기를 원하시는데, 그러기 위해서는 아난다 이상 적합한 사람이 없습니다. 나는 아난다보다 더 좋은 시자를 찾을 수 없다고 생각하는데, 여러분의 생각은 어떠신지?"

모든 제자들이 목건련의 의견에 찬성했다. 그리하여 목건련은 불타에게 말했다.

"아난다를 시자로 하셨으면 좋겠다고 생각하는데, 어떠신지요?"

불타는 자기 생각과 같다는 듯이 기뻐했다.

"아난다라면 나도 적합하다고 생각한다. 그러나 아난다가 승낙해 줄지 모르겠다. 너희가 권해 보아라."

불타의 말을 듣고, 목건련을 앞세우고 여러 제자들이 아난다에게로 갔다.

"아난다, 세존은 당신이 시자가 되어주길 바라고 있소. 부디 세존의 시자가 되어주오."

그러나, 뜻밖에도 아난다는 다음과 같이 사절하는 것이었다.

"그것만은 용서해 주시오. 불타의 옆에 있는 것은 결코 쉬운 일이 아닙니다. 나와 같은 미숙한 자는 감당하기 어려운 일입니다."

목건련은 난처해졌다. 그렇다고 쉽게 단념할 수도 없었다. 그는 재삼 부탁했다.

"그러나 아무리 생각해보아도 당신만큼 적합한 사람이 없소. 아무쪼록 불타의 시자가 되어주시오. 불타와 같은 분 옆에서 늘 여러 가지 말을 듣고 배운다는 것은 아무나 원해서 되는 일이 아닙니다."

아난다는 잠시 입을 다물고 무슨 생각에 골똘히 잠겨 있더니, 얼마 후 무겁게 입을 열었다.

"세 가지 일을 승낙해 주신다면 불타의 시자가 되겠습니다."

"그 세 가지란 무엇이오?"

"첫째, 불타가 입으셨던 옷은 새것이든 헌것이든 받지 않는 일이고, 둘째는 불타가 신도들의 초대를 받아 음식을 먹으러 가실 때 따라가지 않으며, 셋째는 정해진 때가 아니면 만나지 않아도 된다는 것입니다."

목건련은 아난다의 이 세 가지 청원을 듣고 이렇게 말했다.

"그것은 참으로 훌륭한 생각이오. 세존께서도 즐거이 승낙하실 거요."

목건련은 아난다의 말을 불타에게 그대로 전했다. 불타는 이 말을 듣고 무척 기뻐했다.

"아난다는 현명한 사람이다. 그는 시끄러운 문제를 미리 예방하기 위해서 그런 말을 하는 거다. 아난다는 좋은 옷을 입기 위해서, 그리고 좋은 음식을 먹기 위해서 불타에게 봉사하고 있다는 말이 비구들 중에서 돌까 봐 그런다. 또 아난다는 나를 만날 수 있는 때를 잘 알고 있다. 그는 비구들이 어느 때 나를 만나는 것이 좋은가도 알고 있다. 또 신도와 이교도가 나를 만나기 위해서는 어느 때를 택하는 것이 좋은지를 알고 있다. 내가 식사를 마치고 안온하게 있는지 어떤지 살피고, 내가 설법하기에 적당한 시기가 어느 때인가를 알고 있다. 아난다는 현명한 비구다.”

불타는 기분이 매우 좋았다.

사실 아난다는 불타의 기분과 심경을 잘 알고, 항상 근신하는 것을 잊지 않는 훌륭한 제자였다.

그 후, 불타의 육체가 이 세상을 떠날 때까지 아난다는 시자로서의 역할을 훌륭하게 해냈다.

비구 가운데서 가장 설교를 잘하기로 이름이 난 푸르나와 불타와의 대화에 다음과 같은 것이 있다.

어느 날, 푸르나가 불타에게로 와서 청원을 했다.

“수로나국에 가서 도를 전하고 싶습니다. 허가해 주시기 바랍니다.”

수로나국은 서쪽에 있으며, 그곳 사람들은 기질이 거칠고 사나웠다. 그래서 사람을 죽이는 일이 예사며, 도둑이 많았다.

푸르나의 청원을 듣고 불타는 말했다.

“푸르나여, 수로나국 사람들은 심정이 거칠고 흉악한 데가 있다. 그리고 욕을 잘한다. 만일 그들이 너를 모욕하고 저주하면 어떻게 하겠는가?"

푸르나는 태연히 대답했다.

"세존이시여, 그 나라 사람들은 저를 저주할는지 모르지만, 그들도 역시 인간이므로 아마 저를 주먹으로 때리고 돌을 던지지는 않을 것입니다."

"그렇지만 만일 그들이 돌로 너를 때리면 어떻게 하겠는가?"

"세존이시여, 혹시 돌로 때리는 일은 있을는지 몰라도, 그들도 역시 인간이므로 칼로 찔러 저를 해치지는 않을 것입니다."

"만일 칼로 해친다면?"

"세존이시여, 칼로 저를 해치더라도 그들도 역시 인간이므로 저를 죽이지는 않을 것입니다."

"만일 너를 죽인다면 어떻게 하겠는가?"

"세존이시여, 만일 그들이 저를 죽이려 하면 저는 이렇게 생각할 것입니다. 수로나국 사람들은 현명하다. 이 나라의 도를 닦는 사람들은 오욕에 젖은 육신이 싫어 칼로 자살하고, 혹은 독약을 마시고, 목을 매달며, 또는 깊은 수렁에 떨어져 육신을 버리고 있다. 그들은 현명하고 인정이 많기 때문에 나의 이 다 시든 육신도 죽여주어 나로 하여금 육신의 속박에서 벗어나게 해주는 것이라고 생각하겠습니다."

다 듣고 난 불타는 감동하여 이렇게 말했다.

"푸르나여, 너는 능히 도를 닦고 인욕을 익혔다. 그만하면 그 나라에 가서 사람들을 가르치고 인도할 수가 있을 것이다. 너는 이제부터 그곳에 가서 마음이 편안치 않은 사람을 편안케 해주고, 구제되지 않은 사람을 구제하며, 열반에 들지 못하는 사람을 열반에 들도록 인도해 주어라."

푸르나는 새삼스레 불타의 깊은 생각에 감동하고, 굳은 결심을 했다. 그리고 그는 곧 수로나국으로 떠나갔다.

제17장 사욕과 배신

불타가 정각(正覺)을 얻은 이후, 그를 좇아 출가한 제자는 헤아릴
수 없이 많았다. 그러나 그 제자들 가운데에는 이탈자와 불평객도
적지 않았다.

그중 한 사나이가 불타를 축출하고, 불타의 제자들을 탈취하려
고 못된 마음을 먹고 있었다. 그는 일곱 왕족 중의 하나인 데바달
타였다. 다른 왕족들은 모두 불타의 총애를 받고 있는데, 그는 자
기만이 미움을 받고 있다고 생각했다.

데바달타는 자기 자신 속에 좋지 않은 생각이 일어나고 있는 것
은 깨닫지 못하고, 불타만 원망했다. 불타는 그것을 알고, 그에게
집으로 돌아가 보시하며, 불교를 위해 일하도록 권했다. 그러나 그
는 처음부터 거절했다.

그는 열심히 수도를 하면서도 남보다 뛰어나고 싶은 욕망이 강
했으므로 점점 아집(我執)만이 두터워질 뿐이었다. 그는 정사 안에

222

서 여전히 수도생활을 계속하면서 불평을 참고 때가 오기를 기다리고 있었다.

드디어 세력을 얻을 좋은 기회가 왔다. 그는 기회를 놓치지 않았다.

그것은 바로 빈비사라 왕의 태자 아자타샤투루가 자기에게 귀의한 일이었다. 아자타샤투루는 데바달타를 위해 왕사성 근처에 승원을 짓고, 매일 아침 오백 대의 수레를 동원하여 물건과 음식을 공양했다. 그러자 곧 데바달타에겐 오백 명의 제자가 생기고, 그의 평판이 온 고을을 휩쓸었다. 불타의 제자 중에서도 데바달타에게로 가는 자가 생겼다.

그는 불타가 이미 늙어서 승단의 기강이 해이해져 쓸모가 없어졌다고 말했다. 근본적인 개선이 없으면 곧 쓰러진다고 역설했다.

그리고 자기가 불타의 후계자로 자처했다. 그의 마음은 야심으로 가득 차 있었다. 그러나 그의 심중을 모르는 그의 제자들은 그의 지모(智謀)와 달변에 속고 있었다.

불타는 그의 마음속을 꿰뚫고 있었다. 사람들이 데바달타의 인기에 갈피를 못 잡는 것도 잘 알고 있었다.

불타는 제자들에게 말했다.

"어리석은 자에게 지나친 보시를 하는 것은 악을 키우는 원인이 된다. 우매한 자는 어떻게 하면 제자의 수를 늘릴까 하는 생각만을 하고, 지배자가 될 생각만을 한다. 누구든지 보다 많은 공양을 원하면서 열반을 얻으려 하는 것은 무리다. 그 때문에 탐욕한 마음만이 커져서 자기를 해치게 된다. 그러므로 너희들은 데바달타가 많은 공양을 받는 것을 부러워해서는 안 된다."

불타는 계속하여 말하였다.

“파초와 대나무는 열매를 맺으면 죽고, 나귀도 새끼를 배면 몸을 잃는다. 데바달타도 지나치게 많은 공양을 받으면 그와 같은 결과를 당하리라.”

데바달타는 이 말을 전해 듣고, 분노로 전신을 떨었다. 당장에 복수하리라고 결심했다.

왕사성의 영취산 석굴에서 불타가 좌선을 하고 있는 것을 안 데바달타는 악한에게 돈을 주어 불타를 살해하도록 일렀다. 그러나 불타를 눈앞에서 본 악한은 그의 근엄하고 위엄 있는 모습에 그만 살의를 잊고 말았다.

불타에게는 범할 수 없는 힘이 있었다. 그것은 오랜 세월에 거쳐 닦은 수도의 결과였다.

불타를 살해하러 간 사나이는 불타가 말을 하자, 칼을 버리고 그 자리에 엎드렸다. 그리고 그는 불타의 제자가 되었다.

그런 일이 있은 지 며칠 후였다. 불타가 밖으로 나가니 많은 제자들이 몽둥이를 들고 떠들고 있었다.

불타는 그들에게 물었다.

“무슨 일이냐?”

“지금 데바달타가 악한을 보내어 세존을 해치려 한다는 소문이 들리기에 만일의 경우를 생각해서 이렇게 모여 있습니다.”

“나의 죽음은 사람의 힘으로 좌우할 수 없다. 나는 항상 너희들에게 말하지 않았느냐. 싸움을 걸어왔을 때, 그와 싸우는 것은 싸움을 받아들이는 것이라고…… 나에게 죽음의 시기는 아직 오지 않았느니라. 걱정 말고 제각기 자신의 길을 닦아 스스로의 마음을 지키도록 하여라.”

비구들은 불타의 말을 듣고 부끄러워하며 그 자리를 떠났다.

그러나 아무도 불타를 죽이러 오지 않았다. 한낱 소문에 불과했던 것이다.

어느 날, 불타는 영취산의 모퉁이를 지나가고 있었다. 갑자기 산 위에서 커다란 바위가 굴러 떨어졌다. 불타는 그 바위를 피했다. 그러자 또 다른 돌이 하나 굴러 내려와 불타의 발가락에 상처를 입혔다. 함께 걷던 아난다는 깜짝 놀라 도망쳤으나, 불타는 아무 일도 없었다는 듯이 그대로 태연히 걷고 있었다.

“다치지나 않으셨습니까?”

아난다가 와서 물었다.

“아무 일도 없었다.”

“발이 아프시지 않으십니까?”

“조금 아프기는 하지만 괜찮다.”

불타는 안전한 곳까지 가서 비로소 발가락의 상처를 치료받았다.

“누군가가 세존을 죽이려고 산 위에 숨어 있다가 돌을 굴렸을 것입니다.”

아난다는 근심스러운 듯 말했다.

“그럴는지도 모른다. 그러나 그렇지 않을지도 모르지.”

“참 위험했습니다.”

“위험한 것은 아난다 너다.”

불타의 이 말을 듣고 아난다는 머리를 긁으며 웃었다.

“부끄러운 행동을 보여 드려 죄송합니다.”

아난다는 자기가 도망친 것을 생각하고 부끄러워했다.

그 큰 돌을 굴린 자가 데바달타라는 소문이 돌았다. 그러나 불타는 전혀 그 일에 관심을 두지 않았다.

불타에게는 죽음이란 너무나 사소한 일에 불과한 것이었다. 거의 영에 가까웠다.

하지만 불타의 제자들에게 있어서는 불타의 죽음은 큰일이 아닐 수 없었다. 비구들은 모두 불타에게 가서,

"조심해 주십시오."

하고, 부탁드렸다.

불타는 아무렇지도 않다는 듯이 빙그레 웃기만 했다.

불타를 죽이려고 여러 가지 음모를 했으나, 일이 제대로 되지 않자 데바달타는 이젠 수단방법을 가리고 있을 때가 아니라고 생각하게 되었다.

아자타샤투루 태자는 자기를 신임하고 있었으나, 빈비사라 왕은 불타를 신임하고, 데바달타는 안중에도 없었다. 안중에 없을 뿐 아니라, 아자타샤투루 태자에게,

"그는 무서운 사나이다. 속지 않도록 조심하여라."

하고 데바달타를 멀리하라고 충고까지 하는 형편이었다.

이런 사실을 아는 데바달타는 빈비사라 왕을 죽이지 않으면 자기가 죽게 되리라고 생각하기에 이르렀다.

그리하여 데바달타는 마지막 수단을 강구했다. 그가 마지막으로 생각한 것은 아자타샤투루 태자로 하여금 먼저 왕을 죽이게 하고, 그 뒤에 불타를 죽이는 일이었다.

그는 태자에게 이렇게 말했다.

"뱃속이 검은 불타는 나를 미워하고, 또 나를 신임하는 태자님을 죽이라고 왕에게 말하고 있습니다. 잘못하면 태자님은 그 지위도 잃고, 생명도 잃게 됩니다."

태자는 데바달타를 믿고 있는 터이므로, 그의 이 말을 그대로 받아들였다.

데바달타는 계속해서 말했다.

"그러므로 일을 당하기 전에 먼저 왕을 죽이고, 태자께서 왕이 되셔야 합니다. 그렇게 되면 우리 두 사람이 천하를 지배하고, 지금까지 이 세상에 없었던 훌륭한 나라를 세울 수 있습니다."

데바달타의 말을 믿은 젊은 태자는 왕위를 탐내게 되었다. 그리하여 그는 심복들과 더불어 음모를 꾸미기 시작했다.

얼마 후, 태자와 그의 심복 부하들에게 빈비사라 왕은 잡히고, 왕위를 빼앗겼다. 왕은 자기 아들 손으로 감옥에 투옥되었다. 부왕을 굶겨 죽이기 위하여 새로 왕이 된 아자타샤투루는 감옥에 음식을 넣어주지 않았다.

아자타샤투루가 왕이 되자, 데바달타는 국사(國師)가 되었다. 뜻 있는 사람들은 데바달타를 미워했으나, 그의 세도는 날로 커갈 뿐이었다.

빈비사라 왕은 그만 사랑하는 아들에게 왕위를 빼앗기고, 투옥되어 음식까지 금지 당했으나, 그는 이것도 과거의 인연에 의한 것이라고 체념하였다. 그리고 불타의 말을 생각했다. 불타는 다음과 같이 말한 적이 있었다.

"해와 달과 하늘과 땅과 그리고 수미(須彌, 세계의 한 가운데)와 산과 바다…… 이것들은 모두 다 변한다. 세상에 변하지 않는 것은 없다. 이루어진 것은 반드시 허물어지고, 번창하면 언젠가는 쇠퇴한다. 그리고 만나면 헤어지고, 태어난 자는 반드시 죽는다. 즐거움이 있으면 고통이 있고, 기쁨이 있으면 근심이 있다. 이 세상에 변함없는 즐거움은 없으며, 괴로움만이 길다."

그리고 불타의 다음과 같은 말도 생각났다.

"육체는 그 안에 넋을 지니고 있으나, 죽으면 제자리로 돌아가는 것이다. 그러므로 나에게 묶이지 않는 자만이 영원한 평화를 누린다."

빈비사라 왕은 이대로 열반에 들 수만 있다면 다시없는 즐거움이 되리라고 생각했다.

그러나 왕은 육체의 고통과 공포에서 완전히 벗어날 수는 없었다. 그래서 왕은 아들 아자타샤투루에게 사람을 보내서 왕위는 그대로 물려주겠으니, 자기를 석방시켜 불타에게 가서 사문이 될 수 있게 해달라고 청원했다.

그러나 데바달타와 상의한 아자타샤투루는 왕의 청을 들어 주지 않기로 했다. 뿐만 아니라 부왕을 하루 속히 죽일 궁리를 했다.

다음 날, 아자타샤투루 왕은 추상같은 명령을 내렸다.

"빈비사라 전왕에게 한 톨의 먹을 것도 가져가서는 안 된다. 명령을 어긴 자는 사형에 처한다."

이 말을 전해들은 어머니는 아들인 아자타샤투루 왕에게 울면서 말했다.

"너는 어쩌면 그렇게 무서운 짓을 하느냐? 네 아버지가 너를 기를 때 얼마나 귀여워했으며, 또 얼마나 아끼고 사랑했는지 모르느냐? 그런데, 너는……."

그녀는 눈물을 줄줄 흘리며 울었다. 그러나 아자타샤투루 왕은 조금도 감동하는 빛이 없었다.

"그런 말은 듣기도 싫습니다. 나는 어릴 때부터 아버지를 죽이고, 내가 왕이 되어 뜻대로 나라를 다스릴 생각을 했습니다. 더구나 아버지는 나를 죽이려 했으니……."

"너는…… 너는 어찌하여 그런 터무니없는 생각을 하느냐?"

"저는 이제 국왕입니다. 어머니라 하더라도 나의 뜻을 거역하면 안 됩니다."

아자타샤투루 왕은 무서운 눈으로 어머니를 노려보았다. 그 눈에는 살기가 어려 있었다.

"그러면 마지막으로 이 어미의 소원을 한 가지 들어 줄 수 없겠느냐? 나는 너의 아버지를 한 번 만나고 싶다."

어머니는 아들에게 매달리며 애원의 시선을 보냈다.

"어머니가 만나는 것만은 허락하겠습니다. 그러나 아무것도 가지고 가서는 안 됩니다."

"나는 밥을 가져다주고 싶다."

"그것은 절대로 허락할 수 없습니다."

아자타샤투루 왕은 단호하게 잘라 말했다.

"그러면 아버지를 굶겨 죽일 작정이냐?"

어머니는 기가 막힌다는 듯이 아들을 쳐다보았다.

"한 칼에 목을 베어 죽이는 것보다는 자비로운 일이지요."

이렇게 말하는 아자타샤투루 왕의 입가에는 싸늘한 웃음이 떠올랐다.

"네가 그렇게 말한다면 할 수 없는 일, 나는 나를 불쌍한 어미라고 생각할 따름이다."

그녀는 울면서 그 자리를 물러났다. 가슴에 칼을 맞은 것보다 더 아프고 쓰라린 일이었다.

그녀는 자기 방에 돌아와 남편을 구할 방법을 생각해보았다. 그대로 두면 며칠이 못 가서 굶어 죽을 것은 뻔한 일이었다.

궁리 끝에 그녀는 물론 일시적인 방법이긴 했지만, 묘한 생각을 해냈다. 우선 깨끗이 목욕을 했다. 그리고 꿀에 반죽한 밀가루를 몸에 발랐다. 그 위에 새 옷을 갈아입은 그녀는 그 길로 남편이 감금된 옥을 찾아갔다.

옥에 갇혀 있는 왕은 왕비가 몸에 묻혀온 것을 핥아먹고 겨우 굶어 죽는 것만은 면했다. 이런 일이 날마다 되풀이되었다.

아자타샤투루 왕은 부왕이 굶어 죽지 않는 것이 이상했다. 이미 십여 일이 지났는데 부왕이 죽었다는 말이 없었다.

'반드시 무슨 음모가 있다.'

그는 이렇게 생각하고 남몰래 조사를 했다. 과연 음모가 있었다. 어머니가 날마다 깨끗이 목욕한 몸에 꿀로 반죽한 밀가루를 묻혀다가 부왕에게 먹이고 있는 것이었다.

'이대로 두어서는 안 되겠다.'

그는 결심하고 부왕을 죽였다.

빈비사라 왕은 조용히 죽어갔다. 그의 죽음은 깨달음을 얻은 자의 죽음이었다.

부왕을 죽인 아자타샤투루 왕은 부왕이 병사했다고 세상에 발표했다. 그러나 백성들은 우매하지 않았다. 온 나라 백성들은 그 진상을 알고 무한히 슬퍼했다.

아자타샤투루 왕이 부왕을 죽이고 나자, 데바달타는 주먹을 불끈 쥐었다.

'이번에는 내가 불타를 제거할 차례다.'

그는 곧 제자들을 거느리고 불타가 있는 곳으로 갔다. 기원정사에 도착한 그는 불타에게 만나자고 청했다.

불타의 제자들은 데바달타가 자기 제자들을 거느리고 몰려온 것을 보고, 불타에게 데바달타와의 면회를 거절하라고 부탁했다. 그러나 불타는 만날 것을 허락했다. 제자들은 불타의 신변에 무슨 변이 일어날까 염려되어 모두 모여들었다.

데바달타는 자기 제자를 거느리고 의기양양하게 불타 앞에 나타났다.

"무슨 일로 왔느냐?"

불타는 조용히 물었다.

"일이 있어 일부러 찾아온 것입니다."

데바달타의 말은 퉁명스러웠다.

"무슨 일인가? 주저치 말고 말하여라."

불타는 데바달타의 심중을 이미 다 알고 있다는 듯이 태연하게 말했다.

"그럼 찾아온 용건을 말씀드리겠습니다. 세존께서는 이제 늙으셨습니다. 몸을 보중하시기 위해서도 이젠 은퇴하시는 것이 좋을 것 같습니다. 뒷일은 모두 제가 맡겠으니, 안심하시고 은퇴하시기 바랍니다."

불타의 제자들은 데바달타의 이 말을 듣고 깜짝 놀랐다. 그들은 불타의 대답이 궁금해서 숨을 죽이고 불타에게로 시선을 모았다.

그러나 불타는 태연히 대답했다.

"나는 네가 권하지 않아도 때가 오면 은퇴한다. 그러나 사리불이나 목건련일지라도 내 뒤를 이어 내가 기른 제자들을 모두 이끌어 나가기는 어려운 일이다. 하물며 너 같은 사람은 어림도 없다고 생각한다."

불타의 대답을 초조하게 기다리고 있던 제자들은 모두 기뻐했다. 그러나 데바달타의 얼굴에는 증오의 빛이 역력히 떠올랐다.

"저는 세존의 몸을 생각하여 말씀드린 것뿐입니다. 저의 진심에서 우러난 권유를 받아들이지 않는 것은 무척 섭섭한 일입니다."

데바달타는 이렇게 말하고, 자리를 박차고 일어나 돌아가 버렸다.

불타는 아무 일도 없었다는 듯이 자기 방으로 돌아갔다.

승원으로 돌아온 데바달타는 화가 머리끝까지 올라 있었다. 그는 불타가 여러 사람 앞에서 일부러 자기를 모욕하기 위해서 사리불과 목건련을 칭찬한 것이라고 생각했다.

그 정도로 주저앉을 데바달타가 아니었다. 그는 다음 계교를 짜내기에 여념이 없었다. 그리고 자기 제자들과 상의했다.

"나는 무슨 일이 있어도 불타의 제자를 한 사람 남김없이 빼앗기로 결심했다. 불타는 여러 비구들 앞에서 나를 모욕했다. 그 복수는 반드시 하고야 말리라."

그는 자기가 짜낸 계교를 얘기했다.

데바달타의 말에 의하면 불타에게는 한 가지 약점이 있었다. 그것은 불타의 제자들이 물고기를 먹는다는 사실이었다. 몸이 약하다든가 병이 들었을 때는 물고기를 먹어도 좋다고 되어 있는데, 몸이 건강한 비구들까지도 태연히 물고기를 먹고 있는 것이었다. 이 것을 묵인하는 불타의 행위는 마땅히 공격의 재료가 된다고 생각한 것이다.

데바달타의 말을 듣고, 한 제자가 말했다.

"그건 분명히 좋은 재료입니다. 그러나 불타를 공격하려면 세존(데바달타를 가리킴)께서도 금해야 하지 않습니까?"

"물고기 같은 건 안 먹어도 좋다. 너희들도 그럴 수 있겠지? 적어도 우리들이 불타를 꺾으려면 이만한 것은 참고 견뎌야 한다."

데바달타는 엄숙한 표정으로 제자들을 둘러보았다.

"지당하신 말씀입니다."

제자들은 입을 모아 찬성했다.

"그리고, 마가타국과 앙가국의 백성들은 모두 고행을 존경하고 있다. 그들은 물고기를 먹는 자보다 먹지 않는 자를 존경할 것이다."

"그럴 것입니다."

제자들은 데바달타의 생각이 그럴듯하다고 고개를 끄덕거렸다.

"다음에는 불타가 입는 옷이다. 불타의 옷이 너무 호화롭다고 생각하는 사람이 많다. 나도 그런 생각이다. 우리는 분소의(糞掃衣, 빛이 검은 중옷) 이외에는 입지 않기로 하자."

"그것도 좋은 생각이십니다. 그리고 하루 한 끼만을 먹기로 하면 어떻겠습니까?"

한 제자가 제안했다.

"그것도 좋은 생각이다."

데바달타는 쾌히 승낙했다.

이렇게 상의한 끝에 그들이 결정한 것은 다음과 같은 다섯 가지였다.

첫째, 분소의를 입는다.

둘째, 하루 한 끼니만 먹는다.

셋째, 물고기를 먹지 않는다(그것을 먹으면 선덕을 쌓지 못하기 때문이다).

넷째, 밥은 반드시 구걸할 것. 일체의 공양은 받지 않는다.

다섯째, 봄여름의 여덟 달 동안은 노천에서 좌선하고, 겨울 넉 달 동안은 초암(草庵)에서 산다(좋은 집에서 기거하면 선덕을 쌓지 못하기 때문이다).

이 다섯 가지 실행 사항이 짜여지자, 데바달타는 때가 오기를 기다렸다.

때를 기다리며, 데바달타는 단번에 불타를 궁지에 몰아넣을 궁리를 했다. 그는 드디어 바라던 기회를 얻었다. 불타가 왕사성에서 탁발을 하고 돌아와 제자들과 함께 강당에서 쉬고 있다는 말을 듣고, 데바달타는 제자들을 데리고 찾아갔다.

그는 제자들과 쉬고 있는 불타의 앞으로 걸어 나가 큰 소리로 말했다.

"세존이시여, 요사이 저는 여러 가지로 생각해본 끝에 다음과 같은 것을 깨달았습니다."

그리고 그는 앞에 말한 다섯 가지를 지키지 않으면 소욕지족(少欲知足)의 선법을 지킬 수 없고, 정진(精進), 지계(持戒), 청정(淸淨)의 여러 가지 선덕을 쌓지 못한다고 역설했다. 그리고,

"저는 이 다섯 가지 법을 모두가 지켜야 한다고 생각하는데, 세존의 뜻은 어떠하십니까?"

하고 의기양양하게 물었다.

데바달타의 말을 듣고 있던 불타는 조용히 입을 열었다.

"그 다섯 가지 법이 좋다고 생각하면 네 스스로 행할 뿐이다. 나는 결코 그것을 막고 있진 않다. 오히려 찬양하는 바다. 그러나 누구에게도 나는 그것을 강요할 수는 없다. 몸이 허약한 사람도 있고, 살아가노라면 남의 호의를 거절해서는 안 될 경우도 생기는 법이다. 내가 보기에는 너는 비구들을 분열시키기 위한 방법으로 새삼 그런 것을 들고 나와 역설하는 것 같다. 어떠냐? 내 말이 틀렸느냐?"

그러자 데바달타의 제자 가루라데사가 불타에게 비꼬듯 말했다.

"세존께서는 데바달타 존자의 말이 옳다고 인정하면서, 그렇게 말함은 그를 질투하기 때문이 아닙니까?"

그러자 불타는 가루라데사를 향해서 말했다.

"나에게 무슨 질투심이 있겠는가. 과거의 부처님이 허락한 것을 나는 허락한 것뿐이다. 과거의 부처님들이 분소의 입는 것을 칭찬하였고 허락했다. 나도 칭찬하고 허락하고 있다. 그리고 나는 공양한 옷을 입는 것도 허락하고 있다. 과거의 부처님들은 걸식하는 것을 칭찬하며 그것을 허락했다. 나도 또한 이를 칭찬하며 허락하고 있다. 동시에 신도들의 청에 응해서 밥을 먹는 것도 용서하고 있다. 과거의 부처님들은 1일 1식을 칭찬하고, 그것을 허락했다. 나도 그것을 칭찬하고 허락하고 있다. 그리고 하루 2식 하는 것도 허락하고 있다. 과거의 부처님들은 노천에 사는 것을 칭찬하고 허락했다. 나도 그것을 칭찬하며 허락하고, 또 집 안에서 사는 것도 허락하고 있다. 그리고 나는 죽이는 것을 보거나 듣고, 또 나를 위하여 살생한 세 가지 부정한 고기를 먹지 못하게 금하고 있다. 그러나 내가 모르는 곳에서 이미 살생된 세 가지 깨끗한 고기를 먹는 것은 허락하고 있다. 이런 것들은 너희들이 생각하고 있는 것처럼 열반에 드는 데 장애가 되진 않는다. 반드시 이렇게 하라 하고 금을 긋는 것은 오히려 장애가 된다. 나는 그런 장애를 잘 알고 있다.”

불타는 길게 설교하고 곧 자리에서 일어났다. 아무도 없는 방으로 가서 불타는 조용히 좌선을 하기 시작했다.

그러나 데바달타는 이 기회를 놓쳐서는 안 된다고 생각하고 불타의 제자들과 자기 제자들을 향하여 큰 소리로 의기양양하게 말했다.

“아까 내가 말한 다섯 가지 법을 지킬 수 있는 자는 자리에서 일어나라.”

데바달타의 제자들은 일제히 일어났다. 그러나 불타의 제자들은 그냥 앉아 있었다.

“너희들은 이 다섯 가지 법을 지킬 용기가 없느냐? 고행이 싫은 게로구나. 맛있는 음식이 먹고 싶은가? 따뜻한 방에서 자고 싶은가? 그러고서도 열반에 들 수 있다고 생각하는가? 세존도 이 다섯 가지 법을 지키는 것이 가장 좋다는 것을 알고 있다. 그래도 일어설 용기가 없는가?”

그러자 차츰 좌중은 동요하기 시작했다. 두세 사람이 일어나자, 불타의 제자들은 차츰 모두 따라 일어섰다. 그 자리에 있던 불타의 제자 중에서 끝까지 일어나지 않은 사람은 아난다와 또 한 사람의 사문뿐이었다. 데바달타는 모든 비구들이 일어난 것을 보고 더욱 힘을 얻어 소리쳤다.

"아난다! 너는 오법을 지킬 수 없는 모양이구나. 지킬 수 없는 가엾은 자는 그냥 두고 가자. 모두 내 뒤를 따르라!"

그는 돌아서서 나갔다. 일어선 모든 비구들은 데바달타에게 홀리기라도 한 것처럼 그의 뒤를 따라갔다. 사리불이나 목건련은 그 자리에 없었다.

데바달타는 자기 처소로 돌아오자 곧 규칙을 정하고, 자기 좌우에 코칼리카와 가루라데사를 앉혔다. 마치 불타가 사리불과 목건련을 좌우에 거느리는 것처럼……

이렇게 하여 한동안 데바달타의 인기는 불타의 그것을 제압했다. 드디어 그의 소원이 이루어진 것이다.

한동안 데바달타는 그 오법을 지키며 자기 지위를 유지하려고 노력했다. 그러나 가식(假飾)은 곧 드러나고 마는 법이다. 겉만 번들번들하게 칠한 도금(鍍金)은 곧 벗겨지고 마는 것이다.

데바달타가 외모만 번들번들하게 도금된 자라는 것을 제일 먼저 알게 된 사람은 그를 가장 신임했던 아자타샤투루 왕이었다.

어느 날, 아자타샤투루 왕은 어머니와 함께 식사를 하게 되었다. 그의 아들인 왕자는 밖에서 개와 함께 놀고 있었다. 왕은 왕자를 불러 밥을 먹으라고 했다. 왕자는 자기가 귀여워하는 개와 함께 방에서 밥을 먹도록 해달라고 했다. 아들을 귀여워하는 아자타샤투루 왕은 왕자의 이 청을 들어주었다.

왕자는 개를 데리고 들어와 따로 밥을 주고, 한자리에서 식사를

했다. 그것을 바라보던 아자타샤투루 왕은 웃으면서 어머니에게
말했다.

"자식을 사랑하다 보니 개와 함께 밥을 먹는 임금이 되었군요."

"별로 대단한 일은 아니다. 너의 아버지는 훨씬 어려운 일을 하셨
다."

"……."

"네가 어렸을 때의 일이었지. 손가락 끝에 종기가 생겨 밤새 잠
을 자지 못하는 너를 너의 아버지는 무릎 위에 안고 계셨다. 너의
아버지는 너의 아픈 손가락을 입에 넣고 아픔을 덜어주었지. 그러
자 너는 이내 아픔을 잊고 잠이 들었는데 손가락의 종기가 터져 아
버지의 입안에 고름이 가득 차게 되었어. 그러나 너의 아버지는 고
름을 뱉어내기 위해서 일어서면 네가 잠에서 깰까 염려하여 그대로
삼키고 말았단다. 거기에 비하면 왕자를 위해서 개와 한자리에서
밥을 먹는 것쯤은 아무것도 아니지."

어머니의 말을 침통한 표정으로 조용히 듣고 있던 아자타샤투루
왕은 힘없이 일어나 다른 방으로 갔다. 생각하니 아버지에게 지은
죄가 너무 컸고, 그것이 못 견디게 괴로웠던 것이다.

그로부터 왕은 환락을 버리고 우울한 나날을 보냈다. 데바달타
가 찾아와도 만나지 않았다. 데바달타의 유혹에 넘어가 부왕을 죽
였다는 것을 깨달았기 때문이었다. 아자타샤투루 왕은 우울증에
걸려 딴사람처럼 되어버렸다.

어느 날 저녁, 아자타샤투루 왕은 신하들이 모인 자리에서 하소
연을 했다.

"누가 내 외롭고 쓸쓸한 마음을 고쳐줄 수는 없는가?"

어떤 신하는 쾌락이 왕을 외로움에서 놓여나게 할 것이라고 말했다. 그리고 다른 신하는 음악과 춤을 감상하는 것이 약이라고 말하기도 했다. 사냥을 즐기는 것이 좋을 것이라고 말하는 신하도 있었다. 그러나 왕은 신하들의 이런 분분한 의견에 조금도 귀를 기울이지 않았다.

그때, 명의인 지바카는 아무 말도 하지 않았다. 침묵을 지키고 있는 지바카를 보고 왕은 물었다.

"그대는 어떻게 하면 좋으리라고 생각하는가?"

한동안 침묵을 지키고 있던 지바카는 대답했다.

"지금 대왕을 도와드릴 수 있는 사람은 불타밖에 없다고 생각합니다."

옆에 있던 모든 신하들의 얼굴빛이 달라졌다. 그러나 왕은 노하지 않았다. 묵묵히 고개를 숙이고 있을 뿐이었다. 지바카는 계속해서 왕을 설득했다.

"불타는 반드시 대왕을 반가이 맞이할 겁니다. 불타는 넓은 바다와 같은 분입니다. 어떤 사람이 가든 그는 기쁘게 받아들입니다. 대왕의 마음속의 괴로움을 뿌리째 뽑아줄 수 있는 분은 불타뿐입니다. 육체의 병이라면 소신이 고쳐드리겠지만, 마음의 병을 고치는 데는 불타 이상의 명의가 없습니다. 현재는 물론 과거와 미래에도 그분 같은 명의는 다시 나타나지 않을 것입니다."

듣고 있던 왕은 고개를 끄덕거렸다.

"지바카의 말이 옳은 줄은 나도 알고 있다. 요사이 불타를 만나고 싶은 생각이 한층 더하다. 그분의 자비로운 얼굴을 우러러 보고 싶으나, 나의 죄가 너무 크구나."

"대왕께서 말씀하시는 죄는 이미 선왕이 승하하실 때 용서하셨을 줄로 압니다. 선왕의 혼령이 계시면 대왕을 불타가 있는 곳으로 인도하실 것입니다. 지금 불타는 제자들을 거느리고 저의 배 밭에 와 계십니다. 불타는 앙굴리마라 같은 사람까지도 받아들여 정각을 얻도록 했습니다. 그분을 두려워하지 마십시오. 불타는 모든 것을 외아들인 라훌라를 사랑하듯 사랑하십니다. 대왕께서는 다만 수레를 타고 불타를 찾아가 만나시기만 하면 대왕의 마음을 덮고 있는 검은 구름이 깨끗이 걷히고, 푸른 하늘과 같이 맑아질 것입니다."

지바카의 말을 듣고 왕은 힘을 얻어,

"그럼 지금 곧 가도 좋겠는가?"

하고 물었다.

"불타는 아무 때나 받아들입니다."

왕은 곧 불타를 찾아갈 준비를 했다.

그날 오후, 신하들을 거느리고 코끼리를 탄 왕의 행렬이 지바카의 배 밭에 도착했다.

왕이 오는 것을 알고 불타는 강당의 사자좌 위에 조용히 앉아 있었다. 그 앞에는 불이 밝혀져 있었다. 그리고 불타 옆에는 제자들이 엄숙히 참선을 하고 있었다.

왕은 발을 씻고, 지바카의 안내로 불타 앞으로 다가갔다. 조용한 침묵 속에 참선하고 있는 비구들 사이를 지나 불타 앞에 선 왕은 가슴에 손을 얹고 말했다.

"세존이시여, 저의 마음을 살펴 구해 주시길 바랍니다."

"대왕이여, 잘 오셨소. 나는 당신이 오기를 기다렸소."

왕은 어느새 불타 앞에 무릎을 꿇고 있었다.

"세존이시여, 저는 참으로 무서운 죄를 지었습니다. 저는 죄 없는 아버지를 죽였습니다. 진심으로 후회하고 있습니다. 저를 구해 주십시오."

불타는 조용히 말했다.

"대왕이 과오를 뉘우칠 때가 이제 다가온 것이오. 누구나 잘못을 범하기 쉬운 세상이오. 그러므로 스스로 뉘우쳐 개과천선하면 새로운 인간으로 살아날 수가 있는 것이오. 나의 법은 참으로 광대무변하오. 꾸준히 참회하시오."

아자타샤투루 왕은 온후하고 넓은 가슴에 안긴 듯한 느낌이었다. 그러나 자기의 죄가 너무나 크다는 것을 알고 있었다. 그는 거듭 말했다.

"세존이시여, 진심으로 세존에게 귀의하렵니다. 저의 죄가 용서되도록 이끌어주시기 바랍니다. 저는 한 번도 좋은 일을 하지 못하고, 지은 죄는 한이 없습니다."

불타는 흐뭇한 표정으로 말했다.

"세상에는 두 가지 종류의 사람이 있소. 하나는 죄를 짓지 않고 선을 닦는 사람이며, 다른 하나는 죄를 지었으나 참회하고, 마음을 고치는 사람이오. 참으로 뉘우치면 누구나 죄를 소멸시킬 수 있고, 뉘우침을 쉬지 않고 계속하면 죄의 뿌리를 뽑을 수 있소."

불타는 잠시 말을 중단했다가 다시 입을 열었다.

"대왕이여, 법으로써 백성을 교화하고, 법이 아닌 것은 스스로 행하지 말아야 하오. 법으로만 백성을 다스려 나가면 그 이름이 사해에 떨치고, 온 백성의 존경과 사랑을 받을 것이며, 따르지 않는 자가 없게 될 것이오. 마음과 몸이 함께 편안하고 즐겁게 될 것이오. 그러면 백성들도 기쁨을 얻게 되며, 그들의 기쁨이 또한 대왕의 기쁨인 것이오. 또 때가 되면 긴 밤에 잠 못 이루는 번뇌와 고통에서 놓여나 안락해지며, 마음은 열반에 들게 될 것이오.”

듣고 있던 아자타샤투루 왕은 불타 앞에 깊이 머리를 숙이고 경배(敬拜)했다. 왕의 마음은 무한한 기쁨에 젖어들었다. 왕은 안정을 되찾아 삶에의 희망을 안고 궁전으로 돌아갔다.

이렇게 불타의 무량광대한 마음에 접한 왕은 데바달타를 믿지 않게 되었다. 유리가 빛나는 것만 보고 지나다가 한 번 금광석이 빛나는 것을 보면 유리의 빛이 아무것도 아니라는 것을 곧 깨닫게 되는 것과 마찬가지였다.

왕이 데바달타를 멀리하는 것도 당연한 일이었다. 데바달타는 아직 한 번도 왕의 마음을 금강석 같은 빛으로 청정한 기쁨에 젖어 들게 하지 못했던 것이다.

데바달타에게 실망한 사람은 아자타샤투루 왕만이 아니었다. 사람들은 데바달타의 말과 행위의 모순을 무수히 발견했다. 자기의 마음을 데바달타와 같이 검게 가질 수 없는 사람은 드디어 데바달타를 버리고 도로 불타에게 돌아가게 되었다. 데바달타는 어디를 가나 배척을 받았다. 그의 측근자들까지도 차츰 데바달타에게서 떠나게 되었다.

그런 어느 날, 데바달타는 왕을 만나기 위하여 왕궁을 찾아갔다. 그러나 전과는 달리 아자타샤투루 왕은 면회를 거절했다. 데바달타는 괘씸한 듯한 표정으로 왕궁을 바라보고 서 있었다. 그가 꿈꾸던 영화와 대욕(大欲)에의 길이 이제는 막다른 골목이 되고 만

것이다.

그 후, 데바달타는 자취를 감추고 나타나지 않게 되었다.

제18장 석가족(釋迦族)의 멸망

불타는 늙을수록 더욱 인자하고, 침묵에 잠기는 일이 잦아졌다. 오래된 그의 제자들은 모두 나이 들고 늙어갔다. 이제는 모두가 칠, 팔십을 바라보는 노인들이었다. 그리고 그들은 하나 둘 이승을 떠나갔다. 젊은 제자들이 새로 생기긴 했지만, 그들의 사별(死別)은 승단을 적막하게 했다.

불타는 나이가 들수록 생활을 간소하게 하고, 여러 사람이 모이는 곳에 나가는 것을 꺼려했다. 그러나 많은 사람들이 그를 존경하고 따르는 것은 예나 마찬가지였다. 불타는 그들에게 자비의 빛을 베푸는 것을 게을리하지 않았다.

불타의 마음은 보다 맑게 개이고, 투명해지고, 또 슬픔이 깃든 자비심을 더해 갔다.

그러나 한편으로는 무서운 일이 일어나고 있었다. 그것은 불타의 고국에 대한 이웃나라의 위협이었다. 당시 인도에는 여러 왕이

할거하고 있었다. 흡사 중국의 전국시대와 같았다.

프리세나짓 왕은 불타에게 귀의하고, 별로 남의 나라를 정복하려는 생각을 갖고 있지 않았다. 그러나 프리세나짓 왕의 아들 비루다카 태자는 불타를 증오하고 있었다. 거기에는 그럴 만한 이유가 있었다.

프리세나짓 왕은 즉위하자, 석가족(釋迦族)과 결혼하기를 원하고 있었다. 그리하여 그 뜻을 석가족에게 알렸다. 그러나 석가족은 자기네 종족이 다른 종족보다 뛰어나다고 생각하여 이웃나라 임금의 청혼을 기뻐하지 않았다. 석가족의 왕 마하남은 궁리 끝에, 프리세나짓 왕은 화를 내면 무서운 사람이다, 성난 그가 우리나라를 쳐부술지도 모른다, 군사력으로는 도저히 당해 낼 수가 없다, 그러니 계교를 부릴 수밖에 없다…… 이런 생각을 하게 되었다.

마하남 왕은 자기의 계집종 가운데서 아름다운 마리라는 여자를 골라 자기 딸이라고 속여 프리세나짓 왕에게 시집을 보내기로 했다.

그런 사실을 모르는 프리세나짓 왕은 매우 기뻐했다. 그는 마리를 마하남 왕의 딸인 줄만 알고 왕비로 삼았다. 그 두 사람 사이에 태어난 왕자가 비루다카 태자였다.

비루다카 태자가 여덟 살 때의 일이었다. 태자는 활쏘기를 배우기 위해서 가비라성에 와 있었다. 석가족은 궁술에 뛰어난 재주를 가지고 있었다. 마하남 왕은 자기의 가짜 외손자인 비루다카 태자를 위하여 오백 명의 동자를 모아 친구가 되게 했다.

그 무렵, 가비라성에서는 불타를 맞아들이기 위해서 강단을 짓고, 그곳을 신성한 곳이라 하여 여러 가지 치장을 하고, 향유까지바닥에 뿌려놓고 있었다. 그곳에 비루다카 태자가 친구들을 데리고 들어가 놀았다.

가비라성의 석가족은 계집종의 아들이 신성한 곳을 더럽혔다고 화를 내고, 비루다카 태자가 밟은 계단을 바꾸고, 바닥을 일곱 자나 파서 새 흙을 가져다 채웠다. 그 사실을 안 비루다카 태자는 화가 머리끝까지 치밀었다. 내가 왕이 되면 석가족을 멸망시키겠다, 하고 어린 비루다카 태자는 이를 갈았다.

세월은 흘러 비루다카 태자가 성인이 되었다.

불타에게 귀의한 프리세나짓 왕과 왕비 마리가 기원정사에 가서 불타의 설법을 듣고 있을 때였다. 비루다카 태자는 갑자기 군사를 일으켜 왕궁으로 쳐들어갔다. 그리고 부왕의 호위병을 죽이고, 왕궁에 있는 왕관과 왕의 칼을 빼앗아 스스로 왕이 되었다고 선언했다.

기원정사에서 그 소식을 전해들은 프리세나짓 왕은 놀랐으나, 조용히 후회했다.

"이렇게 될 줄 알았으면 진작 왕위를 물려주었을 텐데…… 내가 어리석었지."

그 길로 프리세나짓 왕과 왕비 마리는 밤낮을 가리지 않고 낡은 수레를 타고 칠일 간을 달려서 가비라성으로 피신했다.

성에 닿았을 때는 밤이 깊어 성문이 굳게 닫혀져 있었다. 왕은 닫힌 성문 앞에서 갑자기 숨을 거두고 말았다.

비루다카 태자는 부왕이 죽었다는 소식을 듣고 이제는 모든 것이 자기 뜻대로 될 수 있는 때가 왔다고 기뻐했다.

비루다카 왕은 어느 날, 신하들을 모아놓고 물었다.

“나를 옛날에 부정하다고 모욕한 자가 있으면 그 죄를 어떻게 벌하는 것이 좋은가?”

“그 죄는 사형에 처해야 마땅할 죄입니다.”

“그렇다. 석가족은 나를 부정한 자라고 미워했었다. 그 죄의 대가는 오직 죽음뿐이다.”

비루다카 왕은 이렇게 말하고, 석가족을 섬멸하기로 결정했다.

비루다카 왕은 신하들에게 명령하여 싸움을 할 준비를 서둘렀다. 이 소문은 삽시간에 퍼져나갔다. 석가족은 깜짝 놀랐다. 그리고 불타의 제자들도 근심에 잠겼다.

비루다카 왕이 군사를 일으켜 길을 떠났다는 소문을 듣고 불타는 그 길가에 서 있는 고목나무 아래에 가서 홀로 좌선을 했다. 군사를 이끌고 석가족을 치러 가던 비루다카 왕은 길가 고목나무 밑에 좌선하고 있는 불타를 보자 수레에서 내렸다.

“세존께서는 어찌하여 잎이 무성한 나무 밑에 앉지 않고, 이런 곳에 앉아 있습니까?”

불타는 눈을 지그시 내리감으며 대답했다.

“친족인 석가족을 위해서입니다.”

“예부터 군사를 일으켜 출정할 때, 사문을 만나면 군사를 거두라는 말이 있지요. 하물며 세존을 만났으니 돌아가지 않을 수가 없군요.”

비루다카 왕은 이렇게 말하고 군사를 거두어 돌아갔다.

그 뒤, 비루다카 왕은 세 번이나 군사를 일으켰다. 그때마다 불타는 그것을 알고, 그 군사가 지나가는 길가 고목나무 아래에 가서 앉아 있었다. 그리고 비루다카왕은 불타를 만날 때마다 하는 수 없이 군사를 거두었다. 그러나 네 번째는 불타를 만나도 군사를 거두지 않았다.

석가족은 비루다카 왕의 군사를 맞아 처음엔 잘 싸웠다. 그러나 중과부적으로 성안으로 쫓기고 말았다. 석가족은 한동안 성문을 닫고 성을 지켰다.

비루다카왕은 성안의 석가족에게 다음과 같이 경고했다.

"성문을 열고 항복하면 목숨만은 살려준다. 그렇지 않으면 모두 죽이고 말 것이다."

성안에서는 의론이 분분했다. 마하남왕은 신하들을 불러 상의했다. 그러나 군세가 너무 열세임을 잘 알고 있는 신하들은 이 이상 성을 지켜보아도 결국 함락될 것이니, 끝까지 싸우다가 석가족을 멸망시키는 것보다는 차라리 항복하여 종족을 보전하는 것이 현명하다는 의견이 월등하게 많았다.

드디어 마하남 왕은 성문을 열고 항복을 했다. 그러나 약속은 이행되지 않았다. 비루다카 왕은 배신을 한 것이다.

비루다카 왕은 군사를 이끌고 성안에 들어가서 그곳을 지키던 오백 명의 수위병을 죽여 버렸다. 그리고 삼만 명의 석가족을 체포했다. 비루다카 왕은 자기를 부정하다고 모욕한 석가족을 한 사람도 남기지 않고 다 죽일 작정이었다. 그는 이들 삼만의 석가족을 어떻게 죽일까 궁리를 했다. 그 많은 사람의 목을 일일이 자르는 것도 용이한 일이 아니었다. 마침내 그는 묘책을 생각해냈다.

비루다카 왕은 삼만의 석가족을 움직이지 못하게 한 곳에 모아 놓고, 코끼리를 몰아넣어 그들을 밟아 죽이도록 했다.

그때였다. 석가족의 왕 마하남이 비루다카 왕에게 말했다.

"청이 하나 있다."

"무엇인가?"

"내가 이 연못 속에 뛰어 들어가 물속에 잠겨 있는 동안은 이 백성들을 놓아주게. 그리고 내가 물 밖으로 나오거든 그때부턴 죽여주기 바라네."

비루다카왕은 생각해보니 재미있는 놀음이었다. 그래서 빙그레 웃으며 말했다.

"재미있는 일이다. 그렇게 하라."

마하남왕은 곧 연못 속으로 뛰어 들어갔다. 마하남 왕이 연못 속으로 뛰어 들어가자, 붙들린 삼만의 석가족은 정신없이 달아났다. 그들은 서로 부딪히고 넘어지며, 밟고 밟히며 수라장을 이루었다. 그 처참한 광경이란 차마 눈뜨고 볼 수가 없었다. 비루다카왕과 그의 군사들은 이 아비규환의 생지옥을 유쾌한 듯이 바라보며, 마하남 왕이 연못 속에서 솟아오르기를 기다리고 있었다.

그러나 연못물은 풍덩 하고 한 번 마하남 왕을 삼키고 나더니 언제까지나 조용했다. 좀처럼 마하남 왕은 허우적거리며 물 위에 솟아오르지 않았다. 삼만의 석가족은 뿔뿔이 도망치기에 여념이 없었다.

기다리다 못해 비루다카 왕은 병정을 시켜 연못 속을 조사해보았다.

물속에 들어갔다 나온 병정은 눈을 휘둥그렇게 뜨고, 비루다카 왕에게 뛰어가 말하는 것이었다.

"떠오르지 않을 것입니다. 머리를 물속에 있는 나무뿌리에 묶고 죽어 있습니다.”

“그래?”

이 말을 들은 비루다카 왕의 심경은 갑자기 착잡해졌다. 형용할 수 없는 감동이 등골을 타고 흘렀다. 그는 한동안 말없이 서 있다가 고개를 힘없이 숙이고 이렇게 한탄했다.

“나의 외조부 마하남 왕은 석가족을 구하기 위해서 물귀신이 되었구나. 내 잘못이 이만저만이 아니다.”

비루다카 왕은 군사를 거두고 돌아갔다. 그러나 석가족은 그 일을 계기로 왕을 잃고 멸망하고 말았다.

제19장 고승의 입적

불타는 석가족의 나라가 망한 후에도 역시 조용한 생활을 계속하고 있었다. 불타에게 귀의해 오는 사람은 날로 더해 갔다. 불타의 마음은 맑게 개이고, 사바의 속기가 없어짐에 따라 신성한 위엄도 더해 갔다. 사람들의 신뢰도 점점 더해 갔다.

이렇게 불타의 세력이 커지는 것을 데바달타뿐 아니라 많은 이교도들도 두려워했다. 더욱이 아자타샤투루 왕이 불타에게 귀의한 후로는 불교를 더욱 미워하는 무리가 늘어갔다. 그러나 그들은 감히 불타에게 직접 도전하지는 못했다. 그래서 그들은 불타의 두 수제자를 없애기로 결정하고, 먼저 목건련을 노렸다.

사리불과 목건련은 분명히 불타의 두 팔이며, 불타의 두터운 신임 속에서 생활하고 있었다. 그들이 불타 대신 설교를 하는 경우도 있었다.

그 무렵, 목건련은 불타가 있는 정사에서 멀리 떨어진 산골에서 수도하고 있었다. 이것을 안 이교도들은 많은 부랑자들을 매수하여 목건련을 살해하도록 했다.

부랑자들은 목건련이 좌선하고 있을 때, 주위를 둘러싸고 돌을 던지기 시작했다. 그러나 그들은 감히 접근하진 못했다. 그들은 돌에 맞으면서도 단정히 앉아 좌선하고 있는 목건련이 두려웠던 것이다.

드디어 목건련은 쓰러졌다. 부랑자들은 그의 신통력이 두려워 접근하지 못하고 계속 돌만 던졌다. 이윽고 목건련의 시체 위에 돌무덤이 생겼다. 목건련은 해어진 옷을 걸친 채 피투성이가 되어 죽어갔다.

부랑자들은 개가를 올리고 목건련의 시체를 남겨둔 채 사라졌다.

비구들이 이 사실을 안 것은 얼마 뒤의 일이었다. 그들은 어안이 벙벙하여 어쩔 줄을 몰랐다. 한 제자가 불타에게 물었다.

"목건련 같은 존자도 그렇게 최후를 마쳐야 합니까?"

"그렇다. 육체는 무상한 것이다. 하지만 목건련은 죽을 때에도 침착하게 열반에 들었다. 비록 그의 육신은 처참했으나, 그의 넋은 아름답고 환희에 차서 열반에 들었느니라."

목건련이 살해된 것을 알고 분노한 사람은 아자타샤투루 왕이었다. 그는 부랑자들을 체포하여 심문했다. 그들의 입에서 목건련을 죽이도록 한 장본인이 이교도인 나형외도임이 밝혀져, 왕은 그 주모자를 붙잡아 화형에 처했다.

목건련이 열반한 지 오래지 않아 불타는 바이샬리성을 찾아가

252

그가 성도해서 마흔다섯 번째 되는 여름을 그곳에서 보냈다. 거기서 불타는 무서운 병을 앓았다. 그는 곧 자기가 열반에 들 것이라고 말하여, 사람들을 슬프게 했다. 그러나 병은 곧 나았다.

병이 낫자, 불타는 기원정사로 돌아갔다가 다시 왕사성의 죽림정사로 갔다. 열반에 들기 전에 만날 사람을 만나 이야기할 것을 이야기하기 위함이었다.

사리불은 이 무렵 그 자신이 열반에 들기를 원했다. 그는 생각했다.

'예부터 불타의 제자는 불타보다 먼저 열반에 들었다. 불타는 머지않아 열반에 들 것이다. 내가 열반에 들어야 할 시기는 지금이다.'

그래서 사리불은 불타를 찾아가 그 앞에 무릎을 꿇고 말했다.

"세존이시여, 저는 이제 열반에 들려고 생각합니다."

"왜 그리 서두르는고?"

"세존이시여, 저는 세존께서 곧 열반에 드신다는 소릴 들었습니다. 세존께서도 말씀하셨듯이 과거의 불타의 높은 제자는 반드시 불타에 앞서 열반에 들었습니다. 저에게도 이제 열반에 들어야 할 시기가 왔나 봅니다."

"사리불, 그대는 능히 열반의 때를 알고 있다. 어느 곳에서 열반에 들겠는가?"

"고향에는 아직도 어머니가 살아 계십니다. 고향에 돌아가 어머님을 뵈옵고, 제가 태어난 방에서 열반에 들겠습니다."

"사리불, 그대는 나의 제자 중에서 가장 뛰어난 제자였다. 너의 법형제(法兄弟)들에게 마지막 설법을 베풀어라."

아난다는 산중의 모든 비구들을 한자리에 모이게 했다. 사리불은 경건히 고별의 말을 하기 시작했다.

"세존이시여, 저는 오래전부터 어떻게 하면 불타를 만나 그의 깨우침을 받을까 하고 생각했었습니다. 그러나 이제 저의 염원이 이루어져 이승에서 불타를 만나게 되었음은 더없는 기쁨입니다. 지금 저에게는 이승을 떠나야 할 때가 다가왔습니다. 저는 머잖아 사바세계의 속박에서 벗어나 해탈의 경지에 들 것입니다. 그리고 저는 무거운 짐을 벗어놓은 사람과 같이 오체(五體, 육체)의 속박에서 벗어날 것입니다. 세존이시여, 이것이 세존께 바치는 저의 마지막 인사이옵니다."

사리불은 합장하고 불타의 발아래 엎드려 절을 하고는 불타의 모습이 보이지 않을 때까지 뒷걸음으로 물러나갔다.

사리불은 죽림정사의 입구에서 발을 멈추고 형제들에게 말했다.

그의 법형제들은 손에 손에 향을 피워 들고 그를 전송했다.

"형제들이여, 여러분은 스스로 수행에 정진하여 고뇌의 경지에서 벗어나도록 노력하시오. 불타께서 이승에 오시는 일은 참으로 귀한 일입니다. 마치 우담바라의 꽃이 삼천 년에 한 번 피는 것과 같습니다. 사람으로 태어나 믿음을 얻고, 출가하여 불타의 법을 얻는다는 것은 더욱 귀한 일입니다. 여러분이 한층 더 정진할 것을 마지막으로 부탁합니다. 제행(諸行)은 무상합니다. 무아의 경지에 들어가도록 노력하시오. 열반이야말로 우리가 영원히 돌아가고 싶은 적정(寂靜)의 세계, 지고지선(至高至善)의 세계인 것입니다."

사리불의 이야기를 들은 사람들은 모두 이별의 슬픔에 눈물을 흘렸다.

"사리불 존자, 당신은 왜 그토록 서둘러 열반에 들려고 합니까?"

"형제들이여, 마음 아파하지 마시오. 이승이 무상함은 누구나 아는 일, 수미산(須彌山)도 언젠가는 깎이고 무너질 텐데, 저의 육체가 없어지는 것은 당연한 일이 아니겠소?"

사리불은 말을 마치고, 고향을 향해 떠났다.

사람들은 멍청히 서서 사리불이 사라져 간 먼 지평선을 향해 눈물을 흘렸다. 인생의 무상함을 깨닫고 수도하는 그들에게도 인정은 변함이 없었다.

고향으로 돌아가는 사리불은 감개무량했다. 비록 몸은 피로했지만, 마음은 푸른 하늘처럼 투명하기만 했다.

고향 마을에 도착한 그는 마을 어귀에서 잠깐 동안 쉬고 있었다. 그때, 사리불의 조카인 우파알리푸타가 앞으로 다가왔다. 사리불은 그에게 물었다.

"할머니, 집에 계시냐?"

"예, 계십니다."

"내가 돌아왔다고 전하여라."

"예."

"그리고 내가 태어난 방을 깨끗이 치워 달라고 말씀드려라."

"예."

우파알리푸타는 존경하는 백부가 돌아온 것을 기뻐하며 할머니에게 뛰어갔다.

사리불의 어머니도 오랜만에 아들이 돌아온 것을 무척 기뻐했다. 그러나 그가 태어난 방을 치워 달라는 말을 듣고 약간 이상한 생각이 들었다.

해가 서산 너머로 기울어질 때, 사리불은 집 안으로 들어섰다.

"잘 돌아왔다. 아들아."

어머니는 목 메인 소리로 아들을 불렀다.

"어머니, 이제야 돌아왔습니다."

사리불은 어머니에게 인사를 한 후, 발을 씻고 자기 방으로 들어갔다.

방에 들어가자 그는 온몸의 긴장이 풀리고 기침이 터져 나오기 시작했다. 그는 피를 토했다. 늙은 어머니는 근심스런 표정으로 아들의 등을 어루만졌다.

"어머니 저의 마음은 침착하게 가라앉아 있습니다. 저의 스승은 불타입니다. 그의 가르침을 받은 저는 생사의 문제에서 해탈했습니다. 저는 조용히 열반에 들기 위해 돌아왔습니다. 어머님께선 걱정하지 마십시오. 저처럼 모든 괴로움에서 해탈하여 열반에 드는 자만큼 행복한 사람은 없답니다."

어머니는 여러 가지 경을 읽었기 때문에 곧 사리불의 말을 이해했다.

"정말 너의 말과 같다. 이 에미는 네가 진정한 해탈 속에 있길 바란다."

"고맙습니다. 어머니."

사리불은 어머니에게 진심으로 감사하였다.

어머니가 나가신 후, 사리불은 조카에게 밖으로 나가 있으라고 이르고, 자리에 들었다.

이렇게 사리불이 고향 마을에 돌아왔을 때, 마을 사람들은 대부분 불타에게 귀의하고 있었다. 밖으로 나온 우파알리푸타는 집으로 몰려온 사람들이 사리불이 자리를 펴고 누운 방에 접근하지 못하도록 했다. 사리불의 병세가 완화되면 그들을 안내할 작정이었다. 그들은 사리불의 병이 걱정되어 조용히 바깥에 모여서 있었다.

밤은 점점 깊어갔으나, 사리불의 방에서는 아무 소리도 들리지 않았다.

새벽녘에 사리불은 조카를 불러 물었다.

"누가 와 있는 것 같은데……?"

"여러 사람이 존자께서 열반에 드실 것이라는 이야길 듣고 찾아왔습니다."

"그렇다면 만나겠다. 곧 이곳으로 안내해라."

우파알리푸타가 여러 사람에게 사리불이 여러분을 만나려고 한다는 말을 하자, 모두 갑자기 수런거렸다. 그리고 그들은 조용히 사리불의 방으로 몰려 들어갔다.

"잘 오셨습니다. 나는 사십사 년 동안 불타에게 가르침을 받고, 또 그분을 모셔왔습니다. 그동안에 나는 한 번도 불쾌한 생각이나 불만을 가진 일이 없습니다. 스승의 자비심이 가득한 마음에 늘 감동되었을 뿐입니다. 나는 스승의 가르침에 완전히 다다르지 못한 것이 죄스러웠습니다. 여러분은 앞으로 더욱 불타를 존경하고, 가르침에 따르도록 노력하십시오. 나는 머지않아 열반에 들 것입니다. 이것도 역시 스승의 덕입니다. 아집(我執)이 없는 자에게는 열반이 가장 안정된 세계입니다."

듣고 있던 사람들은 모두 감동하여 가슴이 울렁거렸다. 죽음을 앞에 둔 사람이라고는 도저히 생각할 수가 없었다. 그들은 사리불에게 공손히 절을 하고 물러나왔다.

사리불은 사람들이 돌아간 후, 심한 고통을 느꼈다. 그러나 곧 그 고통은 사라졌다. 그는 오른쪽으로 돌아누워 서서히 열반으로 들어갔다.

사리불이 열반에 든 지 한 주일 후에 그의 유해는 다비(茶毘, 일종의 화장)되었다. 우파알리푸타가 그의 유해를 가지고 죽림정사를 찾아갔다.

우파알리푸타는 아난다를 찾아가서 백부의 죽음을 이야기했다. 그리고 아난다는 불타에게 눈물을 흘리며 그 사실을 알렸다.

불타는 묵묵히 들으면서 아난다의 마음이 약해진 것을 걱정했다. 아난다의 이야기가 끝나자 불타는 조용히 말했다.

"아난다여, 너의 심정은 알 만하다. 그러나 사리불은 나의 가르침을 따라 열반한 것이다."

"세존이시여, 그렇지만……."

"그렇지만 어떻단 말이냐? 사리불은 나의 가르침과 진리를 체득하고서도 아무것도 남긴 것이 없단 말인가?"

"아니옵니다. 사리불 존자는 계율을 잘 지켰고, 또한 많이 알고 있었습니다. 그는 능히 소욕지족한 분이었습니다. 그는 불타의 말씀을 잘 가르쳤고, 길을 잘 비추어 중생을 옳은 길로 인도했습니다. 그러나 사리불은 지금 없습니다. 제가 걱정하는 것은 앞으로 법을 가르칠 사람과 그 법을 받을 사람들의 일입니다."

"아난다여, 그런 근심은 하지 않는 것이 좋다. 사리불이 없다고 법이 없어지는 것은 아니다. 비구들이 많이 있으나, 높은 제자부터 열반에 들어야 하는 것이다. 나도 머지않아 떠날 것이다. 그렇다고 해서 힘을 잃으면 안 된다. 가르침이란 사람이 죽는다고 해서 소멸하는 것이 아니다. 그러므로 법에 귀의하고, 또 내 가르침을 따라 열반에 들도록 정진하는 것이 으뜸이니라."

이렇게 말한 불타는 비구들을 모아놓고 우파알리푸타가 가져온 사리불의 유골을 오른손에 든 채 설법하기 시작했다.

"비구들아, 이 유골은 며칠 전까지 중생을 위해 법을 설하고, 가르침을 베푼 사리불의 유골이다. 그는 광대무변한 지혜로 나와 같이 법을 펴고, 너희들을 이끌었다. 그는 법을 깨닫고, 탐욕을 끊고, 오직 법을 위하여 정진했다. 그는 법을 구함에 용맹했다. 결코 게으르지 않았다. 그는 능히 악을 피하고, 싸움을 없앴고, 항상 선정을 닦아 해탈을 얻었다. 비구들아, 너희들은 늘 사리불의 이 고귀한 죽음을 염두에 두기 바란다."

비구들은 무의식중에 사리불의 유골을 향해 절하고 있었다.

그러나 세월이 흐름에 따라 불타도 죽은 사리불과 목건련을 생각하게 되었다. 그래서 하루는 모여 앉은 여러 제자들을 둘러보며,

"나는 너희들을 볼 때면 거기에 사리불과 목건련이 없음을 알고 쓸쓸해지는 것을 어쩌지 못한다. 세상엔 두 가지 재보가 있는데, 그것은 재물과 법보(法寶)다. 나는 재물은 속인에게서 얻고, 법보는 사리불과 목건련한테서 얻었었다. 그 법보가 없어지고 만 것이다."

하고 탄식했다.

그러나 불타는 결코 힘을 잃지 않았다. 자신의 열반이 다가오고 있는 불타는 다음 일을 생각해 두어야 했다. 여러 가지 면에서 불타에게는 아직도 할일이 많았다.

불타가 왕사성의 크리드라쿠타산에 있을 때였다. 아자타샤투루 왕은 이웃나라인 월지국과 사이가 나빠져 싸움으로 결단을 내려고 했었다. 그러나 싸움에 지면 그것처럼 어리석은 짓은 없었다. 싸움에 이기려면 상대국의 정세를 잘 알아야 했다. 그런데 아무도 월지국의 정세를 잘 아는 사람이 없었다.

어쩌면 불타에게 물으면 알 수 있을 것도 같았다. 그래서 왕은 대신 우샤를 불타에게 보냈다.

우샤는 전쟁을 상의하기 위해 불타를 찾아간다는 것이 꺼름칙하여 전쟁에 관한 이야기는 하지도 않고, 월지국의 사정만 물었다.

불타는 우샤가 찾아온 목적을 벌써 알고 있었다. 그래서 시치미를 떼고 불타는 종려나무 잎으로 부채질을 하고 있는 아난다를 향해 물었다.

"아난다여, 너는 월지국 사람들이 자주 모여 정의에 관해 서로 이야기한다는 말을 들었느냐?"

"예, 들었습니다."

"그 나라의 백성들은 남녀노소 할 것 없이 잘 화합하고, 또한 국태민안(國泰民安)하기 때문에 외국의 침략을 받지 않을 것이다. 너는 또 이런 이야기를 못 들었느냐? 월지국 사람들은 가르침을 잘 지키고, 법을 따르고, 예절이 바르다는 것을……."

"예, 들었습니다."

“정말 그렇다면 남녀노소가 잘 화합하고, 나라가 번영하여 국태민안하니, 외국의 침략을 받는 일은 없을 것이다. 그리고 아난다여, 너는 월지국 사람들이 부모에게 효도하고, 선배와 스승을 존중한다는 이야기를 들었느냐?”

“예, 들었습니다.”

“만약 그렇다면 남녀노소를 막론하고 잘 화합하여 나라는 번영하고, 국태민안하니, 외국의 침략을 받는 일은 없을 것이다. 아난다여, 너는 또 이런 이야기는 못 들었느냐? 그 나라 사람들은 종묘(宗廟)에 참배하고, 신을 공경한다는 것을…….”

“예, 들었습니다.”

아난다는 불타의 뜻을 알고 있었으므로 거침없이 대답했다.

“만약 그렇다면 그 나라는 백성들이 잘 화합하고, 나라는 번영하여 국태민안할 것이니, 외국의 침입은 받지 않을 것이다. 아난다여, 너는 그 나라 사람들이 가정에 충실하고, 마음이 맑아 농담으로도 거짓말을 하지 않는다는 말을 들었느냐?”

“예, 들었습니다.”

“만약 그렇다면 그 나라는 늙은이나 젊은이를 막론하고 잘 화합하여 나라가 번영하고, 국태민안할 것이니 외국의 침략을 받지 않을 것이다. 아난다여, 너는 또 이런 말을 들었느냐? 그 나라 사람들은 계율을 지키고, 널리 공양하고, 게으르지 않다는 것을…….”

“예, 들었습니다.”

“그렇다면 그 나라에선 남녀노소가 잘 화합하여 나라가 번영하고, 국태민안할 것이니, 결국 외국의 침입을 받는 일이 없을 것이다.”

우샤 대신도 불타의 뜻을 이해하고 남음이 있었다. 우샤의 질문에 불타다운 답변을 준 셈이었다.

우샤는 일어서며,

“잘 알았습니다. 그 나라 백성들이 그중의 하나만을 행해도 정복하기가 어려울 것입니다. 그런데 일곱 가지 조건을 다 갖추고 있다면 정복이란 도저히 불가능한 일입니다. 대단히 고맙습니다.” 하고 인사를 한 후 돌아갔다.

불타는 전쟁을 미연에 방지한 것을 기뻐했다. 그러나 제자들을 단단히 교화해 두어야 하겠다고 생각했다. 불타는 아난다에게 모든 비구들을 강당에 모이도록 일렀다.

아난다도 약간 흥분되어 있었다. 그는 곧 모든 비구와 비구니를 강당에 모았다.

모여 앉은 제자들을 바라보며 불타는 엄숙한 표정으로 입을 열었다.

“나는 지금 일곱 가지 불퇴법(不退法)을 설하고자 한다. 잘 듣고 잘 명심하여라.

1. 자주 모여 정의에 관하여 토론할 것.

2. 상하가 화합하여 서로 경애하며 다투지 말 것.

3. 법을 받들고, 금해진 일을 명심하고, 제도를 어기지 않을 것.

4. 선지식(善知識, 수제자를 말함)을 공경할 것.

5. 마음과 뜻을 굳게 지켜, 효도와 존경을 위주로 할 것.

6. 열반에 이르는 길을 닦아 지키고, 욕정을 따르지 말 것.

7. 나보다 남을 위하고, 명리(名利)를 탐하지 않을 것.

이 일곱 가지는 노인과 젊은이를 화합하게 하여, 결코 법이 무너지지 않도록 할 것이다.

또 하나의 칠법(七法)이 있으니, 이것 또한 잘 익혀두어야 한다. 이는 법을 더욱 높이고 자기를 즐겁게 하는 일이니, 그것은 다음과 같다.

1. 작은 일을 즐거워하고, 하는 일이 많음을 자랑하지 말라.
2. 침묵을 지키고, 다변(多辯)을 좋아하지 말라.
3. 수면을 적게 하고, 혼미(昏迷)하지 말라.
4. 무리[衆]를 위해 무익한 말을 하지 말라.
5. 자신을 스스로 높이지 말라.
6. 악인과 한 패가 되지 말라.
7. 한적한 산과 숲을 즐기고, 홀로 기거하라.

또, 육불퇴법(六不退法)이란 것이 있다.

1. 몸은 항상 자비를 행하고, 중생을 해치지 않을 것.
2. 입은 항상 어진 말을 하고, 결코 악담을 하지 말 것.
3. 뜻은 항상 자비심을 갖고 남을 해칠 생각을 하지 않을 것.
4. 깨끗한 공양과 이익을 얻어 그것을 무리와 함께할 것.
5. 성현의 계율을 지키고, 번뇌를 없애며, 때 묻지 않고, 반드시 성불하기로 한 결심이 흔들리지 않도록 할 것.

6. 성현의 길을 따라 해탈할 것.

이상 여러 가지를 잘 지켜, 가르침을 따르기에 온 힘을 다해야 하느니라."

불타는 그가 간 후의 일을 생각하고 있는 것이었다. 제자들은 스승의 열띤 설법을 듣고 마음이 청정해지고, 힘이 일고, 환희를 느꼈다.

불타는 이미 자신의 죽음이 가까워졌음을 알고 있었다. 그는 살아 있는 동안 모든 것을 가르쳐야 한다는 것을 느꼈다. 불타는 왕사성에 그만 머무르고, 곧 죽림정사로 갔다. 그는 그곳에서 또한 여러 비구들을 위하여 계율과 선정과 지혜에 관하여 설법했다.

"계를 잘 지키고, 수행을 하여 선정을 얻는 자에게는 커다란 보답이 있다. 또한 선정을 닦아 지혜를 얻은 자에겐 더 큰 보답이 있느니라. 지혜를 닦아 마음이 청정한 자는 해탈할 수가 있고, 욕정과 꾸짖음과 어리석음의 세 가지를 없앨 수 있다. 해탈하여 해탈지(解脫智)가 트이면 생사는 이미 다하고, 열반을 얻어, 해야 할 일을 명확히 알고, 대원이 성취되어 더할 바가 없느니라."

죽림정사에서 설법을 다한 불타는 다시 마갈타국의 수도 파탈리푸트라 성으로 갔다. 그리고 한 그루의 나무 아래서 좌선을 했다.

불타가 왔다는 소식을 들은 신도들은 그를 만나기 위해 모여들었다. 그리고 앉아 있는 불타의 원만하고, 인자한 모습에 감동했다. 팔십 세의 불타가 나무 밑에서 좌선하고 있는 모습은 그야말로 속세에서는 흔히 볼 수 없는 감동적인 것이었다.

신도들은 불타 앞에 나아가 머리를 깊이 숙여 예배했다. 그리고 다음 날, 설법해 줄 것을 청했다. 불타는 기꺼이 승낙했다.

다음 날, 그들은 커다란 강당을 깨끗이 청소하고, 법좌를 만들어놓은 다음, 불타를 청했다. 불타는 손과 발을 씻고 강당에 들어가 마련된 법좌에 올라앉아 설법을 했다.

"사람이 계율을 어기면 다섯 가지 손해가 있고, 계율을 지키면 다섯 가지 공덕을 쌓는다. 다섯 가지 손해란 첫째, 재물을 구하여도 뜻대로 되지 않음이며, 둘째는 만약 얻는다 해도 매일같이 잃을 것이며, 셋째는 어디를 가나 존경받지 못하고, 넷째는 악명(惡名)과 추문(醜聞)이 천하게 떨치며, 다섯째는 생명이 다하여 지옥에 떨어진다. 이것이 다섯 가지 손해다. 다섯 가지 공덕이란 첫째, 바라는 바가 이루어짐이오, 둘째, 가지고 있는 정재(淨財)가 점점 불어나고, 셋째, 어디를 가나 여러 사람의 존경과 사랑을 받고, 넷째는 영예를 얻으며, 다섯째는 죽어 천상에 태어나는 것이니라."

불타는 상대가 상대인 만큼 그들의 경우에 알맞도록 비유를 해서 설법했다. 사람들은 깊은 감동을 받았다. 설법하는 불타가 팔십이 된, 노인이었으므로 듣는 사람들은 그 따뜻하고 깊고 넓은 마음에 접하여 더욱 감동이 되는 것이었다.

불타는 이어서 여러 가지 법을 설했다. 밤이 이슥해진 후에야 불타는 사람들을 돌아가게 하고, 조용한 곳으로 가 곧 선정에 들었다.

새벽에 강당으로 돌아온 불타는 아난다에게 물었다.

"이 파탈리푸트라성은 누가 지었느냐?"

“이 성은 우샤 대신이 월지국의 침입이 두려워서 쌓은 것이랍니다.”

“그러냐. 이 성이 쌓여진 것은 제천(諸天)의 뜻이 이루어진 것이다. 이 성엔 틀림없이 어질고 착한 사람들이 살고 있다. 그리고 상업이 번창하는 곳이다. 이 성 또한 결코 깨지지 않을 것이다. 그러나 만일 먼 훗날, 이 성이 깨진다면 그것은 다음 세 가지 이유 중의 하나 때문일 것이다. 그 하나는 홍수고, 다른 하나는 화재며, 나머지는 성안의 누군가가 외부와 공모하는 일이다. 그 밖의 어떤 힘도 이 성을 깨뜨리진 못할 것이다.”

불타는 예언을 남기고, 성을 나와 항하(恒河)를 건넜다.

우샤는 불타를 몹시 존경하고 있으므로, 불타가 나간 문을 ‘고타마의 문’이라고 이름 지었고, 불타가 강을 건너간 나루터를 ‘고타마의 나루’라고 명명했다.

불타는 월지국으로 가서 탁발을 하며 돌아다녔다. 그는 도중 코올리라는 마을에서 비구들에게 일장 설법을 했다.

“네 가지 심오한 법이 있는 것을 너희는 아느냐? 지금부터 내가 말하는 것을 잘 외워둠이 좋으니라. 그것은 성계(聖戒)와 성정(聖定)과 성스러운 지혜, 성스러운 해탈이다. 이 법은 아주 미묘하여 알기가 매우 어렵다. 만일 모든 사람들이 이것을 안다면 나의 법은 충분이 성취되는 것이다. 그러나 나와 너희가 생사의 골짜기에 있으면서 아직 열반에 들지 못함은 이것을 충분히 이해하지 못했기 때문이다. 너희들은 보다 열심히 정진하여 이 미묘한 네 가지 법을 알고, 많은 사람에게 이것을 알려야 한다.”

이렇게 불타는 살아 있는 동안 잠시도 쉬지 않고 돌아다니며 제자들을 가르쳤다.

불타는 여러 마을을 돌아 이번엔 바이샬리성에 도착했다. 이 성엔 암파파알리라는 아름다운 여인이 있었다. 그녀는 불타가 왔다는 소식을 듣고, 많은 시녀를 거느리고 화려한 수레를 타고 불타를 마중하러 갔다.

불타는 벌써부터 암파파알리에 관하여 알고 있었으므로, 제자들에게 주의를 시켰다.

"저기 오는 저 여자는 천녀와 같이 아름다운 여자다. 누구나 그녀에게 매혹되지 않는 사람이 없다. 그러니 너희들은 몸을 바르게 갖고 마음을 빼앗기지 않도록 각별히 주의해야 한다."

제자들은 불타로부터 주의를 들었지만, 매우 호기심을 가지고 그녀를 기다렸다.

수레가 도착하자, 너무나 아름다운 암파파알리가 조용히 수레에서 내렸다. 그녀는 시녀들을 데리고 불타 앞에 나와 절을 했다. 남루한 옷을 걸친 불타와 화려한 의상으로 단장한 암파파알리는 너무나 대조적이었다. 불타는 여자들을 앉게 하고는 이야기하기 시작했다.

"그대의 마음의 아름다움은 얼굴과 모습에 나타나 있다. 나이도 젊고, 재물도 많이 가진 데다가 더욱 정법(正法)을 신앙한다는 것은 참으로 어려운 일이다. 남자에겐 지혜가 있다. 따라서 남자가 즐겨 법을 닦는 것은 조금도 이상할 것이 없다. 그러나 여자의 의지는 약하고, 지혜는 얕고, 애욕은 깊다. 그런 여자로서 법을 신봉

하는 일은 어려운 것이다. 그러나 이승에 태어난 자는 영원히 변하지 않는 정법만을 즐겨야 한다. 이승의 모든 일은 뜻대로 되지 않지만, 법만은 마음이 하는 말을 듣는다. 남의 힘에 의지하는 것은 괴로운 일이다. 특히 여자는 의지하는 것을 본성으로 하고 있다. 그렇기 때문에 그들은 남에게서 괴로움을 받는다. 그러므로 여자는 보다 더 열심히 정진하고, 여자에게 따라다니는 약점에 지지 않도록 노력해야 하느니라.”

암파파알리는 기쁘게 불타의 말을 듣고, 그에게서 오계(五戒)를 받았다. 그녀는 불타와 제자들이 자기 집에 와줄 것을 당부했다. 불타는 기쁘게 승낙했다.

그녀는 기쁨에 찬 인사를 남기고 돌아갔다. 그러나 그녀가 가는 앞길에 오색 마차에 오색 옷을 입은 무리가 달려오고 있었다.

길 한복판에서 두 행렬이 마주쳤다. 그러나 암파파알리는 피하지 않고, 곧장 앞으로 나아갔다. 상대방의 깃발이 찢어지고, 수레가 부서졌다.

이 무리는 릿차비족이었다. 그들도 불타를 맞이하려고 달려오는 중이었다. 그런데, 의기양양하게 뛰어오다가 그만 암파파알리의 일행과 충돌한 것이다.

“도대체 무슨 여자가 그처럼 난폭하오? 무슨 힘이 있어서 그토록 무뢰하냔 말이오.”

“대단히 죄송합니다. 오늘 저녁 저의 집으로 불타를 모시기로 되어서 바삐 서둘다 그만 이런 실례를 범했습니다.”

침착하게 말하는 암파파알리의 얘기를 들은 릿차비족은 당황했다.

“뭐라고요? 불타께서 오늘 저녁 당신 집에 머무른다고요?”

“그렇습니다.”

“그것을 우리에게 양보하십시오. 그러면 십만 원을 드리겠습니다.”

“안 됩니다. 이미 약속한 일입니다.”

“그렇다면 십만 원의 열 배를 드리겠습니다.”

“죄송합니다. 나라 안의 보물을 모조리 준다 해도 안 됩니다. 이미 불타께서 승낙하신 일이니 어쩔 수 없습니다. 대단히 미안합니다.”

그러나 그녀의 얼굴엔 미안스런 기색이라고는 하나도 없었다. 릿차비족들은 억울한 생각이 들었지만, 어쩔 수 없었다.

“지금 곧 가서 불타에게 부탁해보자.”

그들은 암파파알리와 헤어져 길을 재촉했다.

불타는 그들이 오는 것을 보고 제자들에게 말했다.

“도리천의 하늘사람들이 유희하는 것을 보고 싶으면 저걸 보면 된다. 그러나 너희들은 그 바깥 모양만 보고 놀라서는 안 된다. 비구들은 자기의 마음을 바르게 갖는 것이 중요하다. 마음을 바르게 갖고 탐욕과 번뇌를 이길 수만 있다면 어디를 가나 굽히지 않을 것이다. 온갖 위의(威儀)를 갖춘다는 것은 가야할 때에 가고 머무를 때에 머물러 행위와 행동에 절제가 있다는 뜻이지, 결코 외양만 갖추는 일이어서는 안 되는 것이다.”

달려오는 그들과 비구들의 복장에 차이가 너무 있었으므로 제자들의 기운이 꺾일까 보아 한 말이었다. 불타의 말을 들은 비구들은 아무 거리낌 없이 그들을 맞을 수 있었다.

릿차비족의 무리들은 불타의 앞에 닿자, 급히 수레에서 내려 불타에게 예배하고 가르침을 청했다.

불타는 조용히 입을 열었다.

"이 세상에는 다섯 개의 보물이 있다. 그것을 얻기란 대단히 어렵다. 그 하나는 불타가 이승에 내려와 설법하는 것이며, 또한 때를 잘 만나는 것이다. 둘째는 미래의 정법을 신앙하고 수행하여 그것을 익히는 일은 매우 어렵다는 것이요, 셋째는 미래의 설법을 듣고 그것을 잘 명심하여 밝은 지혜를 얻는 것이며, 넷째는 미래의 가르침을 받들어 경애하고 삼악도(三惡道)—지옥(地獄), 아귀(餓鬼), 축생도(畜生道)를 벗어나는 일이 대단히 어렵다는 것이며, 다섯째는 불도를 듣고 전생(前生)과 죽음의 인연을 알아, 정(情)을 끊고 욕(欲)을 버려, 열반에 들기가 매우 어렵다는 것이다. 지금 불타는 미래의 출현을 만나 미래의 법을 듣고 있다. 그다음은 너희들 자신이 힘써 피안에 도달할 수 있도록 정진하는 일이다. 가장 중요한 것은 도피안(到彼岸)과 열반이다. 이것을 꼭 염두에 두어라."

릿차비족의 무리들은 열심히 불타의 말에 귀를 기울이고 있었다.

불타의 설법이 끝나자 그들은 불타에게 오늘 밤 자기들에게로 와줄 것을 간청했다. 그러나 불타는 암파파알리와의 약속을 이야기해주고 거절했다.

릿차비족은 불타를 만나 설법을 들은 것을 기쁘게 여기며 돌아갔다. 불타는 그날 밤, 제자들과 함께 암파파알리의 집으로 가서 쉬었다.

다음 날, 암파파알리는 불타와 그 제자들이 공양을 마치는 것을 기다렸다가, 황금으로 된 물병을 들어 불타의 손에 물을 부었다.

그리고 불타가 손을 다 씻자, 이야기를 꺼냈다.

"이 동산은 바이샬리성 안에서는 가장 훌륭한 곳입니다. 지금 저는 불타에게 이것을 바치려고 합니다. 원컨대 저를 불쌍히 여기시고, 저의 소원을 들어주십시오."

불타는 그녀의 소원을 기쁘게 들어주었다.

제20장 대자대비(大慈大悲)

그 무렵 죽방촌에는 기근이 심했다. 오랜 가뭄으로 논밭은 메마르고, 나뭇잎이 말라죽는 형편이었다. 불타는 암파파알리의 공양을 받고, 바이샬리성을 떠나 이곳 죽방촌으로 왔다.

와 보니, 하루 한 끼의 걸식도 어려운 형편이었다. 할 수 없이 불타는 제자들을 짝을 지어 월지국이나 바이샬국으로 보내서, 그곳에 안거토록 했다.

제자들은 불타와 헤어지는 것을 슬퍼했다. 그러나 부득이한 일이었다. 그들은 기근이 든 죽방촌에 남아 있는 불타에게 석별의 인사를 하고 길을 떠났다.

불타는 아난다와 둘이서 죽방촌에서 그대로 안거하기로 했다.

이 안거 중에 불타는 무거운 병에 걸렸다. 전신이 아리고 쑤셨다. 불타는 이 괴로움을 태연하게 견뎌냈다. 그러나 현명한 아난다는 불타가 속으로 아프다는 것을 곧 알아냈다.

"세존이시여, 몸이 불편하십니까? 저는 걱정됩니다. 살아 계시는 동안 많은 가르침을 베풀어주십시오."

아난다는 근심스러운 빛으로 불타를 쳐다보았다. 불타는 태연한 얼굴로 대답했다.

"아난다, 너는 많은 비구들과 함께 있었고, 내가 한 말을 다 들어 왔다. 그러므로, 내가 죽는다고 해서 특별히 해야 할 말은 없다. 모든 사람은 내가 지금까지 한 말을 명심해서 행하면 되는 것이다. 불법은 영원히 존재하는 것이므로, 나의 육체가 필요한 것은 아니다. 나는 늙었다. 팔십 년을 살았다. 부서진 낡은 수레를 수선해서 쓰고 있는 것과 같이 나의 육체가 이 고통을 참고 견디는 것도 잠시 동안의 일일 것이다. 이윽고 무상정에 들면 나의 몸은 고통이 없어지고 안온해진다."

불타는 말을 마치고 눈을 감았다.

그 뒤에도 오랫동안 병 때문에 괴로워하였으나, 병에 지지는 않았다.

병이 좀 나아졌을 때, 불타는 아난다와 함께 차바라탑이 있는 곳으로 가 나무 아래 자리를 깔고, 나무에 기대 앉아 쉬었다.

그때, 불타는 숨이 막힐 것 같은 극심한 고통을 느꼈다.

'빨리 열반에 드는 것이 좋을까?'

그러나 불타는 이 유혹이 악마의 장난임을 알고, 마음속으로 다짐했다.

'아니다. 열반에 들 시기는 내가 알고 있다. 석 달 뒤면 전생의 인연으로 이미 마련된 장소인 쿠쉬나가라의 사라쌍수(娑羅雙樹) 사이에서 열반에 들 것이다.'

불타는 이때, 비로소 자신이 열반에 들 때를 명확히 알았다. 그리고 고통과 싸워나갔다.

그러는 동안 제자들은 안거를 마치고 돌아왔다. 그들은 불타가 앓고 있다는 것을 전해 듣고 매우 근심했다. 불타의 병이 나은 것을 보고 그들은 무척 기뻐했다.

제자들이 모이자, 불타는 그들을 차바라탑 앞에 모아놓고 설법했다. 불타는 이렇게 말했다.

"지상의 모든 것은 무상하다. 나태하지 말고, 노력하여야 한다. 내가 오늘 이와 같이 옛날에 무수히 말한 것을 되풀이하여 가르치는 것은 머지않아 열반에 들기 때문이다. 앞으로 석 달이 지나면 나는 열반에 들 것이다."

이 말을 듣고 제자들은 놀라고, 한편 슬퍼했다. 불타는 슬퍼하는 제자들에게 거듭 말했다.

"슬퍼하지 말라. 하늘과 땅과 그리고 인간과 만물에게 삶이 있으면 반드시 종말이 있는 것이다. 그것을 면할 길은 없다. 내가 몇 번이고 말했듯이 끝내는 서로 헤어져야 하는 인간의 육체는 무상한 것이며, 자신의 뜻으로도 어쩔 수 없는 것이다. 너희들은 오직 바른 법에 살기 위해서 한 스승에게 가르침을 받은 물이나 우유와 같은 사람들이다. 나의 법을 지키고, 그 속에 살며, 힘써 이룩하여야 한다."

제자들은 모두 숨도 크게 쉬지 않으며 듣고 있었다.

설법을 끝마친 불타는 제자들을 거느리고 열반의 땅으로 정해진 쿠쉬나가라를 향하여 길을 떠났다. 피곤하고 지친 육체를 이끌고 걸으면서도 불타의 표정은 맑고 담담하기만 했다.

불타는 도중에 파바성에 도착했다. 이 성에 도착하자, 그는 대장장이의 아들인 춘다의 공양을 받았다.

춘다는 불타에게 진귀한 음식인 찬다나[檀香木]의 버섯 요리를 대접했다. 그리고 그는 불타에게 이 세상에 몇 가지 종류의 사문이 있는가 하고 물었다. 불타는 조용히 대답했다.

"네 가지 종류가 있다. 하나는 불도를 수행하는 데 뛰어난 사문이며, 둘째는 도의를 설할 수 있는 사문이다. 셋째는 도에 의한 생활을 하는 사문이며, 넷째는 도를 더럽히는 사문이다. 따라서, 사문이라 하여도 참된 자, 거짓된 자, 착한 자, 악한 자가 있어 결코 다 같다고 할 수 없다. 착하지 못한 자는 현명한 자를 비방하고 해친다. 세상에는 외모는 아름다우나, 그 속은 추한 자가 많다. 그러나 안으로 깨끗한 자는 선을 알고, 스스로를 다스리며, 악에서 멀어지고, 탐욕과 진심과 어리석음을 제거하므로 빨리 도를 익힌다."

불타는 공양을 받고, 춘다에게 이렇게 설하고, 그 집을 나왔다. 그 집을 나와서 얼마 가지 않아 불타는 등에 심한 통증을 느꼈다.

불타는 아난다가 마련해 준 길가 나무 밑에 앉아 쉬었다. 불타의 병세가 심상치 않은 것을 본 아난다는 불타에게 이렇게 갈했다.

"조금 전 공양 받은 음식이 나쁜 것이었는지 모르겠습니다."

"그럴 리가 있겠느냐."

불타는 조용히 말했다.

"설령, 음식이 나쁘지 않았다 하더라도 세존께서 잡수시고 이렇게 괴로워하시므로 춘다의 공양은 복을 받지 못할 것입니다."

그러나 불타는 고개를 흔들었다.

"아니다. 춘다는 이제 공덕의 커다란 과보를 받을 것이다. 살아서는 수명과 명예와 많은 재보를 얻고, 죽어서는 천상에 태어날 것이다. 불타가 성도하였을 때, 맨 처음 공양한 사람과 불타가 열반에 들기 전, 마지막으로 공양한 사람의 공양은 같은 것이다. 너는 곧 춘다에게 가서 이 말을 전해라."

아난다는 불타의 말을 듣고, 즉시 춘다에게 가서 이렇게 전했다.

"춘다여, 나는 친히 불타에게 듣고 그대에게 전한다. 그대의 공양은 커다란 과보를 받게 되리라."

춘다는 이 말을 듣고 황송한 생각과 더불어 불타의 무한한 자비심에 감동했다. 그는 아난다를 따라 불타가 있는 나무 밑으로 갔다. 춘다는 고통과 싸우는 불타를 보고 그 앞에 몸을 던져 엎드렸다. 그칠 줄 모르는 눈물이 그의 눈을 적셨다.

나무 밑에서 얼마 동안 쉰 불타는 고통과 싸우면서 다시 일어나 열반에 들 땅을 향하여 걷기 시작했다. 제자들은 묵묵히 뒤를 따랐다. 침통한 행렬이었다.

불타는 오래 걷지를 못했다. 얼마를 가서는 쉬고, 또 쉬고 했다. 그러나 그가 열반에 들 땅까지 무슨 일이 있어도 가야 하는 것이다.

도중, 어느 나무 아래 불타가 쉬고 있을 때였다. 불타가 쉬는 동안 제자들은 모두 스승의 주위에 좌선하고 있었다.

복귀라는 사람이 쿠쉬나가라에서 파바성으로 가는 도중에 불타가 쉬고 있는 곳을 지나게 되었다.

그는 불타의 숭고한 용모에 감동했다. 그리고 병으로 고통을 겪고 있는 불타를 동정하여 자기가 갖고 있는 두 장의 황색 담요를 받쳤다. 불타는 그것을 받았다. 그리고 불타는 복귀를 위하여 괴로움도 잊고 설법을 했다. 불타의 설법을 듣고 복귀는 그 자리에서 불법에 귀의했다.

"세존이시여, 만약 라바성에 오시게 되면 저희를 불러주시기 바랍니다. 비록 가난하오나, 모든 음식과 의복과 약과 잠자리를 바치겠습니다. 그것을 받아주신다면 저의 집안은 편안하고, 복을 받게 되리라 믿습니다."

복귀는 절을 하고 불타에게 감사했다.

복귀가 돌아가고 난 뒤, 불타의 얼굴은 유난히 빛을 발했다. 다른 어느 때보다도 더욱 원만하고 청정한 빛이었다.

아난다가 놀라 물었다.

"지금껏 저는 세존을 모시고 있으나, 세존의 얼굴이 이렇게 빛나는 것을 아직 보지 못했습니다."

"아난다, 너의 말이 맞다. 불타의 빛은 두 가지 인연으로 인하여 변하는 것이다. 하나는 처음으로 도를 얻어 정각을 터득했을 때고, 또 하나는 열반에 들고자 할 때다. 이 두 시기에 불타의 얼굴은 변하는 것이다."

이 말은 불타가 열반에 들 시기가 왔음을 다시 한 번 다짐하는 말이었다. 아난다는 어둡고 우울한 비통에 잠겼다.

불타는 다시 일어나 길을 떠났다.

구손강에 이르자 불타는 옷을 벗었다. 맑은 강물이 조용히 흐르고 있었다.

불타는 아픔을 참고 강물로 들어가 몸을 씻었다. 제자들은 불타가 머물 때마다 자리를 잡고 좌선했다.

몸을 씻고 난 불타가 옷을 입고 숲으로 가자 제자들은 좌선하고 있었고, 아난다는 쓸쓸한 표정으로 힘없이 서 있었다.

불타는 춘다를 불렀다.

"내가 앉을 수 있도록 담요를 깔아다오."

춘다는 떨리는 손으로 담요를 깔았다. 불타는 그 위에 앉아 몸을 쉬었다.

아난다는 착잡한 심정으로 불타 앞에 다가가서 조심스럽게 말했다.

"세존께서 열반에 드신 다음, 어떻게 장사를 지내야 합니까?"

불타는 눈을 감고 앉은 채 대답했다.

"그것은 나에게 귀의한 사람들의 뜻대로 할 일이다."

"그러나 여러 신도들 사이에 각기 다른 의견이 나오지 않는다고 할 수 없습니다. 부디 들려주십시오."

"그러면 말하겠다. 전륜성왕과 같이 장사 지내는 것이 좋겠다."

아난다는 더 상세히 듣고 싶었다.

"그것은 어떤 절차이온지……?"

불타는 조용히, 그러나 소상하게 설명했다.

"향유로 몸을 씻는다. 그리고 새 솜으로 몸을 싸고, 그 위에 다섯 장의 담요를 덮고 그것을 관에 넣는다. 관 안에는 마유(麻油)를 뿌리고, 그 관을 다시 전단(栴檀)의 향간 안에 넣는다. 그 위에 좋은 향을 쌓고 화장한다. 사리는 거두어 네거리에 탑을 쌓아서 지나는 사람들로 하여금 이를 받들고 공경하게 한다. 내가 탑을 쌓게 함은 나를 위해서가 아니라, 중생을 위해서이니라."

아난다는 불타의 말을 하나하나 빼놓지 않고 머릿속에 기억해 두었다.

병든 불타를 부축하며 걷는 행렬은 힘이 없었다. 일행은 비통에 젖어 있었다. 그들의 목에서는 소리 없는 울음이 터져 나오고 있었다. 그 행렬 가운데서 가장 태연한 사람은 불타 한 사람뿐이었다.

불타의 병세는 시시각각으로 악화되어 갔다. 그러나 그는 열반에 드는 것을 조금도 두려워하지 않고 있었다. 두려움은 고사하고, 오히려 법열을 느끼고 있었다.

행렬은 무척 더디었다. 그러나 불타가 열반에 들 땅인 쿠쉬나가라는 차츰 가까워오고 있었다. 도중에 여러 사람을 만났다. 그때마다 불타는 고통을 참아가며 설법하여 그들을 불문에 귀의시켰다.

불타의 일행은 쉬어가면서 서서히 길을 갔다. 말로써 다 형언할 수 없는 고통스럽고 긴 여행이었다. 온갖 고생 끝에 드디어 일행은 불타가 열반에 들 땅인 쿠쉬나가라성에 당도했다.

성안에 일행이 들어서자 불타는 아난다에게 말했다.

"사라쌍수 사이에 자리를 마련하고, 내가 북쪽으로 머리를 두고 눕도록 하여라. 나의 가르침은 북쪽에서 크게 떨칠 것이다."

자리가 마련되자, 불타는 그 자리에 누웠다.

그때, 때아닌 사라쌍수의 꽃이 피어나더니 그 꽃잎이 나무 아래 누운 불타의 몸 위에 내려 덮이었다. 불타는 꽃을 쳐다보며 말했다.

"사라쌍수의 넋이 때아닌 꽃을 피워 나에게 공양해 주어 참으로 고맙다. 너도 내 법을 받아들여서 너의 형제들에게 널리 펴도록 해라."

쿠쉬나가라성은 황량하고 쓸쓸한 벽촌이었다. 아난다는 불타가 이런 쓸쓸한 벽촌에서 열반에 드는 것이 몹시 서운했다. 그래서 아난다는 불타에게 다음과 같이 권해 보았다.

“세존이시여, 이 황량한 벽촌에서 열반에 드시지 말고, 바이샬리
나 왕사성 같은 곳으로 갔으면 합니다. 사람들도 많고, 귀의한 신
도들도 많은 곳에서 열반에 드시면 좋겠습니다.”

그러나 불타는 고개를 저었다.

“내가 열반에 들 곳은 바로 이곳이니라.”

한동안 침묵이 흘렀다. 누워서 명상에 잠겨 있던 불타는 아난다
에게 분부했다.

“성안에 씨름꾼들이 모여 있는데, 거기 가서 내가 오늘 밤 열반에
드니, 뭣이든 의문되는 점이 있으면 와서 묻도록 일러라.”

아난다는 힘없이 발걸음을 옮겼다. 그는 오백 명의 씨름꾼들이
모여 있는 곳을 찾아갔다. 그들은 아난다의 말을 듣고 놀라고 슬퍼
했다.

“불타가 벌써 열반에 드신단 말인가. 이제 중생은 영원히 빛을 잃
고 마는가.”

하고 그들은 제가끔 떠들었다.

씨름꾼들은 모두 흩어졌다. 제가끔 집으로 돌아가서 가족들을
데리고 사라쌍수 아래로 불타를 찾아갔다. 씨름꾼들과 그의 가족
들은 모두 한 곳에 모여 일제히 불타에게 예배했다. 그리고 한 사
람이 나서서 말했다.

“세존이시여, 부디 영원토록 이승에 머물러 만물과 인간의 도움
이 되어주시기 바랍니다.”

불타는 자비에 넘치는 음성으로 말했다.

“너희가 바라는 대로 할 수는 없다. 제행은 모두 무상한 것이다.
만나면 반드시 헤어져야 하느니라. 내가 설한 법을 익히고, 그것을

외우고 생각하는 것은 나와 함께 있는 것과 같은 것이니라."

씨름꾼들과 그 가족들은 불타의 설법을 열심히 듣고, 그 넓고 큰 가르침에 감동했다.

그때, 쿠쉬나가라성에는 수바드라라는 사람이 와 있었다. 수바드라는 백 살이 넘는 노인으로 학문이 높고 두뇌가 명석한 사람이었다. 그를 사람들은 선현이라고 불렀다.

불타가 열반에 든다는 말을 듣고 그는 불타에게로 왔다. 그는 소문으로 들은 불타가 사실 그처럼 훌륭한 사람인가를 알고 싶었던 것이다.

수바드라가 찾아와 불타를 만나고자 했으나, 아난다는 불타의 병을 생각하고 거절했다. 그러나 수바드라 굽히지 않고 불타를 만나게 해달라고 간청했다.

수바드라와 아난다의 실랑이를 듣고 있던 불타는 아난다를 불렀다.

아난다가 곁으로 다가가자,

"마지막으로 나의 제자가 될 사람이 왔다. 그를 내 앞으로 불러오너라. 그가 나를 만나고자 하는 것은 마음의 의혹을 풀기 위해서다."

하고 말했다. 불타는 이미 그의 마음속을 거울을 들여다보듯 알고 있었던 것이다.

수바드라는 불타 앞으로 나가 절을 하고 물었다.

"제가 알고 싶은 것은 사문과 바라문과 육사외도(六師外道) 들이 모두 자기만이 일체지(一切智)를 가지고 있다고 주장하며, 다른 종파를 사교(邪敎)라고 규정하고 있는데, 어떻게 하면 그 옳고 그름을 알 수 있는가 하는 점입니다. 그리고 어떤 자가 진실한 사문이며, 어떤 행을 하면 진실로 해탈할 수 있는지요?”

불타는 이 말을 듣고 기쁘게 대답했다.

“참으로 좋은 물음이오. 제법 가운데서 특히 팔정도법(八正道法)을 닦지 않은 자는 사문이라고 할 수 없소. 팔정도법인 정견(正見)·정사유(正思惟)·정어(正語)·정업(正業)·정명(正命)·정정진(正精進)·정념(正念)·정정(正定)을 행하지 않으면 선법을 닦고 악업을 멸한다고 할 수 없소. 그러므로 팔정도법이 없으면 사문을 얻을 수 없고, 사문 없이는 해탈이 있을 수 없소. 따라서 해탈이 없는 곳에 일체의 모든 법의 현상을 아는 지혜는 없는 것이오.”

그리고 불타는 계속하여 해탈의 길을 설법하고, 그것이 일체지의 근원임을 설명했다.

설법이 끝나자, 불타는 수바드라를 뚫어지게 바라보았다. 수바드라는 자기도 모르게 땅에 엎드렸다.

“잘 알았습니다. 마음속의 의혹이 비로소 걷혔습니다.”

불타의 입가에 고요한 미소가 어렸다.

“저는 지금 이 자리에서 출가하여 불타의 제자가 되겠습니다.”

그러나 불타는 아난다에게 말했다.

“수바드라는 이교도이지만 선한 뿌리가 깊은 사람이다. 그러나 내가 열반에 든 뒤에는 어떤 이교도가 귀의하려 하거든 쉽게 허용하지 말고, 우선 사 개월 동안 경전을 익히게 한 다음, 그의 마음의 진실함과 열의를 보고 출가시켜야 한다. 왜냐하면 너희들의 지혜로는 중생의 본심을 투시하기 어렵기 때문이다.”

"예, 명심하고 이행하겠습니다."

아난다는 절을 하며 대답했다.

제자들의 슬픔과 침묵 속에 시간은 흘렀다. 이윽고 밤이 다가왔다. 마침 달이 있었다. 많은 사람들이 불타의 소식을 듣고 모여들었다. 여기저기 서 있는 나무가 그림자를 땅 위에 선명히 던지고 있었다. 그 그림자를 에워싸듯 곳곳에 사람들이 모여서 웅성거렸다. 시간은 조용히 흘렀다.

이윽고 여기저기서 흐느끼는 소리가 들리기 시작했다. 아난다를 비롯하여 모든 제자들이 흐느끼는 것이다. 그러자 여기저기 모여서 웅성거리던 많은 사람들은 바짝 긴장을 했다.

흐느끼던 아난다가 일어나 불타 앞에 엎드렸다.

"세존이시여, 지금은 세존께서 저희와 함께 계십니다. 지금은 여러 가지로 가르침을 받을 수 있으나, 세존께서 열반에 드신 뒤에는 가르침을 받을 수 없습니다. 원해도 이룰 수가 없을 때, 그때는 어떻게 해야 합니까?"

아난다의 비통한 음성이 사위의 고요를 깨뜨렸다. 사라쌍수의 무성한 잎 사이로 달빛이 교교히 흘러내리고 있었다. 모든 사람들은 불타의 말을 기다렸다. 지금까지 괴로운 숨을 몰아쉬던 불타는 갑자기 힘을 돌이켰다.

"근심하지 말라. 그때가 되면 너희는 모두 네 가지 것을 생각하게 될 것이다. 그 하나는 내가 태어난 곳을 생각하게 될 것이며, 둘째는 내가 성도한 곳, 셋째는 법을 설한 곳이고, 넷째는 열반에 든 곳이다. 너희는 그것을 생각하고, 나를 믿으며 사모하는 마음을 가지게 될 것이다. 그리고 내가 열반에 든다고 해서 정법이 끊어진다고 생각해서는 안 된다. 왜냐하면 나는 너희 비구들을 위해서 계율을 정하고 법을 설했기 때문이다. 그것이 너희 스승이며, 불타인 것이다. 이는 내가 너희와 함께 이승에 있는 것과 조금도 다름이 없다.”

여기까지 말하고 불타는 다시 침묵했다. 숨이 찼던 것이다.

이때, 달빛 속으로 검은 그림자가 뛰어왔다. 불타의 아들 라홀라였다. 그는 불타 앞에 와서 무릎을 꿇었다. 라홀라를 본 사람들은 다시금 눈물을 흘렸다.

라홀라는 불타를 따라오다가 아버지가 열반에 드는 것을 보기가 괴로워 피해 있었던 것이다. 그러나 마지막으로 아버지 불타와 이승에서의 작별을 하기 위해서 달려온 것이었다.

라홀라는 슬픔으로 말도 하지 못했다. 불타는 자기 앞에 무릎을 꿇고 엎드린 라홀라를 보고 상냥하게 말했다.

“라홀라야, 슬퍼하지 말아라. 너는 아버지에게 아들로서 해야 할 일을 다 했다. 나도 아버지로서 가르쳐야 할 것을 가르쳤다. 일체 법은 무상한 것이다. 이 무상을 따라 해탈을 구하는 것이 나의 가르침이다.”

라홀라는 끝내 아무 말도 못 하고, 불타 앞에 엎드려 있다가 물러나고 말았다.

다시금 불타는 침묵했다.

불타가 아직 열반에 들지 않았다는 것은 그의 숨소리가 증명해 줄 뿐이었다. 모든 사람들은 긴장과 슬픔에 휘말려 불타를 지켜보고 있었다. 밤은 자꾸만 깊어갔다.

갑자기 숨 막힐 듯한 침묵이 휩쌌다. 사람들은 이제 불타가 열반에 드는 것이라고 생각했다. 모두 고개를 들고 불타를 바라보았다. 불타는 일어나 단정하게 앉아 있었다. 일어나 정좌하고 있는 것 같은 불타의 모습을 본 사람들은 두 눈을 휘둥그렇게 떴다. 불타의 얼굴이 만월(滿月)처럼 환하게 빛나고 있었기 때문이었다. 그때였다. 티 없이 맑으며 사람을 제압하는 것 같은 커다란 목소리로 불타는 설법을 시작하는 것이었다. 조금도 피곤하고 괴로움이 없는 듯한 목소리에 사람들은 다시 한 번 놀랐다.

"듣거라, 비구들아. 내가 열반에 든 다음 청정한 계율을 존중하여라. 이 계율은 너희들의 스승이며, 내가 살아 있는 것과 같기 때문이다. 이 청정한 계율은 해탈의 근본이니라. 청정한 계율은 선정을 이룩하게 하고, 괴로움을 멸하는 지혜를 주느니라. 이 청정한 계율을 잘 지키면 선법(善法)을 얻느니라. 이 청정한 계율을 지키지 못하면 모든 선의 공덕은 생길 수가 없느니라. 계율은 공덕이 깃드는 곳임을 깊이 명심해야 한다."

풀잎에는 이슬이 맺히고 있었다. 달빛이 깔리는 들판과 사라쌍수 그늘, 그리고 끝없는 정적이 불타의 마지막 설법을 더욱 장엄하게 했다.

불타는 설법을 계속했다.

"너희는 청정한 계율에 머물러 살면서 무엇보다 오욕이 생기지 않도록 해야 한다. 이 오욕은 마음속에 뿌리를 박고 있다. 그러므로 너희들은 마음을 늘 잘 다스려야 한다. 방일한 마음은 독사나 사나운 짐승과 같은 것이니라."

밤은 점점 깊어갔다. 사위가 죽은 고요한 가운데 들리는 것은 불타의 맑은 목소리뿐이었다.

모든 사람들은 감동에 깊이 사로잡혀 있었다. 열반에 들기 전의 불타가 설법한다는 것을 까마득히 잊고, 그 설법의 말 하나하나, 그리고 마디마디에서 깊은 진실을 깨닫고 거기에 이끌려 들어가고 있었다.

"내가 열반에 드는 것을 조금도 슬퍼해서는 안 되느니라. 이제 더 이상 산다 해도 아무 얻는 바가 없으리라. 나는 이미 제도해야 할 중생을 제도했고, 아직 제도하지 않은 중생을 위해서는 제도할 수 있는 인연을 주었다. 그리고 나의 많은 진실한 제자가 내 가르침대로 사는 한 법신(法身)은 영원히 존재하는 것이며, 결코 이승에서 멸하지 않는 것이니라. 사람의 육체란 모두 생로병사의 고해(苦海) 속에 빠져야 하는, 보잘것없는 것이다. 그것을 버릴 수 있는 것이 얼마나 다행인가. 모든 것은 무상하다. 너희도 노력하고 정진하여 생사의 고해에서 벗어나야 한다. 이것이 내 마지막 말이니라."

말소리는 차츰 힘을 잃어가다가 여기까지 왔을 때 뚝 그쳤다. 모든 사람들의 가슴이 철렁 내려앉았다. 그러나 불타는 다시 힘을 내어 아난다를 불렀다.

"아난다여, 만일 내 몸과 입 그리고 뜻이 저지른 잘못이 있으면 말해다오."

아난다는 깊은 잠에서 깨어난 사람처럼 고개를 번쩍 들었다. 달빛이 불타의 얼굴에 가득 넘치고 있었다.

"조금도 그런 일이 없습니다."

아난다는 이렇게 대답하고, 불타의 거울처럼 환한 얼굴을 쳐다보았다.

"알았다. 이제 열반에 들어가야 할 순간이 왔다."

말을 마치자, 불타는 머리를 북쪽으로 두고 서쪽을 향하여 모로 누웠다.

아난다의 눈에서는 눈물이 비 오듯 쏟아지고 있었다. 얼마 후, 아난다는 눈물을 거두고, 죽은 듯 고요한 정적을 깨뜨리며 조용히 말했다.

"세존께서 이제 열반에 드셨습니다."

그러나 그때, 천안(天眼)인 장님 아니룰타가 아난다의 말을 부인했다.

"아닙니다. 세존께서는 지금 깊은 무아경에 계십니다."

또 한동안 침묵이 흘렀다. 아니룰타가 말했다.

"드디어 지금 열반에 드셨습니다."

그러자 교교한 달빛에 휩싸였던 주위의 정적이 일시에 깨어졌다. 많은 사람들의 흐느낌 소리가 바람처럼 밤의 대기를 흔들기 시작한 것이다.

사라쌍수의 무성한 잎과 들판의 잡초들도 이슬을 머금고 떨고 있었다. 장엄한 밤은 깊어가고 있었다.

깨달음의 전서, 인간의 '삶'에 대한 해답을 찾아가는 여정

김은령(시인, 문학박사)

하근찬은 1950년대 후반부터 생을 마치는 2007년까지 작품 활동을 하였다. 대표작이라 할 수 있는 단편 「수난이대」를 비롯하여 장편 『월례소전』 등, 전기의 그의 작품은 일제강점기와 동족상잔인 6·25 전쟁을 거쳐 이 땅에 살아갔던, 살아가는 사람의 이야기이다. 하근찬은 주권을 상실한 개인의 삶에서 보이는 고난과 핍박을 진솔한 시선으로 그려내고 있다는 평가를 받는 전후문학의 대표작가로 알려져 있다. 하근찬은 작품에서 어떤 우뚝한 인물이나 거대한 사건 속으로 독자들을 휘몰아가거나 하지 않고, 시대의 흐름 속에 잔존하며 삶을 영위하였던 사람들의 이야기를 끄집어내었다. 담대하지 못하고 소심한, 당당하지 못하고 주눅이 든, 비열하거나 비루한, 그러나 그것은 불가항력이었던 사람들, 소설 속 주인공이 그 당사자일 법한 소시민을 주인공으로 삼는다.

소설 『싯다르타』는 여기에서 벗어난 작품이다. 우선 주인공은 실존 인물인 고타마 싯다르타(Gautama Siddhartha)이다. 싯다르타는 BC 6세기경에 활동한 불교의 창시자인 석가모니 부처님이다. 석가모니는 지금의 고대 인도의 샤카(Sakya)족의 나라인 카필라국 (지금의 네팔 지역)의 왕자로 태어났다. 싯다르타를 석가모니라고 칭하는 것은 석가(釋迦)는 샤카족을 말하는 것이며, 모니(牟尼)는 깨달은 자, 성취를 이룬 자, 즉 성자를 의미하는 무니(muni)의 음사이다. 그러니까 석가모니라는 존칭은 석가족 출신의 성자라는 의미이다.

소설은 성자인 싯다르타의 전 생애를 전개하고 있다. 하근찬이 그동안 천착했던 주권 상실의 시대에 우리 민중들이 처했던 억압되고 강탈당하던, 피폐한 삶의 파편들을 들추어낸 것과는 다소 거리가 있는 작품이다.

다른 작품과는 주제적인 면에서 다소 변별성을 가진 『싯다르타』는 처음 1965년 『석가』라는 제목으로 문장각에서 출간되었다. 이때 출간된 『석가』는 총 20장으로 구성되어 있으며, 전 동국대 총장을 역임한 조명기의 짧은 해설이 수록되어 있다. 이후 1979년 무등출판사, 1980년 인문출판사에서도 같은 구성으로 출간이 되었다. 그러다가 1986년 시사연에서 『석가모니』라는 제목으로 개필하여 출간이 되었는데, 이때는 기존의 20장 구성에서 11장 「선한 자와 악한 자」, 14장 「희로애락의 길」, 16장 「인간 불타」가 삭제된 총 17장 구성으로 출간되었다. 그리고 1993년 다시 20장으로 개필하여 『싯다르타』라는 제목으로 한벗에서 출간되었다. 하근찬이 싯다르타를 주인공으로 하여 쓴 이 소설은 1965년 초판 이후 출판사를 바꾸어 가며 네 번이나 더 출간되었다. 이러한 사실은 그만큼

이 책의 수요층이 꾸준하게 있다는 반증이며, 하근찬의 화법으로 주인공인 싯다르타의 일대기를 현장성 있게 전개해 나가는 소설의 재미도 독자에게 가 닿았기 때문일 것이다.

소설 『싯다르타』는 전 20장으로 전개된다. 이는 불교에서 전하는 싯다르타의 일대기를 상징하는 '팔상도(八相圖)'*에 비견하면 굉장히 세밀하게 나누어진 것이다. 팔상도에서 보이는 '전생[원인]-탄생-사고(四苦)-출가-고행-성도-제도[중생구제]-열반'으로 나누어 놓은 여덟 가지의 챕터 속에 들어가 더 세세하게 묘사함으로써 한 인물의 일대기를 더욱더 풍성하게 만들었다.

전체 20장에서 1~3장은 탄생과 왕자 신분으로서 궁중의 삶을, 4~6장은 출가와 정각(正覺)에 이르는 시간을, 7~13장은 인류 스승으로서의 행적을, 14~18장까지는 인간의 욕망에 대한 깨우침을, 19~20장은 정각을 이룬 그의 제자와 인간 붓다의 열반을 다룬다.

현생 인류의 4대 성인 중 한 분, 고타마 싯다르타! 그의 탄생은 카필라왕국의 축복이며 희망이었다. 성인의 탄생에는 대부분 신이한 이야기가 씌어져 있다. 싯다르타도 예외는 아니다. 그의 어머니

---

* 1. 도솔래의상: 도솔천 내원궁에서 호명보살로 계실 때 여섯 개의 상아를 가진 흰코끼리를 타고 마야궁으로 내려오는 모습. 2. 비람강생상: 마야부인이 룸비니동산에서 무우수 나뭇가지를 잡고 아이를 낳는 모습. 태어남은 우연이 아니라 내가 선택한 것이다. 3. 사문유관상: 동(노인), 남(병자), 서(죽음), 북(수행자)의 네 성문을 나가 살펴보는 모습. 4. 유성출가상: 태자의 나이 29세 2월 8일(음력)에 성 밖으로 나가 출가하는 모습. 5. 설산수도상: 깨달음을 위해서 6년간 설산(고행을 상징)에서 수도 고행하는 모습. 6. 수하항마상: 35세 되던 해 보리수아래서 모든 번뇌, 즉 마왕파순(갖가지 욕망, 애착 등)의 항복을 받고 결국 성도(成道)이루는 모습. 7. 녹원전법상: '범천의 권청'을 받아들여 같이 수행했던 녹야원의 다섯 수행자들에게 최초로 법을 설하는 모습, '초전법륜'이라고 함. 8. 쌍림열반상: 쿠시나라의 사라쌍수 아래에서 열반에 드시는 모습.

인 마야부인은 해산달이 다가오자 출산을 위해 친정으로 떠난다. 하지만 가는 도중 산기를 느껴 룸비니 동산에 산실을 마련한다. 무우수(無憂樹) 나무 아래 휘장을 치고 마야부인이 산통을 느끼며 무우수 나뭇가지를 잡자, 마야부인의 오른쪽 옆구리를 열고 싯다르타는 이 땅에 태어난다. 카필라왕국을 이어 갈 왕자가 태어난 것이다. 왕자는 태어나자마자 동쪽으로 일곱 발자국을 걷고 나서 오른손을 들어 하늘을 가리키고 왼손으로 땅을 가리키며 사자처럼 외쳤다.

"하늘 위에 하늘 아래 나 홀로 높도다. 삼계가 다 괴로운 것을 내가 장차 편안케 하리라(天上天下 唯我獨尊, 三界皆苦 我當安之)."

이 말이 끝나자 천지가 크게 진동하고 여러 신들이 와서 시위(侍衛)하는 가운데 왕자님이 디뎠던 발자국마다 연꽃이 피어올랐다라고 전해지는 것이 고타마 싯다르타, 즉 석가모니 부처님의 탄생 설화이다. 갓 태어난 아이가 일어서서 일곱 걸음을 걷고 사자처럼 외쳤다니, 실재할 수 없는 일이다. 하지만 성인의 탄생은 그의 일생을 함축하여 각색되어 왔다.

'천상천하 유아독존, 삼계개고 아당안지.' 싯다르타는 이 열여섯 글자로 표명되는 인물이며, 소설 『싯다르타』도 이 열여섯 글자가 표명하는 인간 싯다르타의 일생을 따라가며 장대하게 펼쳐놓는다.

성인 탄생의 예고

소설은 마야부인의 태몽으로 시작된다. 평화롭고 풍요로운 왕국, 카필라 왕궁은 모든 것이 풍요롭고 아름답다. 건강하고 지혜로운 왕 정반과 아름답고 유순한 왕비 마야는 날마다 왕궁을 거닐며 담소를 나누는 다정한 모습을 보여줌으로 만백성의 평안을 가져다준다. 하지만 단 하나 근심거리가 있다면 왕에게 아직 자식이 없다는 것이다. 그 하나의 근심으로 지내던 중 마야왕비는 이상한 꿈을 꾼다.

마야부인은 약간 놀라지 않을 수 없었다. 사대천왕이 어느새 자기 곁으로 다가와서 자기를 가볍게 살짝 안고 창밖으로 나가는 것이 아닌가.

가만히 정신을 차려보니 사천왕과 자기가 구름을 타고 둥둥 허공을 날고 있었다.

(…)

마야부인은 잠시 꽃 속의 길을 걸어가다가 어찌나 황홀하고 기분이 좋은지 그 자리에 가만히 드러눕고 말았다. 꽃 속에 드러누워 황홀한 기분에 취해 있던 마야부인은 또 한 번 놀라지 않을 수 없었다.

꽃 덤불 속에서 이번에는 흰 코끼리가 한 마리 나타나는 것이었다. 여섯 개의 이빨을 가진, 백설처럼 흰 코끼리였다. 두 눈이 보석처럼 반짝반짝 빛나는, 참으로 순하고 귀엽게 생긴 코끼리였다.

마야부인은 자리에서 일어날 생각도 하지 않고, 그 코끼리의 거동을 가만히 바라보고 있었다. 너무 귀엽게 생겨서 그런지 조금도 싫지 않았다.

흰 코끼리는 마야부인이 누워있는 둘레를 오른쪽으로 천천히 세 바퀴 돌았다. 그리고 마야부인에게로 다가오더니 마야부인의 오른쪽 옆구리 속으로 연기처럼 사라져 들어가 버리는 것이 아닌가. (12-14)

석가모니 부처님 태몽 이야기의 핵심은 성인 탄생의 예고이다. 코끼리는 고대 인도에서 신성한 존재였다. 불교 이전 고대 인도의 종교는 힌두교였다. 힌두교에서 코끼리는 행운과 번영의 신이며, 지혜와 학문을 상징하고, 불교에서 흰 코끼리는 보현보살을 상징한다. 보현보살은 실천행의 상징이다. 불교의 가르침을 총망라한 『대방광불화엄경』의 마지막도 보현보살이 장엄한다. 53 선지식을 찾아다니던 선재동자[젊은 구도자]가 마지막으로 만난 존재가 보현보살이다.

『화엄경』의 「입법계품(入法界品)」에서 보현보살은 지난한 구도의 여정을 마친 선재에게 "이제 너는 배운 것을 실천해야 한다. 지혜는 머무는 것이 아니라 걷는 것이다."라는 말을 해준다. 이로써 선재는 실천, 즉 비로소 진리의 세계로 들어가는 발걸음을 내어 딛는다. 이때 보현보살이 타고 가는 것이 흰 코끼리이다. 선재는 그 자리에 머물지 않고 보현보살을 태우고 가는 그 코끼리 발자국을 따라 걷고 또 걷는 것이다.

또 부처님의 생애인 '팔상도'의 첫 장면이 '도솔래의상(兜率來儀相)'인데, 이 장면은 싯다르타가 도솔천 내원궁에서 호명보살로 머물다가 흰 코끼리를 타고 지상으로 내려와 마야부인의 태중으로

294

들어가는 것을 표현해 놓았다.

　불교 경전을 저본으로 작가는 마야부인의 태몽을 풍성하게 각색
해 놓음으로써 앞으로 성인이 될 싯다르타의 탄생을 예고해준다.
그리고 불교에서 신성시하는 오른쪽의 의미를 흰 코끼리가 마야부
인이 누워 있는 둘레를 오른쪽으로 세 바퀴 돌았다라고 하거나, 흰
코끼리가 마야부인의 오른쪽 옆구리로 속으로 사라졌다라고 표현
하여 불교에서 행하는 우요삼잡(右遶三匝)[*]이라는 불교의 의미를 녹
여 내고 있다.

　파헤쳐진 검붉은 흙 속에서 벌레들이 우글우글 쏟아져 나왔다. 쏟
아져 나온 벌레들은 햇볕을 받자 그만 두려워져서 앞을 다투어 다시
흙 속으로 파고 들어가려고 우글우글 덩어리져서 몸부림이었다. 이
벌레들을 어디서 보았는지, 난데없이 새들이 날아와서 마구 쪼아 먹
기 시작하는 것이 아닌가. 처참한 광경이었다.

　(…)

　혼자 염부수(閻浮樹) 그늘을 찾아가서 눈을 감고 팔짱을 끼고 앉
아서 목숨 있는 것의 고통과 죽음에 대해서 생각해보았다. 그의 감
은 눈에는 흙투성이 땀투성이가 되어 일하는 농부의 피로한 모습과
채찍에 맞아 가면서 침을 흘리며 쟁기를 끌고 있는 소의 모습, 그리
고 모여드는 새에게 잡아먹히지 않으려고 우글거리는 벌레들의 모
습이 차례차례 선명하게 지나갔다. 그는 그 목숨 있는 것들의 괴로

---

[*]　우요삼잡은 고대 인도의 고귀한 사람에 대한 최고의 예경법으로 오른쪽으로 세 번
　도는 인사법이다. 인도에서는 오른쪽을 더 상위로 본다. 우리나라에서는 탑돌이를
　할 때 오른쪽으로 도는 것도 같은 의미이다.

운 자태가 가련히 여겨져 견딜 수가 없었다. (35)

화려하고 풍족한 왕궁에서 생활하던 주인공 싯다르타는 부왕과 형제들과 함께 궁 밖으로 백성의 삶을 살피는 시찰을 나갔다가 밭 갈이하는 농부를 보게 된다. 흙 범벅에 땀투성이인 농부의 삶과 농부에게 채찍을 맞으며 부려지는 소의 삶, 농부의 쟁기질에 흙 속에서 살던 벌레가 자신들의 의지와 상관없이 땅 위로 파헤쳐져 새에게 잡아먹히지 않으려고 우글거리는 고단하고, 괴롭고, 끔찍한 장면을 목격한다.

그리고 조용히 염부수 나무 그늘에 앉아 "어떻게 하면 그들을 그 괴로움으로부터 벗어나게 할 수 있을까? 어떻게 하면……."이라고 고심하며 하염없이 흐르는 눈물을 닦을 생각도 하지 않고 "언제까지나 시간 가는 줄도 모르고 가련한 목숨들을 동정하고 괴로워"한다.

여기서 작가는 대자대비(大慈大悲)와 함께 불교의 핵심 사상인 동체대비(同體大悲)*의 사상과 동업중생(同業衆生)**의 가르침을 주인공 싯다르타를 통해 구현하고 있다.

---

* 타인에 대한 연민을 자기 자신과 동일하게 쏟는 것을 '동체대비'라 하며, 부처님의 정각(正覺)에서 얻어진 무한한 이타심(利他心)을 일컫는 말이기도 하다.
** 함께 살아가는 운명을 의미한다. 『능엄경』에서는 "한 국토에 생(生)하는 자, 한 나라에 태어나는 자, 전체가 동업중생이다."라는 말이 있다.

고해에서 피안으로

　화려한 왕궁 생활에도 무언가 모르는 공허함을 느끼는 싯다르타를 위해 그의 부왕 정반왕은 아들의 결혼을 서두른다. 그리고 당시 최고의 미인으로 소문난 야수다라와 싯다르타는 결혼을 하게 되고 몇 년 행복한 시절을 보낸다. 하지만 그것으로 싯다르타의 공허함은 채우지 못한다. 싯다르타의 이러한 모습을 살피며 아들이 궁을 떠나지 못하게 온갖 즐거움을 제공하는 전반왕의 눈물겨운 노력과 아름답고 순종적인 아내 야수다라의 애원, 그리고 사랑하는 아들을 두고 싯다르타는 출가를 결심하고 실행에 옮긴다.

　경전에서는 싯다르타의 출가를 사문출유(四門出遊)에서 비롯한다고 되어 있다. 사문출유란 싯다르타 왕자가 휴가를 가기 위해 네 번 왕궁의 문을 나서며 목격한—늙음, 병듦, 죽음, 고행자—를 만나는 이야기이다. 성성한 백발에 주름진 피부, 구부러진 허리에 지팡이를 의지한 노인, 쇠약해서 일어설 수도 없고, 땅바닥에 누워 허공을 응시하며 입에 거품을 물고 괴로워하는 병든 자, 가족들의 애끓는 외침에도 조각과 같이 무표정하게 누워 있는 시체를 만나고 '태어남은 곧 괴로움'이라는 사실을 깨달은 싯다르타는 마지막 나서는 문밖에서 바루를 들고 맨발로 서 있는, 평온하고 조용하며 충만한 표정의 고행자를 만난다. 이 네 번의 출유 과정에서 싯다르타는 인생의 허망함과 인간은 결국 죽음을 피할 수 없다는 것을 깨닫고 수행자의 길을 택한다.

　소설 『싯다르타』는 제4장 '심야의 출가(出家)'에서 경전에 나오는 '사문출유' 메시지를 넘어 왕자의 신분으로 누릴 수 있는 풍요로움을 버리고 출가를 결심하는 싯다르타의 심경을 길게 풀어 놓으며, 인간적인 고뇌를 함께 서술하고 있다. 그리고 싯다르타는 운명적으로 출가를 하여 성자가 되는 운명이라고 이야기를 풀어 간다.

남편이 집을 나가는 줄도 모르고 깊이 잠든 아내, 아버지가 출가하는 것을 알 까닭이 없는 아들, 그들의 잠든 얼굴을 볼 때, 태자는 가슴에서 불현듯 죄스러운 생각이 머리를 쳐들었다.
'이 죄 없는 것들을 두고…….'
지금까지의 결심이 와르르 무너질 것 같았다.
(…)
챤다카는 손등으로 눈물을 닦으며,
"태자마마, 마마 앞에 가로 놓인 길은 태산보다도 더 험하옵니다. 그런데 어찌 혼자서 그 길을……."
하고 태자의 얼굴을 서럽고 안타가운 시선으로 바라보았다.
"그건 나도 안다. 그러나 그 험한 길을 넘고 넘어서 모든 괴로움을 이겨나갈 생각이다. 조금도 걱정할 건 없다. 사람은 어차피 혼자 태어나서 홀로 죽어가기 마련이다. 그것이 사람의 운명인 것이다. 너는 어서 돌아가도록 해라."
챤다카는 절망에 찬 시선으로 말없이 태자의 모습을 우러러보기만 했다. (54-61)

아내와 아들을 버린다는 것에 대한 괴로움, 수행자로 살아가는 것에 대한 두려움 등, 인간 싯다르타의 고뇌를 작가는 잘 보여준다. 하지만 "챤다카, 나의 출가는 내가 태어난 그 순간부터 이미 정해진 운명이다. 이 결정적인 운명을 피할 도리는 없느니라."라고 싯다르타의 출가는 이미 정해진 것임을 단언하여, 경전의 메시지도 함께 풀어내고 있다.

인간 싯다르타의 고뇌와 이미 정해진 운명을 실행하는 싯다르타, 작가는 그가 깨달은 자인 붓다*가 되기 위한 첫걸음을 제5장 '선인(仙人)들을 찾아서'에서 펼치고 있다.

싯다르타가 처음 찾아간 선인은 '바르가바'이다. 그의 제자들은 가시 위에 눕거나, 쓰레기 더미 위에 눕거나, 활활 타오르는 장작불 옆에 앉거나 해서 육체를 고통으로 몰아넣는 수행을 하였다. 그리고 그러한 고통은 '극락세계에 태어나기 위해서'라고 한다. 싯다르타는 극락세계에 가기 위해 고행을 한다는 바르가바의 말을 듣고 그곳을 떠나기로 한다. '어떤 보상을 바라고 고행을 한다면 괴로움은 영원할 것'이라는 것을 깨달았기 때문이다.

다음으로 찾아간 선인은 남쪽 끝에 있다는 '아라라가라마'였다. 눈처럼 흰 백발에 구름처럼 흰 수염을 드리운 아라라가라마는 선인다운 풍모를 지니고 있었다. 싯다르타는 그의 제자가 되어 그가 가르치는 수행법으로 좌선하여 무념무상(無念無想)의 도를 닦았다. 그것은 '온갖 생각을 뿌리치고 비상(非想)의 경지에 이르는' 수행이었다. 싯다르타는 무념무상에 들어 생로병사의 괴로움을 끊으려고 애를 썼다. 그리고 어느 날 스승인 아라라가라마에게 다음과 같이

---

* 산스크리트어로 붓다(**बुद्ध**, buddha)는 '깨달은 자', '눈을 뜬 자'라는 뜻이며 불교에서 말하는 진리를 깨달은 성인을 일컫는다. 상좌부 외 불교에서는 원칙상 깨달은 자라면 누구든 '붓다'라고 할 수 있지만 일반적으로 특별한 설명 없이 '붓다'라고 하면 불교의 창시자인 석가모니(고타마 싯다르타)를 말한다. 다른 말로 불타(佛陀), 부처라고도 한다.

묻는다.

"상을 갖지 말라, 무상 그것마저도 생각해서는 안 된다고 하셨습니다. 하지만 그것을 닦는 것은 나가 아닙니까. 번뇌의 큰 뿌리는 뿌리칠 수가 있다고 하지만 수없이 작은 뿌리는 오히려 무성하게 자라서 드디어는 새로운 번뇌를 가져올 것입니다. 더 깊은 밑바닥까지 파고들지 않으면 완전히 번뇌를 씻을 수가 없을 것인데, 어떻게 하면 더 깊은 밑까지 파고들 수가 있습니까?" (73)

하지만 당시 최고의 선인으로 이름나 있던 아라라가라마도 여기에 대한 답을 하지 못한다. 이에 싯다르타는 인도 전체에서 자신을 가르칠 만한 스승은 없다고 생각하고 스스로 정진할 곳을 찾아 떠난다. 두 눈이 움푹 들어가고, 불거진 광대뼈에 뼈만 남아 있는 몰골로 피나는 오 년 수행 뒤 싯다르타의 각성을 작가는 다음과 같이 싯다르타의 입을 빌려서 말한다.

"육체를 괴롭히는 것은 오히려 육체에 집착하는 결과가 된다. 중요한 것은 육체를 괴롭히는 일이 아니라 육체를 잊어버리는 일이다. 육체를 잊어버리고 마음을 청정하게 하는 일이다. 마음이 절로 맑아져야 한다. 그리고 모든 오염과 무명(無明)에서 완전히 벗어나야 한다."

그리고 작가는 주인공 싯다르타를 다음과 같이 묘사한다.

싯다르타는 좌선하던 자리에서 일어나 강물에 몸을 깨끗이 씻고 옷을 갈아입은 다음, 풀밭에서 우유를 짜고 있는 어린 소녀에게 가서 우유 한 잔을 얻어 마셨다. 제자리에 앉아 고행과 단식을 수행

방편으로 삼던 싯다르타의 이러한 행동을 보고 싯다르타와 함께
수행하던 다섯 명의 수행자는 실망하여 싯다르타 곁을 떠난다. 하
지만 싯다르타는 그들을 가련하게 생각하며, 혼자 숲속으로 들어
가 보리수[菩提樹]나무 아래 조용히 정좌하고 '정각(正覺)을 얻지 않
고서는 자리에서 일어나지 않겠다'고 결심한다. 그리고 마음 가득
환희를 느낀다.

경전에서 보이는 부처님의 '고행'과는 살짝 벗어나는 전개이다.
경전에서는 당시 바라문(수행자)들에게 얻을 것이 없다는 것을 깨
닫고 처음 홀로 정좌한 곳이 보리수나무 아래였다. 그 자리에서 6
년 고행을 하는 카필라국의 왕자, 머리에 새가 집을 짓고, 비바람을
그대로 맞으며, 입안에 거미줄이 쳐진 몰골이지만 형형한 눈빛을
간직한 싯다르타의 모습으로 그려진다. 고행만으로 진리를 얻을
수 없다는 것을 깨달은 싯다르타는 몸을 회복하기 위해 처녀 '수자
타'에게 우유죽 공양을 받는다. 이 모습을 보고 함께 고행하던 다
섯 비구는 부처님이 타락했다고 믿으며, 그 곁을 떠난다. 경전에서
싯다르타의 고행담은 오롯이 싯다르타만을 주시하였다면, 작가는
이러한 부처님의 고행담에 혈육의 정리를 끊임없이 이어가려는 부
왕 정반왕과 아내 야수다라의 존재를 삽입함으로써 인간 싯다르타
의 고뇌와 결연한 의지를 함께 녹여 내고 있다.

"대왕마마의 분부로 식량을 가지고 왔습니다."

"식량을 가지고 오다니…… 그럼 나의 수행을 방해하자는 셈인
가?"

"방해를 하다니 그게 무슨 말씀이십니까."

“안 된다. 식량 같은 것을 누가 가져오라더냐. 어서 가지고 돌아가
도록 해라.”

“그런 말씀 하시지 마시고…… 일부러 가지고 온 것이니까…… 대
왕마마의 심중도 조금은 헤아려주셔야 되지 않겠습니까.”

“안다. 그 마음은 고마우나 받을 수 없다. 식량이 곁에 많이 쌓인
다는 것은 그만큼 내 깨달음이 늦어진다는 뜻이 된다.”(76)

작가는 주인공 싯다르타의 고행 과정에 혈육의 정을 가미하여,
주인공의 결연한 고행을 부각시키고 있다. 그리고 그 고행을 끝내
고 드디어 정각에 이르는 장면을 작가의 목소리로 전한다.

드디어 그는 얻고자 하는 것을 얻었던 것이다.

그는 때의 흐름도 잊었다. 그가 앉아 있는 장소도 잊었고, 아니 모
든 것을 잊었다. 그는 드디어 정각을 했던 것이다. 해탈을 얻었던 것
이다. 속세의 미계(迷界)를 드디어 벗어났던 것이다.

육도윤회(六道輪廻)를 벗어나서, 목숨을 지닌 채 생신(生身)으로
열반에 든 것이었다.

싯다르타는 비로소 자기가 불타가 되었다는 것을 알았다. (81)

승원의 개창과 전법 시대의 태동

제6장 '해탈(解脫)의 피안(彼岸)'에서는 드디어 정각을 이룬 불타(佛陀)가 된 싯다르타의 이야기가 이어진다. 싯다르타가 깨달음을 얻고 처음 찾아간 곳은 함께 수행하다가 싯다르타가 타락했다고 믿으며 떠나간 다섯 명의 비구였다. 멀리서 싯다르타가 걸어오는 것을 발견한 그들은 싯다르타가 후회하고 다시 자신들을 찾아오는 줄 알고 먼저 인사를 하지 말자며 경계를 한다. 그러나 자신들에게 가까이 다가온 싯다르타의 모습을 본 그들은 집착이 모조리 깨진다. 그들 앞에 나타난 사람은 예전의 싯다르타의 모습이 아니었다. 그 모습은 '후회하는 빛은커녕, 엄숙하고 원만하고 침착하여 그 얼굴을 본 순간' 절로 고개를 숙이지 않을 수 없었다. 그는 이미 불타가 되어 있었다라는 전개로 되어 있는데, 이는 경전에서 말하는 정각을 이룬 불타의 모습인 32상호[*]를 은근슬쩍 흘리고 있다.

---

[*] 32상(相)은 부처가 갖추고 있다는 서른두 가지 뛰어난 신체 특징으로, 고대 인도 신화에 나오는 전륜성왕(轉輪聖王)이 갖추고 있는 신체의 특징을 불교에서 채용한 것이다. 그리고 세부적으로는 여든 가지 특징이 있다고 하여, 그것을 80종호(種好)라고 한다. 《대지도론(大智度論)》 제4권의 32상은 1. 족하안평립상(足下安平立相). 2. 족하이륜상(足下二輪相). 3. 장지상(長指相). 4. 족근광평상(足跟廣平相). 5. 수족지만망상(手足指縵網相). 6. 수족유연상(手足柔軟相). 7. 족부고만상(足趺高滿相). 8. 이니연천상(伊泥延腨相). 9. 정립수마슬상(正立手摩膝相). 10. 음장상(陰藏相). 11. 신광장등상(身廣長等相). 12. 모상향상(毛上向相). 13. 일일공일모생상(一一孔一毛生相). 14. 금색상(金色相). 15. 장광상(丈光相). 16. 세박피상(細薄皮相). 17. 칠처륭만상(七處隆滿相). 18. 양액하륭만상(兩腋下隆滿相). 19. 상신여사자상(上身如師子相). 20. 대직신상(大直身相). 21. 견원만상(肩圓滿相). 22. 사십치상(四十齒相). 23. 치제상(齒齊相). 24. 아백상(牙白相). 25. 사자협상(師子頰相). 26. 미중득상미상(味中得上味相). 27. 대설상(大舌相). 28. 범성상(梵聲相). 29. 진청안상(眞青眼相). 30. 우안첩상(牛眼睫相). 31. 정계상(頂髻相). 32. 백모상(白毛相)

그리고 정각을 이룬 불타가 자신을 힐난하며 떠나간 그들을 찾아가서 사고(四苦)*와 팔정도(八正道)**, 그리고 사성제(四聖諦)***의 이치를 설하는 장면을 다음과 같이 펼쳐 보인다.

불타는 자기 한 몸만이 아니라 자기가 터득한 진리가 자기 아닌 다른 딴 사람의 생명에까지 빛을 줄 수 있었다는 사실에 무한한 즐거움을 느꼈다.

"그대 비구(比丘)여 색(色) 수(受) 상(想) 행(行) 식(識)의 다섯 가지는 상(常)의 것이냐, 아니면 무상(無常)한 것이냐? 괴롭다고 느끼느냐, 아니면 괴로움이 아니냐? 공(空)이냐 아니냐?"

"세존이시어, 색수상행식은 항상 무상이오며, 고로 괴로운 것이고 공이로소이다."

다섯 제자의 대답이었다.

불타는 기뻤다. (86-87)

이 다섯 사람은 교진여, 마가나마, 바르파, 야수바쟈드, 발바라이며, 부처님의 첫 번째 제자이다. 작가는 불타의 첫 교화의 장면을 이렇게 전개하며, 불교의 근본 핵심인 공사상(空思想)을 함께 녹아냄과 동시에 부처님이 행한 전법의 에피소드와 당시 전 인도인들의

---

* 사람이 살아가면서 겪는 생로병사(生老病死)의 네 가지 고통.
** 깨달음과 열반으로 이끄는 수행의 올바른 여덟 가지 길. 정견(正見), 정어(正語), 정업(正業), 정명(正命), 정념(正念), 정정(正定), 정사유(正思惟), 정정진(正精進)을 말한다.
*** 고제(苦諦), 집제(集諦), 멸제(滅諦), 도제(道諦)로 구성된 불교의 가장 기본적인 교리이다.

불교 '귀의(歸依)'에 대해서 전개하고 있다.

제7장 '늘어가는 제자'에서는 배화교(拜火敎)의 사원으로 찾아가서 전법하는 광경을 보여준다. 배화교는 불을 숭배하는 신앙으로 당시 인도인들이 추종하는 신앙이었다. 배화교의 지도자 우루빌바 카샤파는 오백 명의 제자를 거느리고 있었으며, 사람들의 존경을 받는 인물이었다. 그의 아우 두 사람도 다른 지역에서 각각 이백오십 명의 제자를 거느리고 불을 숭배하며 수행하는 수도자였다. 경전에는 카샤파가 처음 불타를 만났을 때, 그에게서 보이는 고상한 기풍에 자신의 자리를 빼앗길까 두려워 불타를 시험하는 이야기가 있다. 작가는 이 이야기를 풀어서 불타가 자는 방에 큰 비단구렁이를 넣었지만, 아무 요동이 없었다거나 마침 열리는 축제에서 사람들이 불타를 보고 마음이 흔들릴까 봐 전전긍긍하는 카샤파의 속마음을 알고 불타가 축제 장소에 나타나지 않는다는 것으로 불타의 신이로운 힘을 재미있게 서술하고 있다.

그리고 다음과 같은 말로 그들을 감화시키는, 깨달은 자인 불타의 설법을 재현해 놓고 있다.

"여러 가지의 망상이 부싯돌을 침으로써 어리석음의 연기가 되고, 탐욕과 노여움의 불길이 되는 것이다. 그 불은 점점 세어져서 드디어는 억만 중생을 생사의 괴로움이란 불구덩이 속으로 던져버린다. 세인(世人)은 모두 이 삼독의 불꽃에 타고, 노병사의 괴로움 속에 윤회(輪廻)하는 것이니라. 비구들이여, 이 세 가지의 불이 성하는 근원은 모두가 나라는 것에 있다는 걸 알아야 한다. 세 가지의 불을 멸하려면 나의 근본을 끊지 않으면 안 된다. 이 나의 근원을 끊는다면 세

가지의 불은 스스로 꺼지고, 삼계(三界)를 윤회하는 일체의 괴로움
은 저절로 사라지고 말 것이다." (99)

불타가 설한 삼독(三毒)의 괴로움에 대한 설법에 감화한 배화교
도인 천 명은 모두 불타의 제자가 된다. 그리고 당시 불타의 평판
을 들은 마가르타국의 빔비사라왕도 불타에게 감화되어 왕사성의
죽림에 정사를 짓도록 후원해준다. 불타는 이곳에서 천 명의 제자
들과 공동 수행 생활을 한다. 작가는 경전에서 말하는 최초의 승원
'죽림정사(竹林精舍)'가 세워진 배경과 함께 불교가 공동 수행 생활
의 시작으로 종교로서의 성립되는 연원을 밝혀주고 있다.

석가모니는 왕사성의 죽림정사를 시작으로 사위국의 기원정사
(祇園精舍)에도 머문다. 기원정사는 사위국의 장자 수달타[수보리]가
후원하여 지은 승원이며, 석가모니 부처님은 여기서 천이백오십 명
의 제자를 거느리고 법을 펼쳤다. 금강경의 첫 구절도 "불 재사위
국 기수급 고독원 여대비구중 천이백오십 인(佛 在舍衛國 祇樹給孤獨
園 與大比丘衆 天二百五十 人)……"으로 시작한다.

작가는 장자 수보리가 기원정사를 짓게 되는 배경과 불타가 그
곳에서 어떻게 법을 펼치는지, 또 불타의 설법에 어떤 이들이 감화
하고 깨달음을 얻어 가는지 잘 보여주고 있다. 기원정사에서의 불
타의 명성으로 고국의 왕족들까지 출가하게 만드는 과정을 다음
과 같이 쓰고 있다.

일곱 왕족들이 출가하여 불타의 제자가 되었다는 사실은 주위 사
람들뿐만 아니라 정반왕까지도 크게 놀라게 했다. 그런데 더욱 놀라

운 것은 태자인 난다와 불타의 아들인 라훌라까지도 불타의 제자가 되어버린 사실이었다.

노왕(老王)은 이제 자기 힘으로 어떻게 할 수가 없었다. 그는 이미 몸도 마음도 늙어버렸다. 자신이 한나라의 국왕만 아니라면 그도 기꺼이 출가를 하고 싶을 따름이었다. (129-130)

오백 명의 여자들은 모두 머리를 깎고 가사를 입고 있었다. 그녀들의 행렬이 거리를 지나가자 사람들은 모두 입을 딱딱 벌렸다. 어린애들은 하도 우습고 재미있어서 손뼉을 치며 좋아했다.

여인들의 행렬이 기원정사 앞까지 왔을 때는 이미 날이 저물어 있었다.

(…)

얼마 후에 야수다라도 출가하여 마하바쟈바디의 일행 속에 섞였다. 야수다라의 출가는 불타에게 있어서 하나의 기쁨이 아닐 수 없었다. 그도 역시 인간이었다. 그리고 마음 한구석에 자리 잡고 있던 커다란 짐을 덜어버린 것 같았다. (135-139)

그리고 왕족들은 물론 왕족이 부리던 시종들조차 출가가 이어진 다음 정반왕의 왕비이며, 불타의 계모였던 마하바쟈바디는 뜻을 같이하는 오백 명의 여인들과 함께 출가한 장면을 이어감으로써 불교 전법의 시대가 도래했음을 보여준다.

고대 인도 사회는 카스트제도*가 있었다. 즉 인간을 네 가지로

---

* 　1. 브라만(Brahmin): 사제, 학자, 철학자로 종교의식 집행. 2. 크샤트리아(Kshatriya): 군인, 왕족 정치적 통치 책임. 3. 바이샤(Vaishya): 상인, 농부, 수공업자로 경제 활동

나누는 계급제도를 말한다. 당시 여성은 브라만, 즉 수행자가 될 수 없는 사회였다. '불교'가 융성하게 번져나갈 수 있었던 것은 이러한 사회 시스템에서 최고의 지위인 종교적 활동에 '신분의 고하도 지혜의 많고 적음'도 따지지 않는다는 불타의 가르침이 큰 울림을 주었기 때문일 것이다. 작가는 불교가 종교로서의 토대가 된 배경과 불타의 초기 전법의 상황을 '왕족들의 출가'와 '오백 여인의 귀의'에서 꼼꼼하게 펼쳐 보이고 있다.

이어서 불타의 전법행에서 일어났던 에피소드를 풍성하게 전개한다. 11장 '선한 자와 악한 자'에서는 비법(非法)과 정법(正法)의 가르침을, 12장 '라훌라의 신념'에서는 깨달음의 길에는 혈육의 정도 단호히 물리쳐야 한다는 '인욕(忍辱)'의 가르침을, 13장 '개심(改心)하는 사람들'에서는 '보시'와 '참회'의 가르침을 전개한다. 이처럼 작가는 풍부한 불교 지식을 배경으로 소설을 전개해 나간다.

부처의 길과 인간 붓다

인간 싯다르타가 붓다의 삶을 산 것은 타고난 운명이었겠지만, 자신의 의지로 풍요로운 왕자의 생활을 버리고 사랑하는 혈육과 자신이 장차 다스려야 하는 백성을 두고 출가의 길을 택했다. 한 사람의 아들로서, 지아비로서, 아버지로서의 인간적 고뇌와 정각을 이루기 위한 처절한 고통의 과정을 이 소설은 잘 보여주고 있다.

책임. 4. 수드라(Shudra): 노동자, 농업 및 수공업의 육체노동자. 5. 달리트(Dalit): 불가촉천민. 계급(분류) 안에도 들지 못하는 존재.

그리고 정각을 이룬 후 세상 사람들이 모두 평안하고 행복해지는 법[불교]을 전하는 그 과정을 전개하면서, 불타가 어떠한 상황에서 사람들을 어떠한 설법으로 감화시키고, 깨달음에 이르게 하는지를, 또 궁극적인 불교의 가르침은 무엇인지를 잘 녹여내고 있다.

제14장 '희로애락의 길'에서 보이는 에피소드에서 작가는 졸지 말라는 불타의 말에 집착하여 눈을 감지 않고 수행하다 실명한 아니룰타 이야기로 '중도(中道)'의 가르침을, 백정의 딸이 아난다에 품은 욕정을 수행으로 가라앉혀 진정한 수행자로 거듭나게 한 '정진(精進)'의 가르침을, 남의 아이를 잡아먹는 귀자모(鬼子母)에게 '불살생(不殺生)'의 가르침을, 바람난 아내의 간부에게 죽임을 당한 우다이의 사례를 통해서 '불사음(不邪婬)'의 가르침을 행하는 불타를 그리고 있다.

제15장 '불심무궁'에서는 지혜 제일의 사리불존자와 신통 제일의 목건련존자를 통해 인간의 '시기심'에 대한 가르침을 전한다. 그리고 매춘부와 앙굴리마라를 통해 인과(因果)와 어리석음의 무서움과 함께 참회의 공덕을 전개하여 '불교의 무궁한 법'을 독자들에게 전하고 있다.

제16장 '인간 불타'에서는 아들 라훌라와 아내였던 야수다라, 그리고 이 소설의 주인공인 '불타'를 등장시켜, 한 인간의 심연을 보여주고 있다. 라훌라를 진정한 수행자로 가르치기 위해 불타는 자신이 발을 씻은 물을 라훌라에게 마시라고 명한다. 이에 라훌라가 발을 씻어 더러워진 물은 마시지 못하겠다고 거절하자 불타는 다음과 같은 말로 훈계한다.

"너도 또한 이 물과 같다. 물의 본 모습은 맑고 아름다운 것이다. 인간도 그렇다. 너는 국왕의 손자로 태어났으면서 세상의 영화를 버리고 사문의 몸이 되었다. 남달리 도를 닦는 일에 정진해야 할 몸인데, 도를 닦는 데 힘을 쓰지 않고, 마음을 정결하게 갖지도 않으며, 계율을 지키지도 않는다. 삼독의 찌꺼기를 가슴속에 가득 담고 있다. 그러니까 너는 이 물과 같이 더럽혀져 있다."

라훌라는 머리를 숙이고 아무 말도 하지 못했다.

"이 물을 버리고 오너라."

고개를 깊이 숙이고 있는 아들에게 불타는 역시 조용한 목소리로 일렀다.

"너는 이 그릇에 음식을 담아 먹을 수 있겠느냐?"

불타가 그 빈 그릇을 가리키며 다시 물었다.

"먹을 수 없습니다."

"왜 못 먹겠느냐?"

"손발에 묻은 더러운 것을 씻어낸 물이 담겨 있던 그릇이기 때문입니다." (211-212)

불교의 큰 가르침인 '모든 것은 마음에서 이루어진다.'라는 일체유심조(一切唯心造)를 작가는 불타가 아들 라훌라를 가르치는 이야기로 풀어내고 있다. 이것은 반야심경에서 가르치는 '불구부정(不垢不淨)'의 가르침이며, 불교의 핵심인 공(空)의 가르침이다. 그러나 작가는 여기에서 그치지 않고, 아들에게 혹독한 수행을 가르치던 불타도 가족이라는 인연에 대한 인간적인 모습을 잃지는 않는다는 것도 독자에게 보여준다.

어느 날 라훌라는 어머니를 찾아가 보니 야수다라는 깊은 병을
앓고 있었다. 라훌라는 불타에게 어머니에게 가서 병간호를 하게
해달라고 청하자 불타는 걱정 어린 얼굴로 라훌라의 청을 들어주
고 하루속히 병이 낫도록 하라고 말하는 장면이 그것이다. 작가는
부처가 된 한 인간의 숨겨진 심성을 이렇게 드러내고 있다.

정각을 이루고 중생을 구제하는 스승이 되어 혈육에게는 냉혹한
가르침을, 제자들에는 엄격한 계율을 행하는 부처의 길을 걸었던
인물, 그러나 작가는 그 부처도 결국 따뜻한 심성의 인간이라는 것
을 보여주고 있다.

제17장 '사욕과 배신'에서는 '제행무상(諸行無常)'을 이야기한다.
불타에게 질투하는 마음을 품고 삿된 도를 행하는 '데바달타'를 등
장시켜 소설을 전개한다.

데바달타는 석가족의 일곱 왕족 가운데 하나였다. 그는 당시 왕
사성의 왕인 '빈비사라'가 불타를 존경하고 따르는 것에 질투하여
몇 번이고 악한을 시켜 불타를 살해하려고 했으나 실패한다. 그러
나 태자인 '아자타샤투루'는 부왕과 달리 자신을 공경하고 따랐다.
이에 데바달타는 아자타샤투루 태자에게 삿된 말로 빈비사라 왕과
의 이간질을 시키고, 데바달타의 이간질에 넘어간 아자타샤투루가
결국 자신의 부왕에게 왕위를 뺏고, 부왕을 감옥에 가두고 음식을
주지 않고 굶겨 죽이려 한다. 이때 빈비사라 왕은 지금의 이 결과
도 과거의 인연에 의한 것이라고 체념하며 과거 불타의 말을 생각
한다.

"해와 달과 하늘과 땅과 그리고 수미(須彌, 세계의 한 가운데 산)와

산과 바다…… 이것들은 모두 다 변한다. 세상에 변하지 않은 것은 없다. 이루어진 것은 반드시 허물어지고, 번창하면 언젠가는 쇠퇴한다. 그리고 만나면 헤어지고, 태어난 자는 반드시 죽는다. 즐거움이 있으면 고통이 있고, 기쁨이 있으면 근심이 있다. 이 세상에 변함없는 즐거움은 없으며, 괴로움만이 길다." (227-228)

사사로운 욕망에 눈멀어 자신을 배신하고, 죽음에 이르게 하는 아들, 그러나 빈비사라 왕은 불타의 가르침인 세상의 모든 것은 영원하지 않다는 제행무상의 도리를 깨닫고 괴로워하지 않는다. 그리고 불타가 설한 "육체는 그 안에 넋을 지니고 있으나, 죽으면 제자리로 돌아가는 것이다. 그러므로 나에게 묶이지 않은 자만이 영원한 평화를 누린다."라는 말을 새기며, 이대로 열반에 들 수 있다면 다시없는 즐거움이 되리라고 생각한다.

작가는 빈바사라 왕의 예를 들어 세상의 이치를 바로 깨닫는 제행무상은 물론, 진정한 중생 계도의 핵심인 '참회'에 대해 서술하고 있다. 또 불타의 입을 빌려 자신의 욕망으로 삿된 도를 행하는 데 바달타에게 속아 부왕을 죽인 죄를 괴로워하며 찾아온 아자타샤투루에게 다음과 같이 설해준다.

"세상에는 두 가지 종류의 사람이 있소. 하나는 죄를 짓지 않고 선업을 닦는 사람이며, 다른 하나는 죄를 지었으나 참회하고 마음을 고치는 사람이오. 참으로 뉘우치면 누구나 죄를 소멸시킬 수 있고, 뉘우침을 쉬지 않고 계속하면 죄의 뿌리를 뽑을 수 있소." (241)

제18장 '석가족의 멸망'은 석가족이 멸망하는 과정을 그리고 있다. 불타의 종족인 석가족의 멸망은 아이러니하게도 불타가 평생을 가르쳤던 분별심에서 비롯됨을 알려준다. 당시 석가족은 마하남 왕이 다스리고 있었다. 이웃 나라의 프리세나짓 왕은 즉위하자 석가족과 결혼하기를 원하였다. 그러나 석가족은 자신의 종족이 다른 종족보다 우월하다고 생각하여, 이웃 나라와의 혼인을 피하고 싶었다. 그러나 프리세나짓 왕의 군사력과 포악한 성질이 두려워 궁리 끝에 왕실의 공주 대신 왕실의 계집종을 공주로 속이고 프리세나짓과 결혼을 시켰다. 그 프리세나짓 왕과 석가족의 계집종 사이에 태어난 아이가 비루다카 태자였다. 하지만 석가족 사람들은 그가 계집종의 자식이라 하며 천대하고 업신여겼다. 후에 비루다카는 그 모멸감을 갚으려고 아버지인 프리세나짓의 왕위를 빼앗고 석가족을 멸망시킨다.

불타와 같은 종족인 석가족의 사람들은 결국 불타의 가르침인 '천상천하 유아독존' 즉, 하늘 위와 하늘 아래 인간이 가장 존귀하고, 그 존귀함은 '너, 나의 분별이 없는' 모든 인간에게 다 해당이 된다는 사실을 깨닫지 못한 것이다. 불타가 비루다카가 석가족을 침범하려고 군사를 일으킬 때마다 세 번이나 막았지만 네 번째는 결국 막지 않은 것은 아만(我慢)과 분별심은 결국 자신을 무너뜨린다는 것을 일깨우기 위함일 것이다. 그것이 국가이든 개인이든지.

작가 하근찬은 세상 사람들을 깨달음의 길로 인도하고자 출가한 불타의 족적과 불타가 설한 불교의 진리, 그리고 불타라는 신분 속에 남아 있는 인간 싯다르타의 흔적을 14장에서 18장까지 전개해 놓았다.

위대한 여정, 그리고 해답

붓다의 운명을 타고난, 불교의 창시자 싯다르타는 오욕칠정(五慾七情)이 있는 사바의 인류[중생]에게 자신의 깨달음을 전하는 삶을 살았다. 그리고 오늘에도 그의 법에 귀의하여 나름의 수승(殊勝)한 삶을 추구하는 사람들이 있다. 작가는 이 위대한 붓다의 삶을 귀납적으로 구성하여 불교의 가르침을 독자들에게 전한다. 소설의 마지막으로 가는 제19장은 '고승의 입적'으로 구성되어 있다.

'고승의 입적'에서는 싯다르타가 창시한 '불교'라는 종교의 성립 과정에는 주인공 싯다르타를 받쳐준 위대한 존자(尊者)인 사리불과 목건련의 '입적(入寂)'을 등장시켜 불타의 가르침을 전한다.

전생의 업연으로 인해 부랑자들에게 맞아서 처참한 죽임을 당하는 목건련이 부랑자들을 탓하지 않고 단정히 앉아 좌선한 채로 열반에 든 사실적 사건을 등장시키며, 불교의 기본 진리를 서술한다. 목건련이 부랑자에게 맞아서 죽었다는 사실을 알고 슬퍼하는 제자들에게 불타는 '육체는 무상한 것'임을 설한다. 그리고 자신의 위대한 제자 목건련의 '주검'을 두고 육체는 처참했으나 넋은 아름답고 환희에 차 '열반'에 들었다는 것을 가르친다.

사리불의 입적을 다루며, '모든 것은 무상이니 죽음이란 두려운 것이 아니다.'라는 명제를 세운다. 작가는 "저의 스승은 불타입니다. 그의 가르침을 받아 저는 생사의 문제에서 해탈했습니다."라는

314

사리불의 말을 빌려서, 불타의 가르침을 따르면 죽음은 열반에 이르는 길이며, 그것은 적정(寂靜)의 세계, 지고지선(至高至善)의 세계라고 말한다.

가장 아끼고 가장 사랑하였던 두 제자를 먼저 떠나보낸 불타는 자신의 열반도 가까워지고 있음을 안다. 그는 스스로 '열반에 들 시기를 알고, 열반에 들 장소'를 정한다. 그 시기는 석 달 후이며, 장소는 쿠쉬나가라의 사라쌍수(婆羅雙樹) 아래이다.

소설의 마지막 전개를 작가는 당시 불타가 머물렀던 왕사성에서 쿠쉬나가라까지의 여정으로 하고 있다. 불타는 왕사성에서 나와 죽림정사에서 선정과 지혜에 관하여 설한다. 죽림정사에서 나와 마갈타국의 파탈리푸트라 성에서는 계율을 지키면 다섯 가지 공덕이 있다는 법을, 마갈타국에서 다시 월지국으로, 월지국에서는 '성계(聖戒)와 성정(聖定)과 성스러운 지혜, 성스러운 해탈'의 미묘한 네 가지 법을, 다음으로 도착한 바이샬리성에서는 다섯 가지 보물 즉, '불법(佛法)을 만나는 것, 정법을 믿고 수행하는 것, 법을 듣고 지혜를 얻는 것, 가르침을 받아 삼악도를 벗어나는 것, 인연법을 알아 정(情)을 끊고 욕(慾)을 버려 열반에 드는 것'에 대해 설한다.

이렇게 인간 싯다르타의 탄생에서 인류의 스승으로 살아온 여정을 전개한 작가는 소설의 마지막 장을 '대자대비'라는 말로 마무리 짓고 있다. 이 장에서는 싯다르타의 열반을 다루고 있다.

"내가 열반에 드는 것을 조금도 슬퍼해서는 안 되느니라. 이제 더 이상 산다 해도 아무 얻는 바가 없으리라. 나는 이미 제도해야 할 중생을 제도했고, 아직 제도하지 않은 중생을 위해서는 제도할 수 있는 인연을 주었다. 그리고 나의 많은 진실한 제자가 내 가르침대로 사는 한 법신(法身)은 영원히 존재하는 것이며, 결코 이승에서 멸하지는 않는 것이니라. 사람의 육체란 모두 생로병사의 고해(苦海) 속에 빠져야 하는, 보잘것없는 것이다. 그것을 버릴 수 있는 것이 얼마나 다행인가. 모든 것은 무상하다. 너희도 노력하고 정진하여 생사의 고해에서 벗어나야 한다. 이것이 내 마지막 말이니라." (286)

인간은 고해 속에 빠진 존재이며, 모든 것은 무상하다는 도리, 생사에 얽매이지 않는, 그 집착을 버려야 비로소 해탈할 수 있다는 가르침을 작가는 주인공인 불타의 입을 빌려 서술한다. 그리고 위대한, 무상의 법을 펼치고 모든 법 위의 법에서 벗어난 진정한 해탈인 싯다르타의 '대자대비'를 우리에게 전달[전법]한다.

하근찬의 문학은 한국의 근현대라고 할 수 있다. 1957년 「수난이대」를 시작으로 작품을 발표한 그의 작품세계는 "문학으로 쓰여진 한국의 근현대사라고 말해도 무방할 것이다. (…) 그는 주로 전후 민중의 삶을 핍진하게 묘사하는 것에 집중해온 작가"[*], "농촌 공동체에 기반해 민중적 시각으로 권력에 맞선다는 공통점을 갖고 있다."[**], "하근찬의 문학은 무수히 많은 삶의 파편화된 목소리로 이뤄진 거대한 기록"[***], "식민 과거와 그 이후를 두루 살피는 하근찬의 대장정은 등단 당시부터 시작되었다. 등단작인 「수난이대」(1957)에

---

*   신현아, 「'유신'을 살아내는 민중들의 삶-하근찬의 문학 세계」, 하근찬 전집 6 『기울어지는 강』, p.467.
** 오창은, 「민중에 삶에 뿌리내린 치유의 미학」, 하근찬 전집 1 『수난이대』, p.305.
*** 최슬기, 「망각된 존재의 목소리를 복원하는 하근찬의 문학-귀 기울이기의 윤리」, 하근찬 전집 5 『낙도』, p.274.

서 그는 아시아태평양전쟁과 한국전쟁을 관통하며 몸과 마음에 상처 입은, 그러나 결코 굴복하지 않은 시골 사람들의 이야기를 그려냈다.”* 등의 평가에서 알 수 있듯이 그의 전기 작품들은 침탈당한 민족의 핍박받는 삶과, 전후 소시민의 삶에 치중해 왔다고 할 수 있다.

그런 면에서 본다면 소설 『싯다르타』는 그것에서 다소 비켜나 있는 작품이다. 그렇다면 민중의 삶과는 동떨어진, 이천오백여 년 전 인물의 일대기인 이 소설을 하근찬은 왜 썼을까? 어쩌면 현대에도 인류의 스승이며, 종교적 신앙의 대상인 석가모니[부처님]의 여정을 통해 그의 작품세계에서 보이는, 고해(苦海)에 빠져 허덕이는 ‘인간의 삶’에 대한 궁극의 해답을 찾고자 한 것은 아닐까.

소설 『싯다르타』는 수행을 통해 진정한 해탈을 한 실존 인물, 고타마 싯다르타의 생애를 따라가며, ‘제행무상’의 도리와 ‘대자대비’의 세계를 엿보게 한다. 그리고 그 엿본 이들에게 ‘인간의 삶’인 탐(貪), 진(瞋), 치(痴) 삼독(三毒)의 고해에서 벗어나는 지혜를 일러주는 깨달음의 책이다.

---

*　서승희, 「강제를 끌려간 여성에 대한 기억과 이야기」, 하근찬 전집 11 『월례소전』, p.563.